U0476428

刘小放诗文集

刘小放 ◎ 著

花山文艺出版社
河北·石家庄

图书在版编目（CIP）数据

刘小放诗文集 / 刘小放著. -- 石家庄 : 花山文艺出版社, 2023.8
ISBN 978-7-5511-6429-0

Ⅰ. ①刘… Ⅱ. ①刘… Ⅲ. ①诗集－中国－当代②散文集－中国－当代 Ⅳ. ①I217.2

中国国家版本馆CIP数据核字(2023)第017832号

书　　名：	**刘小放诗文集**
	Liuxiaofang Shiwenji
著　　者：	刘小放
选题策划：	郝建国
出版统筹：	王玉晓
责任编辑：	李倩迪
责任校对：	李　伟
装帧设计：	黄　萍
美术编辑：	陈　淼
出版发行：	花山文艺出版社（邮政编码：050061）
	（河北省石家庄市友谊北大街330号）
销售热线：	0311-88643299/96/17
印　　刷：	石家庄名伦印刷有限公司
经　　销：	新华书店
开　　本：	787mm×1092mm　1/16
印　　张：	51
字　　数：	480千字
版　　次：	2023年8月第1版
	2023年8月第1次印刷
书　　号：	ISBN 978-7-5511-6429-0
定　　价：	258.00元

（版权所有　翻印必究·印装有误　负责调换）

序一

大地块垒铸诗魂

◇王世尧

解析刘小放的诗歌,应走出价值现象学的范畴。

诗坛风云四起令人眼花缭乱的流派,以自我标榜的价值界定,相互取悦,自我催眠,毫不顾及阅读者的困惑迷茫,令人谈诗色变。空泛的价值现象在外物的重压下不堪负荷,形成文化移位。于是天下皆诗,人人皆诗,"大家"与"著名诗人"放射的光芒无限外溢,最终虚空泛情无度,在边缘化中自绝受众。

重读刘小放的诗歌,有久违的历史美感,更有穿越时空的现实主义气韵。时光倒流四十年,回望新时期诗歌的迅猛崛起,那曾经浴火重生的声声曲曲,至今不绝于耳。

一、诗意的农耕文明与时代画卷

刘小放生于渤海湾西岸,属血统纯正的农民。

海风苍劲,丽日高悬,一个遍身古铜色、背阔肩圆、目光坚毅、五官俊朗的青年,脚踏故乡土地,手握父辈传下的锄头,心却驰骋于雄阔神奇的大洼。终有一天,他发现自己恋上了诗歌,他可以用文字把对故乡的爱,写入心灵归属。他不遗余力阅读与诗有关的各类文学读物,博闻强记。在那段宝贵的军旅生涯中,他与一个不期而遇的诗人张永枚,在诗里相逢。《螺号》成了他写作实验的范本,他明悟了诗歌文体形式的技艺,体味出诗句别有韵致的灵觉,他持重天赋,放眼故乡,让永不退潮的激情绵延不绝。

新时期文学迅猛崛起之际,刘小放的组诗《我乡间的妻子》以浓郁的乡土风情、优美的叙事节奏、澄澈贤淑的造型,洋溢着新现实主义温馨的风,席卷了中国诗坛。这组诗首发于《诗刊》1982年9月号,那个一首诗、一篇小说可以震撼国人之心的年代,其关注度与受众反响可想而知,堪比今日热搜中的网红。这组诗摒弃意识形态化的写作,以全新视角与不同凡响的人物咏叹,把一位纯美的乡间女人写得举止传情、风韵怡人:

　　她从田野里归来
　　身上染着草叶的清香
　　纯净的露水打湿了衣角
　　脸上闪着宝石似的汗光
　　给小猫
　　逮回一串蚂蚱
　　高高地插在草帽上
　　给小妮
　　掐来两朵野花
　　美美别在两鬓旁
　　啊!我质朴的妻子

庄稼院里的女王
…………

这是大洼魂魄之魅的精神尤物，是洋溢野草芬芳的迷人梦境。他用鲜活秀润的文字铺青缀锦，写出庄稼院里一个纯朴乡村妻子的幽然惊艳，无论是她草帽上插着的那串儿逗猫的蚂蚱，还是两鬓别着的野花，都如诗人所言：

鸡围她转
鹅绕她唱
大灰兔向她行注目礼
猪圈里
一群小崽前呼后嚷
…………

古老的锅台，红荆野蒿在灶膛里燃起大洼生活劳作的希望之火，那喷着清香的玉米面饼在瞬间变成人间最美的食粮。

聂绀弩一生艰辛坎坷，他以才华卓越、为人为文刚正不阿而久负盛名于中国文坛，他读罢这组诗，即为素昧平生的刘小放写出评论，他感叹：一个乡间的年轻农妇，尽管她如何手上起着老茧，如何爱着在外地工作的丈夫，请告诉我，我们自有文学以来，自有诗以来，有多少文学家、多少诗人的多少篇章是歌颂这种人物，尤其是由丈夫来歌颂（不管这首诗是否诗人真说的自己的妻子）的呢？

这组诗写出人间至圣至洁的美，写出浓郁乡土生活的气韵，写出现实主义诗歌的新高度，写出当代农耕文明的最美画卷，近乎全票获得当年中国新诗的最高奖。

刘小放的诗中有这样两句：

我走遍五洲四海
也走不出她的胸怀

诗中的"她"是纯朴贤淑的乡间妻子，而"她"的另一象征是他的故乡，也是他永恒的情人，在他内心铸就了岸然浩气的大地块垒。他出版了《我乡间的妻子》《草民》等几部诗集，这些诗大都写出燕赵大地的风土人情，他用空灵而富于弹性的语言，精致生动地描摹出一幅幅春种秋收、人情冷暖、怀古记旧、充满烟火气的画卷。

诗人这样写道：

七月
绿色的浪涛
拍击着我的古老的村庄
白云的橡皮艇游荡着
一只苍鹰
从坟头上跃起
牵出大平原幽沉的秋声
高粱叶
哗啦啦

于是，一种灵性结构出充满诗意的视觉传达，斑斓神异的立体画面蓦然入目：

蚂蚱在阳光里练翅

纺织娘饮下草尖一滴晶露

天

辽阔而深邃

一群老雀子召开飞行会议

这群无拘无束的流浪汉

高粱叶

哗啦啦……

二、新现实主义诗歌的纵向延伸

有了伟大的爱，诗人就有了永不枯竭的内生动力，就可以让灵魂之舞从容高蹈，让现实主义诗歌开创新境。

《我乡间的妻子》《草民》相继出版，让刘小放享誉中国诗坛。而另一部诗集《大地之子》的问世，坚实奠定了他步入新现实主义诗歌的基石。五四运动让新诗迅猛崛起，诗的语言，诗的内容，诗的文体形式，诗的审美价值体系，随着中国不同历史时期的不同进程在变革，改变着不同的艺术与文化形态，诗歌不仅有鲜明的时代特征，更有强烈的感召力，她不仅是灵魂舞者的艺术结晶，更是歌者的永恒信念。

而无论诗歌艺术和内容怎样繁衍肇新，现实主义诗歌与文学在中国始终成为主流。

新中国成立后，涌现了新一代杰出的现实主义诗人，如郭小川、贺敬之、闻捷、公刘、梁上泉、严阵、李瑛等，创作出至今仍可震撼人心的不朽之作。

特殊历史时期的十年，诗歌被彻底地意识形态化，也属正常，毕竟特殊年代有特殊年代的产物。

刘小放生于20世纪40年代，凭着他生长在诗化的热土，凭着渤海湾西岸大洼那神秘莫测的极境之美，他写下诗意人生的处女作；在难忘的当兵岁月中，他又勤奋写下朝气蓬勃的军旅感怀，为和平年代的戎马生涯添上精彩一笔。大洼是津南至鲁北沿海一带的低洼地带，这里具象所指就是黄骅的东北部，大洼是沧海桑田巨变的杰作，是大地神来之笔的天宝物华，是远古绿色生命的延续，也是刘小放的梦幻摇篮。

《大地之子》由《野土》《娘娘河》《草泽之梦》《夜奔》《大地之子》五辑六十九首诗组成，全部都是以大洼的风土人情、勤耕劳作为生活背景，每一首都是心血之作，每一首的信息量都非常大。诗人笔下的大草洼是这样的：

渤海滩苍茫之气
笼罩起起伏伏的草泽之波
连绵的黄蓿如大地铜肌
绿蚂蚱掉在水里变成黑鱼
一窝野鸭蛋滋养了我的童年
…………

另有《高粱叶，哗啦啦》《那一方水土》《娘娘河》等诗浓墨重彩地从不同角色与不同场景，寓意深刻地描写出这神奇土地的壮阔之美。刘小放不仅诗歌语言有着独特造诣，他对抒情咏物、叙事与人物造型，都掌控着良好的节奏，他对诗歌的立体感与画面感以及视觉冲击力，有着苛求完美的强烈意愿。其中《哭坟》颇具代表性：

我的祖母摇着纺车哼唱过

　　我的母亲劈着高粱叶吟唱过

　　我的妻子织着苇席学唱过

　　这是当地一个多情的寡妇

　　留下的歌声啊

　　小辛庄啊东大门呀

　　史家的闺女张家的人呀

　　她坐在荒草野地里

　　面对苦海似的天

　　一生悲切的哀号

　　一代代　揪疼乡村女人的心弦

　　你早死二年俺不来呀

　　你晚死二年俺开了怀呀

　　《哭坟》全诗弥漫着浓郁的地域风情，语言生动而富于质感，诗人别具匠心地绘制了一幕古老乡村殡葬文化的风俗画面。另有《斗牌的娘儿们》《从乡下来的恋人》《哦，我的光棍五哥》等诗与《哭坟》有着异曲同工之妙，那萦绕不去的孤独与悲婉，那别具风情的人物神态，都显示出作者悲悯苍生、珍重人性的感召。

　　中国传统的现实主义文学，有着浓重的普罗色彩，有着浪漫而革命的核心准则，倡导典型环境中的典型性格。历史与时代的变革，让诗歌理念也产生了巨大变革。而刘小放的新现实主义诗歌的特质，凸显了客观与正义的先导思维，忠于现实的描写，敢于直面光明的盲区，写出了撼人心魄的乡村实景。

　　《大地之子》这组诗由《地母啊》《当你甩起红缨子长鞭》

《我不敢凝视那飞扬的芦花》《铁血色的扁担》《就这样　我与她走进洞房》《犁》《酷夏》《野生的月亮花》《大地之子》十首诗组合，这些诗是刘小放的家族史、生命史、心灵史。他熔铸了血汗之躯的生命之美，写出了世代农民的劳动与人性之美，写出了故乡风土人情之美，写出了大地之子的灵魂之美，写出了新现实主义诗歌的时代之美。

公刘致长信称赞《大地之子》这部诗集是：中国农业的《离骚》。

铁凝致信说：读过《大地之子》，又读《我乡间的妻子》（诗集），感到无论如何你的诗是由两种颜色为基调的——蓝色和古铜色。蓝色包容了海、马莲花、母亲的头巾和清新无比的蚀骨的爱，古铜色则是土地，男人的肌肤、开垦着土地的生灵以及生命的根基……

公刘从广义概念给了这部诗集高度评价，铁凝则从诗的色彩与生命美学角度解释了这部诗集深刻的艺术价值。《大地之子》一经出版，便在中国诗坛引起强烈反响，昌耀、牛汉、程步涛等众多诗人和文学评论家撰文盛赞。

三、诗与国际化主题的灵魂之约

爱德华多·卡兰萨这样说过：世界上所有诗人的灵魂都可以相互召唤，因为他们热爱生命，热爱美好事物的心都是相互感知的。

这段论述阐明诗歌在表现形式和求索生命与人性良知的共性，这种共性应该是超越自我而变通人生格局的。刘小放在诗歌上的艰辛勤奋的探索，除了浓重的乡土之音，更有兼容并蓄、吞吐潮汐的家国情怀。继《大地之子》成功后，他又于新世纪开端，出版了《刘小放诗选》。这部诗集经过作者字斟句酹的精选,并收编了大量题材新颖、寓意独特、探索生命与人性本源的新作。其中的《騺牛》,用令人心神惊悸的笔势,书写了一头黑牡牛被阉割的悲剧,展示了诗人以悲怆歌者的卓越才华:

  那是一柄蘸了凉水的月牙形尖刀
  一个赤背的黑汉叼在嘴上
  当烧起纸钱
  燃响祭天的鞭炮
  就是那惊心动魄的瞬间

  那是一阵大地的痉挛
  那是一柱烈焰的喷溅
  那是世界上最悲壮的阉割啊
  两根迸断的犄角里
  有 浪涛回旋……

  这是生命的悲剧,也是人类的强权。而人与牲畜相依相助的历史,自古就是农耕文明的进化史,这个历史是整个世界共有的,刘小放是农民的儿子,也是大地之子,牛的血喷溅到他的心灵深处,敬畏生命的火焰开始不熄地升腾,悲伤与呐喊在燕赵大地久久回荡:

  我的朋友 我的兄弟
  你是累 你是苦 你是勤善 你是驯服
  你的祖先连着我的祖先

你的骨肉连着我的骨肉
　　那沉重的脚步颤动着历史
　　汗血浸透了这皇天后土
　　啊啊啊　这黑牤牛
　　我用你一只断角吹一曲乡魂
　　我用你一只断角饮一殇血酒

　　《犟牛》无疑是中国新现实主义诗歌进入国际化主题的先锋之作，刘小放以生命良知的恻隐之情，以大爱无疆的人性良知，写下了这首天地为之动容的杰作，其深刻的寓意、精粹的哲学内涵，是不言而喻的。

　　贾浩义被这首诗深深震撼，他精心画了两幅画赠送给刘小放，一幅是牛，一幅是马。当时正是中国书画市场的高光时刻，贾浩义这两幅画每幅都价值不菲。

　　刘小放的很多诗作都体现出国际化主题的定向，如《闭门雨》，他以含蓄的手法去描写农人经过一天田间劳动后的夫妻生活，写出了从容透彻的欢娱之情。他又以得体的尺度，出神入化地把《桥头卖渔妇》中的女主人写得风流性感，勾魂摄魄。而更见诗人功力的当数《端大碗》《赶大车》《唱大戏》《砸大夯》《逮大鱼》《拉大锯》《开大荒》《擂大鼓》《睡大坑》《挖大河》这一系列返璞归真、大俗大雅、洗尽铅华、道法自然的力作，充满声光色的立体感，人物鲜活如画，生活气息浓郁煽情，生动再现了北方农人粗犷豪放的风貌。

　　近年刘小放进入无龄感的深度体验，让自己的乡恋之情，有了经典的升级版，他诗心依旧，大笔如椽，以恢宏磅礴的气势、沉雄瑰丽的文风，创作了《燕赵二十一赋》，这些气韵铿锵的赋体美文，高度提纯，精于造境，写出了燕赵大地的无限壮美，写出了江山日月的绝代风华。

这部诗文作品合集出版，让刘小放诗歌的经典之作，树起一座非人工的纪念碑，高矗在与他终身相恋的故乡，高矗在每个热爱他诗歌的读者心中！

序二

自明的"还乡者"

◇陈　超

　　由于对"现代性"在诗歌中的意指存在不充分的理解，吟述"大地"、展露"还乡者"情怀的现代诗经常受到"缺乏现代性"的指责。在当代汉语诗歌的语境当中，这种指责渐渐变为一种"透支"的创造力形态优势——似乎只有那些处理现代都市、大工业、科技以及由此衍生的人文话语的诗歌，才有资格进入"现代诗"的畛域。这是对"现代性"的盲视。反观世界范围内的现代诗潮，其中有一条显豁的线索，即在一个高度机械化、商品化、科技图腾、生态环境日趋恶化的时代，诗人们倔强地捍卫着人与"大地"的亲缘，并以此间接地发出对异化生存境遇的反思和批判之声。费罗斯特、叶芝、里尔克、佩斯、杰佛斯、帕斯捷尔纳克、叶塞宁、聂鲁达、艾青、苏金伞、昌耀、帕斯、埃利蒂斯、希尼、伯莱、斯奈德、狄兰·托马斯、蒙塔莱、特朗斯特罗默、鲁勃佐夫、沃尔科特、海子、张枣……正是在这个意义上获具了其更内在的现代性。

　　在我看来，新乡土诗人刘小放自20世纪80年代中期以降，已自觉地使自己的诗歌语境摆脱了简单的地缘风情画和家族记忆"本事",而置入了更开阔的人类文化乡愁——对家园意识的追寻和命名中。从诗学谱系上,他与上述诗人有着隐喻意义上的"家族相似性"。也只有从这个谱系看过去,我们才能对他的诗歌做出恰当而有效的衡估。《刘小放诗选》(河北教育出版社2000年12月版),是诗人80年代中期至今诗歌创作的精选本,在此我们得以领略他创造的复归大地和生命本源的"还乡者"的道路,得以看到那些被都市化浪潮所忽略和贬低的细小的乡村事物重放光华。他将个人内心生活的激流和具体历史语境的真实性融合为一体,唱出了既"古老"又"现代"的自明的还乡者之歌。

海德格尔在论述荷尔德林诗歌中的"还乡"母题时尝言:"唯有这样的人方可还乡:他早已而且许久以来一直在他乡流浪,备尝漫游的艰辛,现在又归根返本。因为他在异地已经领悟到求索之物的本性,因而还乡时得以有足够的丰富体悟和阅历。"海德格尔的话意在陈明这样的意思:对于诗人和思者而言,真正有效的"还乡",必以精神的广阔漫游为前提。如果没有在"异地"的噬心体验,没有对生存和生命的反思,你的"还乡",不过是简单和独断的恋土情结所致。刘小放早期诗作,多是由自发的恋土情结所制导。它们聚焦于故乡生活的具体细节,以准确的观察和描述,表达诗人在回忆往事时的怅惘或惊喜。而进入80年代中后期,诗人的创作由"自发"进入了"自觉"阶段,"土地""家园""故乡"在他的诗中,已超越了其狭隘的确指性,而成为一种灵魂家园的象征,一种带有超验感的人类生命意志的图式。在它们之后,有一个受到质询的巨大的历史背景,即人类对大地的遗忘,对顽健的生命力的自我闭抑，对清苦、付出而纯洁的道义感的讥嘲。如果追求现代性带来的就是这些，那么诗人的质询就犀利地插入了我们心灵最晦涩、最无告的角隅，并要求一个答复。正是在这个意义上，刘小放的"还乡"背景才具有了更为深厚的内涵。他对淳朴乡村和老式义德的接纳，对卑微的草民苍生们的健旺的生命状态的吟述，也就于波澜不惊中体现了诗人对当代人精神和生命力下滑的忧思、批判。

且以《血酒》一辑为例。辑中收入了诗人近期创作的"大地块垒"系列。这里的"块垒"，含有复义性。一方面它是对块垒峥嵘、葳蕤起伏的土地的歌赞，对大地之子们生命强力的命名；另一方面，"块垒"又有心事郁结、时代忧患的含义，所谓借往昔之"血酒"，浇今日之块垒是也。在这里，我们听到诗人竟让一只粗瓷大碗发出了金声玉振的声音：

那是一副铁钳子似的粗手
不知在太阳地里经过多少次淬砺
手指节都磨成榆木疙瘩
两手空空
却缀满金黄的老茧的铜钱
这样的手
才能端起那大碗

写碗是为了写人，粗粝的碗具上，浓缩着对人生命力的隐喻。为了与孱弱的享乐主义时代比照，诗人选择了这个与口腹相关的日常器物的语象，挖掘出它博大的内涵。清贫的年代，一碗红薯稀粥，一碗泥鳅梭鱼，一碗菜汤，一碗井拔凉水，滋养了多少苦难大地的孩子；而今天，在我们的生活境遇获得改变的时候，是否有一些珍贵的生命意志和品质，也随之离去了呢？诗人无意于歌颂清贫，他只是借此表达对当下生命意志阙如的关怀。犹如凡·高从对一只破烂的"农鞋"的审美描绘中揭示了人类生存的"劬劳功烈"一样，诗人也从乡村生活的"端大碗""赶大车""砸大夯""挖大河""开大荒"中，发现了人类肉体和灵魂的"脊梁"应有的载力和韧度。在世纪末"向前看"的诗歌语境中，刘小放诗歌文本的溯源甚至"怀旧"，反而使我们获得了历史和现实的双重深度感。他不是以自诩的"精神家园守望者"的形象来启蒙或训诫众人，而是沉静地述说，平等地沟通和对话。他的音质是重浊的，但没有怨痛；他显然已预感到这种回溯的姿态有可能被某些盲视者判为"非现代话语"，但他更知道，不是艺术的题材而是诗人对题材的领悟力、穿透力，决定着作品是否具有现代性。因此，他始终对自己的艺术道路持有足够的信心，这个自明的"还乡者"从古老的题材里发现了人们未曾领教的现代性。

对土地和农耕文明的依恋，一直是乡土诗的重要特征。但是，如果深入细辨，我们就会发现乡土诗人之间巨大的差异性。我认为，新时期以来，现代乡土诗从文脉上可分为三类。其一是遣兴式的"田园乌托邦"歌者。这种诗人虚构了一种潇洒出尘的田园乌托邦，作为自己精神的静养之地，而对现实的生存和生命状态缺乏起码的介入和敏识。其二是经由对"土地—天空"维度的吟述，体现诗人高蹈的、升华的所谓"终极关怀"，以对抗现代工业霸权和物质放纵主义。这种诗人将超越的动力，建置在虚幻的生命玄学上，诗中频频出现的"圣词"告诉我们，他们缺乏起码的"世俗关怀"。这样，其"终极关怀"就是可疑的了。其三是面对具体生存语境的复杂性，以乡村生活为想象力原型，进而在表象的、细节的描述和整体历史的、本质的象征之间达成深度平衡，使诗歌承纳揭示生存的力量。

我想说，刘小放的诗歌就属于第三类。长诗《大地之子》不但是诗人，也是汉语乡土诗的重要收获，被公刘先生赞誉为"生命之绝唱，乡土之《离骚》"。这首诗由十大部分组成，完整体现了诗人对生命意志、种族精神历史、大地的真义及幻象世界的综合命名能力。刘小放并没有在普遍意义上的"地母—感恩"主题中循行，他倾心的是人与土地彼此塑造、斗争，同时改变自身精神结构的过程。《蝗祸》《酷夏》《铁血的扁担》《我不敢凝视那飞扬的芦花》《地母啊》，以及短诗《马贼之死》《大草洼》等，都将具体的情境描述最终猛然扩展在巨大的历史视屏中，仿佛诗中的细枝末节也都焕发出了诡异而尖利的生存光芒。这个"还乡者"，给我们带来的不是安恬，而是大地潆流着的元气、人在生死考验面前迸涌出的活力。它在拷问并启示着我们：强大的生命力的欢乐，是敢于和生存的痛苦、灾难相抗衡的结果。生命的充实与其说是靠物质的富足，毋宁说更要依赖于活的血性、道义担待、求真意志的持续冲涌。这是在我们所有的"现代"经验中的一条被忽视乃至否弃已久的经验，诗人以审美的骄傲为之做了直指人心的命名。至此，诗人笔下的"还乡"，就成为对人原始生命力的唤起和回归，它是一切的"本原""基础""核心"，是不断新新顿起的恒久力量。

从这部诗选中，我们同时会看到这个自明的"还乡者"在语言意识和具体技术环节上的变化。如果说他前期的创作是依恃于单一的抒情性，那么自80年代中期以降，他已进入了复杂经验的聚合状态。这部诗选共分六辑："血酒""地气""土窑""情根""圣焰""石魂"。这不仅仅是基于题材的划分，从情理逻辑上，它们更有着明显的意向递进性。在这里没有机巧的炫耀，没有心智的假象，诗人生命体验的独特"纹理"都嵌入到了明快、鲜润而又硬实的诗行中。我们在此看到了于烈火和坚冰中轮回的精神，也领略了现代乡土诗那"古老"而崭新的话语魅力。

2001年春于河北师范大学西校区文学院

目 录

诗歌卷

童年	003
乡草	005
牛角号	007
乡土情	009
渤海滩	017
渤海滩,我的摇篮	019
我乡间的妻子(组诗)	022
故土	028
脊梁	030
辕牛	032
天丝	033
轭	035
土炕上的梦	037
大锅	039
夜思	040
电视天线	041
庄稼人	042
我是五月的西南风	047

返青水	049
责任田小景	051
戏台	053
元宵鼓会	055
母亲	057
拾粪的老农	059
庄稼媳妇	061
地头上，有一棵杜梨树	063
农舍之晨	065
高粱熟了	066
晨歌	068
春天，我翻盖房子	070
乡村，新烫发的姑娘	072
沃野	074
树挂	076
野草	077
我曾是渤海滩上的庄稼汉（组诗）	079
我是红荆	087
盘腿坐在土炕上	089
芒种节	091
鹰翎扇	094
风秧歌	097
百岁老人	099
村庄里，有一个精灵	101

瓜棚	103
我走了，故乡	105
草民（组诗）	106
定州白果树	116
荒土上的红荆	117
牵牛郎，你的缰绳	119
回乡	120
挂灯	122
早春	124
在田埂上	126
麦捆	128
梦的卫士	130
葵花林	132
村街	134
老农	136
村之魂（组诗）	138
林冲夜奔	
——观裴艳玲演出	149
中秋生日	155
青萍剑	157
春日偶拾	159
放风筝	161
盐碱滩	162
风	167

航海灯	168
海潮月	169
老驾长	171
摇篮	173
夕阳里的剪影	175
海之魂（组诗）	177
海堡	189
渔眼	191
海浪	193
我想	195
夜海奇遇	196
海鸥	197
海望	199
海水的遗产	201
海啸	202
谒"贞女祠"	205
别墅前的沉思	206
沧州道	207
镇海吼	208
黄金台	209
荆轲塔	211
血山	212
坝上，一条花的河	213
干枝梅	215

断肠草	217
青苔	219
将军淖儿	220
漫步在秦始皇的墓顶	222
秦俑	224
秋雨中，霍去病墓前	225
祁连雪豹	227
戈壁印象	229
白杨林	231
我捡起了一粒甘甜	233
大地块垒（组诗）	235
伏河	254
大旋风	256
胎记	
——题写在故乡大洼的照片上	258
荆条树	260
豹鹰	262
老家话	264
老家的气息	266
犁鸟	268
四叔	269
犟牛	271
那一方水土	277
古窑	279

铁匠炉	280
大草洼	282
马贼之死	284
打枣	286
骑牛望海	287
牛之死	288
灵魂　在夏夜里远行	290
家谱	292
麦鸟	294
闭门雨	296
雨后的村落	298
透雨	300
娘娘河	302
致窝头（仿彭斯体）	304
斗牌的娘儿们	308
回声	310
新姑娘	312
天火	314
无名树	317
南滚龙沟	319
夜烤烟叶	322
黄河入海口	324
大地之子（组诗）	326
圣焰	346

无题	347
别绪	348
剑吟	350
待月	352
给你	355
所有的窗口都向你敞开	356
倾听	357
痛思	358
青藏高原	359
通天河	360
江河源的藏羚羊	361
仰望唐古拉雪峰	362
可可西里的淘金者	363
昆仑山头	364
九寨沟意象	365
燕赵诗友漫像（四首）	370
铁血的喜峰口	375
宋哲元	379
潘家峪	381
十月献辞	383
石之恋	386
雪浪石	390
大解的古猿	392
向东的美兽	394

李醉石	396
鹦鹉螺化石	398
太行石塔	399
彩陶石	401
鸟之祖	402
黄河日月石	403
铁马敲风（代跋）	
——读画家赵贵德"铁马图"系列	404
铁骨　紫藤　清韵　和风	
——读《刘振起画辑》	407
重金属的光芒	
——读铁扬先生	410
致刘章兄	414
读宗鄂	415
民族的盛典	419
新世纪金秋献辞	422
曹妃甸交响诗	428
矗立在人民心中的丰碑	431
太行诗魂	
——悼诗人王洪涛	436
痛悼刘章诗兄	438
痛悼陈超	440
茅台读酒（外一首）	444
茅台石	446

美酒·唐诗·狂草（外一首）	448
风度："二王"的书法	450
故乡的海	452
海滩上　飘着一朵忧思的云	454
海鸥	456
大海日出	458
南洋诗絮（四首）	460
月照大江（外一首）	465
江东	467
正月里闹元宵	469
印坛·图腾	
——贺《沧海印社三十年》出版	471
潘学聪书意	473
致诗人浪波	475
又回军营	478
深山火箭兵	480
铁军！铁军！	482
舰长室凝眸	483
渤海新区交响诗	
——写在故乡的土地上	485
冬枣林	495
百果之王	497
嫡祖树	499
国公树	500

情人树	501
痛悼诗人贾漫	502
迎春竹枝词（八首）	
——仿清代乡贤王庆元	504
心灵大颂	
——致赵贵德	507

散文卷

老娘土	515
铁血的喜峰口	519
开采并淘出生命中的"贵金属"	523
五岳寨感怀	526
贵德之境	529
铁马冰河入梦来	
——画家赵贵德印象	533
燕赵魂魄　铁马敲风	
——记画家赵贵德	537
大处落墨，大匠运斤	
——潘学聪其人其书	555
"变形金刚"的希声大音	
——画坛怪杰朱六成印象	559
诗品书品相映辉	563
旭宇的大雅美石	567

漫读旭宇	570
尧山之子尧山壁	580
铁扬先生	584
我的同事铁凝	588
大平原的诗人姚振函	592
"嘎子哥"徐光耀	596
乐天者何申	600
"庄友"陈超	604
祝福刘章	609
诗人曲有源	612
雅石夫妻乐陶然	615
灵魂的曼舞	617
渤海滩上的荆条树	620
崇高的跋涉	622
战友汪帆	628
渤海高士李维学	631
半僧意绪	634
寒松瘦石飞流大畅	636
痛悼诗人贾漫	640
焕彩赋石　文心画境	645
《漳河诗潮》序	648
崇高的生命之旅	
——序解俊山《情系第三极》	651

潮歌南曲
  ——序董建伟散文集《守望阳光》 654
"丹霞夹明月，华星出云间"
  ——序《铜雀文丛》 657
诗意人生
  ——序《流向永恒的遥远》 659
静听新瓷开片声
  ——读杜锡瑞诗文集《野丝瓜》 661
丹霞托日
  ——序李跃霞歌词集 663
心香一瓣谢师恩
  ——读潘学聪《云养青山》 666
心窗鸿羽 紫毫大江
  ——读旭宇新版诗集《天风》 669
石门石庐
  ——序《石庐诗词集》 674
张成，破译世界大师画谜 678
读《瓦翁赋》 683
大道当风 686
《贾漫书简》附记 691
文章自得方为贵
  ——序张建华《我家老屋》 692
序《抱愚堂书画录》 695
书之珍 699

鸟之祖	702
石之缘	704
石之魅	708
有缘而得好石	713
诗道·石道·书道	716
乔迁之梦	718
《鹿泉赋》创作小记	721

附录一 1964—1977年诗作

身披早霞出村口	725
生铁不炼怎成钢	727
记工	728
冶碱歌（三首）	729
磨锨歌	731
降龙伏虎治海河（劳动号子）	733
风浪里	735
脚板又添一层"铁"	737
登山歌	739
柏坡灯光	742
城南庄（组诗）	744
攀登	752

附录二　燕赵新赋

太行赋	757
鹿泉赋	758
南皮赋	759
元氏赋	760
阜平赋	761
千童东渡赋	762
衡水老白干赋	763
晶龙赋	764
新天第赋	765
德馨堂赋	766
灵寿大观园赋	767
徐光耀赋	768
瓦痴焕峰赋	769
红河谷赋	770
白洋淀赋	771
长城赋	772
沧州辞	773
黄骅赋	774
河北赋	776
平山壮士赋	777
赞皇赋	778
赞皇中学赋	780
野湖泉赋	781
后记	782

诗歌卷。

童年

我很小,母亲就痛苦地死去,
给我留下的是孤独和忧伤;
夜里,我哭求着温暖和爱抚,
梦中,我寻觅着欢乐和阳光。

一天,父亲领我来到北洼地头,
烧着了纸钱,点上一炷香:
"孩子,为你长命,跪下磕个头吧,
它,从今后就是你的干娘!"

啊!我面前原是墩碧绿的马莲,
年年岁岁长在地头上;
我虔诚地向它拜了三拜,
抬头轻轻地叫了声:娘!

它颤动着抖落晶莹的露珠
给我送来一缕清醇的乳香;
剑似的叶片给我春的追求,

纯蓝的花朵给我美的向往。

在以后相处的日子里，
我看见它，一次次遇到刀砍镰伤；
迎着风霜她教我唱着不屈的歌，
冬去春来，长得更加茁壮、顽强。

终于，我长大了，深情地向故乡告别，
啊！纯蓝的马莲花开了，送来阵阵馨香；
像是说："孩子，去吧！无论走到哪里，
莫忘，把根子深深地扎进土壤……"

1981 年冬

乡草

纯净的热土
梦里，萌发一片可爱的乡草
铺展在故乡的原野和道路

哦！那紫穗的星星草
长满了祖先的坟包
　　草墩下，成行的蚂蚁拉纤搬运
　　旁边，纺织娘织着芳馨的歌谣

哦！修长的马绊草，一束一束
像姑娘的秀发在飘拂
　　碧丝下，一窝刚孵化的云雀
　　啼出一串鹅黄色的音符

哦！碱场里，那蓬蓬黄蓿
在盐碱里孕育甘甜的籽粒
　　亲吻着阳光走向成熟
　　组成大地紫铜色的胸肌

哦!那荒岗上的艾蒿多么旺盛
朴素的小花像天上的繁星
　　活着,默默地饮尽土地的苦咸
　　死了,就化成浓烟熏杀蚊蝇

哦哦!我的心孵化成一只春鸟
翅膀是一页绿色的诗稿
眷恋着每一处乡景
热爱着每一棵乡草

1981 年冬

牛角号

辛苦的耕牛死去了
它坚韧的犄角却活着
系着绯红的流苏
漩流着生命的交响

带茧的粗手
祖祖辈辈握着它
吹出绿色的呼唤
吹出岁月的泥泞
角口上,留下缕缕带血的纹理

大树下,魁梧的曾祖,在吹……
枣林里,飘起义和拳的旌表
号音里,卷过大刀的呼啸

旷野上,倔强的祖父在吹……
苏醒了不屈的泥土
燃起一片火红的高粱

啊！黎明，健壮的父亲在吹……
麦穗上挂满晶莹的星星
牛背上擎起一轮朝阳

而今，我骄傲地接过牛角号
像握着一弯琥珀色的月亮
放在唇边，吻着世纪的云霓
　　吸着父老的遗风
我吹出：故乡的清芬和
　　田畴金色的诗行……

1981 年冬

乡土情

一

儿时，算卦的先生！
说我是土命

是的
我在土房里降生
我在土炕上学步
我在土路上跋涉
我在土地上匍匐

祖祖辈辈
在土坷垃里滚
世世代代
在土里耕种耪锄

草帽上，挂着土
眉毛上，染着土

衣襟上，沾着土
鞋口里，塞着土

汗珠子摔在土里
希望播在土里
土里长着绿色的欢歌
土里溶着苍白的悲哭

我爱土，土地向生命
奉献五谷杂粮
我爱土，土地为人类
培育勤劳淳朴

啊！我是土命
我的本质是土
活着，我是一片歌唱的绿叶
死了，我是故乡一抔泥土

二

蜿蜒的村路
是我记忆唱盘的纹路
梦中，我常听到

那失去了的酸楚的歌……

推虾酱的鸡公车
吱扭扭地呻吟

向辽远的地平线，伸去
一道深沉的车辙

苍茫的草洼
曾腾起遮天的飞蝗
如魔鬼的戏法
啃秃了农家的房檐
吞噬了田野的绿色

秋后，一场洪泛
田地里单调而空落
饥饿的人们捉吃蛤蟆
一片不息的蛙声
吵不醒夜的寂寞

月昏后，母亲抱着棍子
绕着古老的磨道推磨
磨顶上，堆着黄菜盘子和草籽

磨眼里艰难地淌着
岁月的苦涩……

啊！我吃过蛤蟆
我啃过土色的枣糠饸饹
我咽过粗糙的榆面窝窝
所以，我有个满足的胃口和
一副强健的体魄

三

春天的风
鲜而咸
吹得那"云彩地"
黑白分明，有浓有淡

莫非，地下也似人间
贮满了苦辣酸甜
不然，为啥冒出
片片白色盐碱

啊！那油碱、白碱、岗碱
长着荆条、碱蓬、牤牛蛋

我小时候光着屁股，用镰刀
在碱葫芦滩上画各种图案

我也随着母亲来刮咸土
用水淋了在瓦盆里晒盐
那盐，滋味虽有些苦
可腌的萝卜疙瘩又脆又鲜

啊！我爱祖国大地上的沃土
更爱故乡土地上的盐碱
它虽然显得穷困苍凉
给予我的却是：
粗放的血型，火热的情感

四

故乡的夜
静美而深沉

春夜，闹元宵的鼓声
把沉睡的田野震醒
一盏盏彩色的花灯
是大地欢跳的心灵

夏夜，在温柔的南风里
我听着家家的磨镰声
看！谁把月牙儿也磨亮了
金黄、金黄斜挂在窗棂

秋夜，到处是成熟的芳馨
瓜园里传来甜润的箫声
村头树下，瞎老人一曲西河大鼓
唱得星移斗转夜露凝空

冬夜，漫长而又多梦
土炕上有扯不完的庄稼经
把式房里练着沧州武术
卖豆腐的梆子敲醒了黎明

啊！故乡的夜
质朴而又生动

五

一旦离开你呀
我就思念……

那贴着春联的门窗
那吊着辣椒玉米的房檐
那深沉的乾隆年间的水井
那铺满羊粪鸡粪的菜园
那高高的白杨树上的喜鹊窝
那长长的马绊草下的云雀蛋
那围着场院的谷草垛
那弹蹄唤叫的牲口栏

那五月的金黄的麦芒
那地边的含露的马莲
那清晨艳艳的火烧云
那雨后弯弯的七彩练

那驼背祖父的火镰烟袋
那白发祖母的三寸金莲
那队办工厂的烫发姑娘
那电视机前的庄稼老憨

固执而又俭朴
守旧而又新鲜
单纯而又热诚
开阔而又深远

啊！故乡，一旦离开你呀
我就深深地思念……

1982年春节

渤海滩

喧嚣的海水退了
暴戾的狂风远了
一层岁月的盐碱
泛起复苏的土地

柔韧的苇芽儿
拱破了板结的僵土
苇尖上骄傲地挑起
一叶绿色的旗帜

敦实的红荆
代代扎根在碱滩
赤裸着古铜色的臂膀
伸向茫茫天宇

褐色的村落,竖起
条条炊烟的天梯
村头,咸涩的古井

荡着记忆的涟漪

乡路上,曲折深沉的车辙
拉出春阳的金轮
田畴里,长长的犁沟
萌生着芬芳的期冀

喧嚣的海水退了
暴戾的狂风远了
渤海滩质朴的杨柳
播扬着翠亮的诗絮

1982年2月1日

渤海滩，我的摇篮

啊！渤海滩呀
这被海水浸泡过的土地
这冒着一层盐碱的土地
淤积着远古的荒沙
蕴含着岁月的苦涩

我的祖先，担筐背篓
从山西洪洞大槐树底下迁来
伴着遍野的红荆、野蒿
和满洼的蚂蚱、牛虻
在这儿扎下了根
顽强的生命
燃起一柱庄严的野火

啊！我在渤海滩上匍匐长大
我是拓荒者的子孙啊
我喝着土井苦咸的水
啃着粗糙的糠菜窝窝

牛背上驮着我的童年
草筐里藏着我的儿歌
太阳的火炉
锻冶我奔放的血型
月亮的砂轮
磨砺我敦厚的性格

啊！我是辛劳的农民的儿子啊
扶着古老的耠子
我学会了耕耘
长长的犁沟里
　　埋下了金灿灿的信念
从父亲佝偻的驼背上
　　我懂得了道路的坎坷
从母亲补丁摞补丁的衣襟上
　　我认识了生活的艰难
当我接过祖传的槐木扁担
　　挑起沉甸甸的向往
肩上，颤动着一条地平线

啊！茫茫苍苍的渤海滩呀
给了我红荆的韧性
　　渔人的剽悍

给了我海风的爽快
　　　苇洼的深远
和质朴的人在一起
　　　能够纯洁灵魂啊
底层，永存着高尚的情热
　　　智慧的源泉

啊！生我养我的渤海滩呀
我生命的方舟
　　　诗的摇篮
我愿手中的笔变作犁铧
终生开垦你丰富、深沉的内涵

我乡间的妻子（组诗）

庄稼院里的女王

她从田野里归来
身上染着草叶的清香
纯净的露水打湿了衣角
脸上闪着宝石似的汗光

给小猫，逮回一串蚂蚱
高高地插在草帽上
给小妮，掐来两朵野花
美美地别在两鬓旁

啊！我质朴的妻子
庄稼院里的女王

回到家，放下耙子抓扫帚
鸡围她转，鹅绕她唱

大灰兔向她行着注目礼
猪圈里,一群小崽前呼后嚷

她行使着神圣的权力
乐滋滋地来回奔忙
提着沉甸甸的食桶
挥起铁勺当指挥棒

啊!我能干的妻子
庄稼院里的女王

她围着古老的锅台
天天谱出深情的乐章
灶膛里点着红荆野蒿
蒸的棒子面饼子喷着清香

每天,为父亲烤好旱烟叶
每顿,给母亲送上热饭汤
夜晚,她把月光搓成思念的带子
遥遥地、遥遥地投到我的前窗

啊!我贤惠的妻子

庄稼院里的女王

1982 年春

屋梁上，有一窝燕子

邻家的嘎小子
偷偷捅掉了
我家屋梁上的燕子窝

她，急得直跺脚
捧起刚孵化的
张着嫩黄嘴巴的乳燕
放在炕头暖着

她让我找来苇眉子
精心地编了个小篓
又让我搬来梯子
高高地吊上梁坨

父燕和母燕
落在门外的晾衣绳上

望着屋里的新居
唱着婉转的歌

啊！乳燕一天天长大了
羽毛满了，就要出窝
她，高兴地从梁上摘下小篓
（为留个记号）
找来红艳艳的丝线
拴在小燕的脚脖：
"小燕，远走高飞吧
别忘了，明年春天
还到俺家里做窝。"

小燕子，飞了
绕着我家土房转了三圈儿
她站在门口，久久地望着……

试鞋

每次，她总是亲眼瞅着我
试穿她亲手做的布鞋

俨然一个司令官

看我阔步通过她的检阅台

我的足音牵着她的目光
空中流着一条爱的动脉

啊！我走遍五洲四海
也走不出她的心怀……

明天，我要回城里上班

假期再长也觉短，明天
我要回城里上班
她，早就担心这一天到来
哪一晚，不掰着指头计算？

屋里的电灯，亮了
燃烧着土房里金色的情感
窗外，低低的月牙儿
像一瓣熟透了的蜜橘
汩汩地
向小院滴着香甜

她，开了柜子又翻篓子

把我的提包装得满满
装上积攒的鹅蛋、鸡蛋
准备我加班时做夜餐
装上家乡的金丝小枣
捎给机关的同志尝个稀罕

她总嫌提包容量太小
盛不下农家生活的温暖
装多了,她怕我路上受累
装少了,心里又觉得不安

我不由拉住她一双粗手
轻轻抚摸那层层老茧
啊!这茧子能抽丝①
正织着人间最纯美的诗篇!

---

① 这句是李发模同志的,特说明,并致谢。

故土

赭褐色的土房,
热乎乎的土炕,
通红的对联染着喜气,
五彩的窗花描着吉祥。

早春的布谷鸟,
唱绿了千条柳丝;
草垛上的花公鸡,
唤出了火红的朝阳。

潮润润的犁沟里,
埋下了灿烂的星星;
亮晶晶的返青水,
溶化着寒冬的碱霜。

村头,菩萨庙里没了神像,
小脚大娘还偷着来烧香;
街上,熄灭了十几年的铁匠炉,

又爆出古朴的火花，叮叮当当。

荒岗上，祖先的坟墓里，
苦菜花开一片金黄的希望；
道旁，老榆树挂满了金钱，
让透明的风撒向四方。

"锄禾日当午"的父兄，
还亮着古铜色的臂膀；
一头"东方红"铁牛，
要把小路拉宽拉长……

啊！可爱的故乡热土；
是我彩色的梦乡：
我愿把生命化作春泥，
融进那贫瘠的土壤……

1981年6月

脊梁

匍匐在土地上，
紧紧握住锄头、犁杖。
骄阳，镀上一层
人类最美丽的外衣！
弓起的腰背，
一张古老的强弩
向天宇射出：期冀的心，
豪爽的笑，质朴的歌声……

用苦咸的热汗，
浇灌金色的收成。
坚韧的脊骨
一段隆起的长城！
抵御着雪压，霜欺，
和袭来的莫测的旋风。

欢呼着及时雨，

咒骂着寄生虫,
在绿色的地平线上——
支撑着辽阔的苍穹!

1981年夏

辕牛

颈上套着重轭，
背上烙着鞭痕，
埋着头，挺起坚韧的犄角。
拉过一行沟坎。
坚实、沉重的蹄音——
一曲浑厚的交响乐，
响在车辐的胶带上……

远处，马达、喇叭的喧嚣。
和车轮扬起的烟尘，
没使它惊恐、头晕目眩；
它在褐色田野上跋涉……
没有叹息。默默地反刍，
咀嚼着逝去的岁月，
昂奋着，要把崎岖的路拉直！

1981 年夏

天 丝

从晴朗、无垠的空中,
飘下一缕缕洁白的丝线,
驾着透明的风的翎羽,
飞舞在翠绿的春的田园。

纺线的奶奶告诉我:
那是王母娘娘纺的金线,
一群仙女捧着去银河浣洗,
把些针头线脑撒向人间。

织布的妈妈回答我:
那是织女抛给牛郎的信笺,
瞧那纯净、缠绵的丝卷上,
含着滴滴劳苦的泪点。

啊!听着美丽的传说我年年搜寻,
终于,在生活中才找到那真实的答案;
原来,那是高翔云天的雄鹰啊,

迎罡风,身磨为丝飘向人间!

啊,鹰!活着,睁着一双敏锐的眼,
不息地捕捉着穴里的夜暗;
老了,就飞入云天抱明月长终,
化银丝,来缝补天地的裂痕,世态的冷暖。

啊,天丝,鹰之魂啊云之胆,
我的心灵,想引进你银亮的丝线,
在人生漫漫的征途上,
绣出一首搏击、向上的诗篇……

1981 年 5 月

轭

它是一弯古老的弩弓
　　系着漫长的地平线
耕着沉沉的岁月
　　耘着茫茫的云汉

它是一卷曲折的历史
　　在起伏的沟坎上震颤
负重的牛儿代代倒下
　　不息地开垦沧海桑田

它是一把剥蚀的锁
　　吞吐着千秋风烟
锁着一个气喘吁吁的梦
　　在旋转的地球上蹒跚

它是一首质朴的诗
　　蕴含着春天的思念
蒸腾的热汗凝作露珠

滋润着初萌的叶帆

啊！我愿默默做一条耕牛
　把曲轭套在颈间
拉着铁犁的绳索
　拖出壮丽的明天

1981 年 10 月

土炕上的梦

我睡在，生我养我的土炕上，
做个梦，为什么那样长？
爷爷的火镰打出一天星星，
奶奶的纺车摇碎满窗月光；
爸爸的锄钩上淌着热汗，
妈妈的镰刀上凝着寒霜，
蛐蛐藏在锅台后面，
唱着：地净场光，吃菜吃糠……

啊，童年的梦，逝去了三十年，
土炕上依然散发着苦味的汗香；
哥哥的锄钩拉不平历史的坎坷，
嫂嫂的镰刀割不断艰辛的时光；
春风吹，爸爸的烟锅才飘散了疑团，
明灯下，妈妈的饭菜方拌上了蜜糖；
于是，弟弟用茧手握紧了未来，
妹妹驾铁牛呼唤着理想；

每当夜晚,人造卫星从窗前驰过,
土炕上有多少梦,插上瑰丽的翅膀?……

1979 年冬

大锅

为炼铁，各家的小锅被砸破，
食堂里，唯有这口大家伙；
清水汤里映着瑶台美景，
煮沸了当年那狂热的生活。

如今，搬到大队育种室里，
装满泥土育出绿芽棵棵；
历史的风雨催开这别致的盆景，
实的种子才长出美的花朵……

1979 年秋

夜 思

弯弯月牙儿，月牙儿弯弯——
银河里一艘白玉的舢板；
为什么荡不起一丝涟漪，
谁把它泊在遥远的天边？

我多想举起手中的长竿，
把它撑到绚烂的中天；
接来隔河的牛郎织女，
让银河溅起欢乐的波澜……

1979 年秋

电视天线

这是一棵奇妙的树,
高高地长在生产队的屋顶;
白天,绕着朵朵彩云,
晚上,围着满天星星。

这是一棵美丽的树,
是党埋下了的树种,
爷爷奶奶盼白了头发.
才在树下看见院外的高山峻岭。

花喜鹊,快到树上筑个窝吧,
把农家的心愿带到云空;
只要再不袭来不测的风雨,
这奇妙的树,会长出每家的屋顶。

1979 年秋

庄稼人

一

面向黄土
背朝太阳
野草似的汗毛
挂着晶莹的星星
一条苦涩的溪流
淌过山岗般的脊梁
紫荆似的粗手
握紧着锄，犁
像一管苍劲的笔
蘸着日晖月华，祖祖辈辈
垦写着一卷大书
那不息的跃动的身躯
一个伟大的象形文字
——力！默默地
劳作在旷野上……

二

拥挤的蜂巢似的土房
呼吸着古老的风
酿造着欢乐和悲怆
旋转的纺车轮上
抽出历史的经纬
闪耀的旱烟锅里
点燃着质朴的沉思
溶溶月光下，条条乡路
如青筋虬蟠的动脉
为喧闹、辉煌的都城
源源不断地
输送着营养……

三

我在土炕上匍匐长大
我是庄稼人的儿子啊
我啃着桌上的糠饼子
就着大葱蚂蚱酱
夏夜，望着天河岸边的牛郎织女
真想变一只七夕的喜鹊

在碧罗伞似的葡萄架下
我听着苦难的家谱
采摘着甘甜、壮丽的故事
啊！当院里
古老的碌碡上
磨砺过"义和拳"
神勇的大刀
啊！乡野间
那娇美的"红灯照"
像穗穗红高粱
种在北方浓黑的夜里……

四

啊！父亲宽厚的肩膀
一架铜铸的山梁
承受了多少负荷的重压
后颈上竟隆起一座岩包
啊！那凸起的岩包
像辕牛轭上的茧块
集聚着坚韧的、抗争的力
像老榆树拧出的疙瘩
挤满艰辛的年轮，渗出

淡淡的血印……
啊!父亲宽厚的肩膀!
正南巴北的庄稼人的肩膀
挺起一座憨厚的山
凝成一朵春潮的浪

五

布谷、布谷、布谷……
像春水一样清亮
像花露一样甜润
溶着太阳的金羽
滴落在庄稼人的心坎里
地平线上
拖拉机隆隆掘进
在远天,留下了
一幅时代的剪影
驼了背的老父亲
站在责任田里
拄着锄头——
一根历史的拐杖
骄傲地伸直了腰
他颤抖着,捧起一把泥土

闻呀，闻着那清新的气息
眉头上，绽开挽了多年的疙瘩
一滴热泪，伴着发亮的种子
埋进了芬芳的田垄
融进那彩色的梦里

啊！我和我的时代张开双臂
拥抱这金色的收成……

我是五月的西南风

来自深远的谷壑
生于荒芜的野萍
带着地母的体温和柔情
火热的思绪,激荡着
在澄明的空间流动
　　哦,我是五月的西南风

亲吻着花的原野
问候着土房茅棚
在早醒的柳丝上
抚去痛苦的泪痕
在复苏的土地上
留下欢跳的心音
　　哦,我是五月的西南风

冲破暗夜的封禁
走向芬芳的黎明
在太阳的色盘里

饱蘸金黄和橘橙
涂抹着喧响的麦芒、成熟的麦浪
为农夫赤裸的臂膀
镀上神圣而伟美的古铜
　　哦,我是五月的西南风

在地埂上徜徉啊
在乡野间升沉
在高空,敢于和寒流搏拼
愿在惊奋的雷鸣里
凝作清白的雨滴
默默地、默默地落进绿色的田垄
　　哦,我是五月的西南风

返青水

亮晶晶的返青水，
映着深邃的蓝天，
闪着太阳的金环，
像纯洁、活泼的少女，
涌进干涸的农田。

啊，苦苦盼了多久，
才有这热切的相见，
噗噜噜的水花诉说什么？
溶化着冬的盐碱，
冲刷着夜的苦咸。

泥土发出阵阵清香，
潮润润的空气带着三分甜；
种子在地下悄悄地萌发，
扎下一条探寻的根，
抽出一叶金色的帆……

啊，亮晶晶的返青水，
清澈、温馨，千回百转，
带着春的音韵、色彩，
染出一个碧绿的地，
洗出一个湛蓝的天。

1981 年春

责任田小景

一眼真空井,
打在地头上。
穿花褂的媳妇抿嘴乐,
穿背心的小伙喜洋洋,
你按,我抬,
流水哗哗响。

她掏出手绢给他擦汗,
他摘下草帽为她扇凉,
对着脸压水,
说着悄悄话,
羞红了天上的太阳!

吓,家里的收音机。
也摆在地头上,
小伙子拧开,
想听段梆子腔;
可媳妇直向他努嘴。

嫌声音放得太响；

原来，旁边
小推车架凉篷，
穿红兜肚的胖娃娃，
头枕马兰花，
睡得正香。

太阳乐，
流水响，
一垄垄棉花苗，
是翠绿的诗行……

1981 年夏

戏 台

高高的戏台,向着太阳
用厚重的泥土筑起来
三通清亮的锣鼓
敲出农家冬日的色彩

五里三乡的庄户人
终于享受到丰收后的自在
城里的剧团来唱大戏
台前涌成了欢乐的海

女人们各色各样的花头巾
飘闪着妩媚动人的欢快
老汉们古朴的毡帽下
条条细密的皱纹笑开

村头的粪堆、柴垛
组成了高低的天然看台
老松树,用苍劲的枝丫

把一个个调皮的娃娃举了起来

前面,紧锣密鼓的舞台上
演出着人世间的悲喜剧
慷慨激昂的燕赵之声
激荡着人们的心怀

旁边,新开设的"春来"饭馆
早为看戏的人备好了饭菜
一位村姑,在卖一架红莹莹的糖葫芦
甜甜的,像一树蜡梅花盛开……

1982 年春

元宵鼓会

铙钹飞,舞起铜韵的风。
金鼓响,涌起彩色的浪,
乡路——一条闪耀的灯河,
村街——一条烟花的长廊。

咚锵,咚锵,咚咚锵!

小伙子踩高跷,头上爆星花,
姑娘们扭秧歌,大地浮醇香,
十几年,庄稼人就数今宵乐,
落实了政策,村富鼓也响。

咚锵,咚锵,咚咚锵!

四十副铙钹围着大鼓翻飞,
鼓手,正是刚选出的村主任,
鼓槌子,凝着庄稼人的心劲儿,
甩出了串串惊蛰的雷响!

咚锵，咚锵，咚咚锵！

鼓声震酥了冰封的土地，
田垄里，麦苗悄悄吐出一叶嫩黄；
鼓声喝退了阴冷的寒风，
人心里，淙淙的春水在流淌。

咚锵，咚锵，咚咚锵！

啊！空中的圆月像一面铜锣，
明晃晃挂在树杈上；
我想跳起来把它也敲响，
让新春的欢乐溢满人间天上……

咚锵，咚锵，咚咚锵！

母亲

银白的头发,
染着渤海滩的霜碱,
穿了多半辈子的大襟袄,
海水一样深蓝。

坐在土炕上,
看着明晃晃的电灯,
就想起从前——
点不起油灯,
借着一支香
那一星星火亮儿,
熬夜纺线线……

放上饭桌,
看着那热腾腾的炒菜花卷,
就想起过去——
年年吃糠咽菜,
女人与男人,

还不能吃一道饭。

夜晚看着
柜上新买的电视机，
就想起自己——
从娘家到婆家，
一辈子没走出十里远。
原来天地那么大，
如今才开了眼！

看着，看着，
忍不住嘴里叨念：
总算过上舒心的日子啦，
唉，这光景，
可为啥不早来几年？
说着，手头
总不忘，掐那草帽辫……

1981 年夏

拾粪的老农

笼里的公鸡

刚叫头遍

他就背着粪筐出了村

东天上，跳起一粒

耀眼的启明星

点亮他青铜的烟袋锅

他咳嗽着

呼吸着田野

泥土的清醇

腰，弓着

像一棵苍老的枣树

沉重的脚步

踏弯了乡路

今天的脚印

摞着昨天的脚印

他是全村起得最早的人

默默地，一辈子这么辛勤

古朴的荆筐
背着昨天的记忆
今天的满足
憨厚的胡髭
冻结着
严冬的银霜

终于,从蜿蜒的土路
转到宽阔的柏油路上
他从夜色的朦胧里
走进灿烂的黎明

啊!地平线上
偌大的朝阳的红轮上
屹立着一个终生辛劳的庄稼人

庄稼媳妇

踏着弯弯的土路长大
却生就了一副憨直心肠
她竟给城里的丈夫写信
叫他莫为她的户口奔忙

不愿离开火爆的庄稼院
不愿离开实在的土坯房
她一天听不见鸡啼羊叫
吃饭都觉得不香

系恋着芬芳的田垄
挂牵着那绿色的苇塘
她一天不去地里干活
心里就憋闷得慌

总感到泥腿庄稼人亲热
更觉得乡下的风清爽
每逢她做顿稀罕饭菜

也要端给四邻八舍尝尝

爱在旷野放肆地说笑
爱在土炕上描凤绣凰
爱看河北梆子《秦香莲》
常骂当了官的负心郎

她一双能干的巧手
在田野织着金色的希望
看！她那方格格的花头巾
在解冻的西南风里飘扬

地头上，有一棵杜梨树

地头上，有一棵杜梨树
弓着腰，像个永不歇息的农夫。
年迈的枝干
撑起一片绿色的梦
回转的风，吹皱了
黧黑的肌肤

树下，一座座坟丘
埋着一辈辈
我受苦受累的先祖。
他们的灵、骨
凝作地下的根
紧紧地拥抱着泥土！

空中，汗涔涔的叶子！
发出亮晶晶的絮语，
黎雀，在树枝间蹦跳
谱出一串甜润的音符。

清凉、浓密的树荫里
歇息着我辛劳的家族。
弟弟为手扶拖拉机加油添水；
父亲拾起古陶罐碎片，
哧啦啦打磨着犁和锄。

啊！一场春雨过后，
从繁密的树根里，
蹿出那么多翠亮的小杜梨树！
一株株，颤动着
活泼的笑和美的祈求；
人们，精心地移栽进果园，
嫁接成，注满香甜希望的鸭梨树……

啊！地头上，有一棵杜梨树
年年代代
摇曳着绿色的欢呼。
秋后，那满枝金黄的杜梨，
在我心头发着醇香
虽然总带着点点
心酸的涩苦……

农舍之晨

黎明,清清的风
吹开了我的前窗
啊!院子里那翠亮的枣树
绽开满枝枣花
金灿灿,喷吐着芬芳

燕子扯着一缕清香飞上天去
黎雀的歌,被清香
粘在了树枝上
一群蜜蜂,在香甜的线谱上弹跳
我上工的妻子,蘸着清香
把割麦的新镰磨亮

啊!走出茅屋我深情地呼吸
让生活的芳醇在心头灌浆
如果我是棵孕育的果树
一定会结出香甜的太阳

高粱熟了

芬芳的清晨
高粱熟了
　　熟了旷野八月的阳光

旷野上
身高力大的黑牛哥
　　亮着铜赤的臂膀
锃明的镰刀
　　画出金色的弧线
砍高粱的声韵
　　荡漾在秋空
　　梦一样甜润
他怀抱着一捆
　　红艳艳的火把
点着了一天瑰丽的火烧云

乡间小路上
喜盈盈的黑牛嫂

送饭来了
小扁担，颤悠着
挑着庄户人辛劳的追求
和对土地的责任
竹篮子装着热腾腾的生活
古陶罐里盛着复苏的心

她站在地头
一声吆喝
惊飞了荆条墩下一对鹌鹑
黑牛哥，猫下腰
捧起草尖晶莹的露珠洗脸
脸上，搓上了一层清新的霞光

啊！芬芳的清晨
高粱熟了……

晨歌

太阳
在树尖上
荡漾着青铜挂钟的音响
青草味的风
沿着瓦蓝的柏油路
清凌凌地流进村庄

村口
队办工厂的大门开了,
涌出爽朗的笑声
甜甜的歌
和一群下早班的姑娘
啊！这古老乡村的
第一代女工
穿着打扮
也学城里的式样
咔咔的皮鞋
踏出新的生活节奏

花的衣衫
映得乡野
增加了几分鲜亮

家家户户
都打开窗户
散发出阵阵饭菜的清香
砖门楼下的大娘、二婶
手搭着凉棚
微笑着张望

看！她们来了，来了
乡路上一股彩色的浪花
村庄的一只飞翔的翅膀……

春天，我翻盖房子

祖传的土坯房子
弓着黄泥的屋脊
像爷爷的驼背
苍老而厚实
灰色的苇檐
淌过时间的流水和残冬浑浊的泪滴

春天了，我要拆掉它
盖一栋新的房子
推倒
被岁月压酥的土坯
烟火熏黑的墙壁
把溶着几辈子苦辣酸甜的陈土和爷爷
　　冬天的咳嗽、叹息清扫出去

把弯曲的七根椽子的窗户
重新组装，镶上十六块玻璃
把祖传的沉重的石磨

深深地垫进房基
拆掉古老的织布机
打一架新式的书橱
把母亲陪嫁的梳头匣子
送给开拖拉机的妹妹去盛工具
用染着朝霞的红瓦铺房顶
用镀着天光的青砖垒起墙壁
用结实的榆木、挺拔的白杨
当梁作柱，架起
爷爷的梦幻，彩色的现实

春天，我翻盖房子
在祖传的旧地基上
矗起一个新生活的里程碑

乡村，新烫发的姑娘

一个、两个、三个
说着、笑着、唱着
骑着欢快的"飞鸽""凤凰"
飞驰在蓝缎似的柏油路上

拂着条条婀娜的柳丝
穿过行行窈窕的白杨
脸上，映着新阳的红润
头上，漾着春潮的波浪

哈，这些泥土里长大的庄稼丫头
今天，竟然一下子变了模样
她们，勇敢地在城里烫了发
像一道彩色的冲击波，飞回村庄

戴红疙瘩帽垫的爷爷，不必瞪眼，
梳着鬏髻的小脚奶奶，莫要惊慌，

如今,日子富了,生活美了
旧眼眶子,再也套不住姑娘的向往

丁零零,她们欢快的自行车铃
敲开了多少扇明亮的新窗
一串春天清新的音符
回荡在古朴的村街上……

沃野

敦厚的黄土
塑就了伟大民族的肌肤
柔韧的碧草
挂满东方旭日的血珠

天穹，数不清的精魂
化作满天灿烂的金星
磷磷的骨殖，在浓夜里点燃
大地上的生命之灯

强弩似的大河
弹奏着粗犷的旋律
波澜壮阔的舞台
上演着人间喜剧

凌云搏击的雄鹰
花间戏舞的蝴蝶

画出不同的美的弧线
统一而和谐

严冬冻不死伸出的枝丫
僵土封不住萌生的胚芽
在诗人呼唤的绿风里
铁犁，掀开了历史一章新的页码

1981 年 10 月

树挂

清早，一开门，呀！
谁绣出一幅玉雕画？

草垛、粪堆、房脊、树杈，
披着金衣，挂着银甲；

像镀上一层清凉月色，
似镶上一层玉宇琼花；

多美的一个晶莹世界，
到处都洁白无瑕。

啊，太阳！你何时跳起三丈？
且不要把我梦的羽翼熔化……

1980 年冬

野草

遭到多少次土掩沙埋,
你从深深的底层钻出地表;
受到多少次马踏车碾,
你抽出绿剑碧刀万千条!

你那年轻、茂密的青丝,
只有天上的日月来耕耘灌浇;
你带着遍体的泥巴、伤痕,
在浩浩大风中卷起歌潮。

苦难磨砺着你柔韧的身躯,
秋霜染得你白发萧萧;
迎着瑰丽的夕阳落霞,
你化作一团燃烧的火苗。

把希望的种子深深埋下,
用多情的根须把大地拥抱;

随着一声惊蛰的雷鸣，
在春风中掀起绿色的浪涛！

1979 年春

我曾是渤海滩上的庄稼汉(组诗)

接过祖传的扁担

在那历史的荒年歉月
父亲，在他耕耘了一生的土地上
倒下了！两手
紧紧攥着泥土，合不上眼
我，含泪告别了学校
和少年的童稚
接过父亲留下的槐木扁担

这是一根祖传的扁担呀
紫溜溜的纹络
浸透了一代代的血汗
永难忘啊，我那年迈的
目不识丁的父亲
为给我缴上一年的学费
曾担着一百五十斤秫秸
到三十里外的县城

卖了三块七角钱
他抖动着双手
交给我一团热乎乎的嘱咐
然后，抱着扁担
躲在偏僻的屋檐下
掏出怀里的糠饼子
慢慢地咽……

啊！我把这祖传的扁担
这担筐挑篓的扁担
这沉吟着欢乐与悲愁的扁担
放在我稚嫩的肩头
挑起五千年历史
和沉甸甸的向往
走在我弯曲的乡村小道
走向广漠深厚的大野、田间

背脊，镀了一层铁色

地头上，马兰花开了
像蓝色的火苗一样旺
天海里，云雀唱了
像清清的流水一样亮

我和叔伯、兄弟们
在旷野上锄地
赤裸膀背
让骄阳
晒一个铁脊梁

渴了，俯身喝口土井的水
盐碱地的苦咸
浇不灭心头的希望
饿了，啃口捎来的干粮
一根大葱
蘸着火辣辣的笑骂
嚼碎了劳作的疲累
生活的寒碜

看！那隆起的背脊
镀了一层铁色
不怕炙烤，闪着釉光
含着高粱的赤红
凝着麦穗的金黄
染着五更深重的夜色
涂着傍晚大野的青苍
这野性的、坚韧的外衣

这太阳和汗水锻作的铠甲哟
抵御着风、雹、霜、雪
炫耀着
劳动的神圣
生命的伟壮

啊！我的铁脊背的父兄啊
在用锄头，辛勤描绘着
彩色的向往……

我不鞭打耕地的老牛

老牛，黑色的老牛
颤巍巍地拉着耪子
低着头，喘息着
一步一步地跋涉

它老了
我不能鞭打它呀
它是队里的功勋
曾生下十几个身强力壮的儿女
它是有名的辕牛
曾拉拽过艰难困苦的岁月

它是父亲生前
　　最喜爱的伙计
　　耕遍了村北荒芜的土地
它是多么灵巧和温厚
中耕玉米和高粱
踩不了一根禾苗
穿垄、过堰
用不着牵引吆喝

它老了
已嚼不动干硬的草料
但还拉着耠子耕耘
步履是多么艰难啊
一步一个深沉的蹄窝
它的尾巴再也不灵活了
可恶的牛虻
还偷偷吸它的血

它老了
我怎能鞭打它呢
每当休息
我就分给它一半
　　捎来的干粮

此刻，它总是亲热地
　　舔我的手臂
像舔它心爱的牛犊
我用手挠它的脖子
它竟舒心地眯起眼睛

啊！如果有一天它在地头倒下
我将虔诚地
把它埋葬在父亲的墓旁

我挖河，像一只蚂蚁……

几十万人
密布在一条河道上
汗水，蒸腾着
像一群蚂蚁

我喘息着
推着六百斤土车
俯着腰，爬向陡坡
深陷的脚印
聚满我全身的力

我是一只蚂蚁
一只运土的蚂蚁
推着岁月的流沙
运着沉积的淤泥
一位数学家说
我们挖出来的土方
筑起长城,能绕地球几十圈
伸直了,能够通到月亮上去

我不想遥远的月亮
直想通往金色的富裕
我拼命装土,推车
直想把清凌凌的甜水
引到我的盐碱地里

我是一只蚂蚁啊
运着泥土,每天往返六十公里
每天,我要吞食三斤口粮啊
窝头,咸菜条
这人世间最粗劣的生活
却产生着负荷千斤的力气

晚上,"一窝笼"里①
散发着粗鲁的笑骂
和咸涩的汗息
桅灯下,同伴们
燃着了胶皮
来烫结手脚的裂口啊
野性的顽强
烧铸着不挠的斗志

啊!我是一只辛劳的蚂蚁
我是中国北方农民的儿子啊
当几十年后,我的儿孙
用机器来清淤
在这条河里
会挖出一首汗淋淋的歌曲……

1983 年 1 月于石家庄

---

① "一窝笼",海河民工住的窝铺。

我是红荆

我是红荆,我是红荆,
我的根,扎在渤海滩上。

呼吸着旷野带咸味的风,
吸吮着大地苦涩的奶浆,
从不嫌弃母亲身上贫瘠,
更不抱怨故土荒芜凄凉,
碱滩野洼是我的摇篮,
生得顽强,长得茁壮。

我低微,没有伟岸的身躯,
我粗陋,没有醉人的芬芳,
只有古铜色的腰杆,
带着天赋的耿直和倔强;
只有浓绿的叶,素洁的花,
带着乡野的纯朴和清香。

我是红荆,我是红荆,
迸发的枝条,伸向茫茫穹苍!

在那酷暑多风的炎夏，
我也有过狂热和迷惘；
我曾被扭作野蛮的鞭杆，
把拉犁耕作的牛儿抽伤；
我曾被编作离心的篱笆，
让兄弟姐妹隔一堵墙。

啊！经过寒露秋霜我才成熟，
也成熟了我的意志、我的向往；
我愿编作庄稼人的篮筐，
去盛丰收的果实，甜美的理想；
我愿去做工地的荆笆，
铺进沼泽托起前进的车辆；
我愿投入农家的灶膛，
让人们的生活更热更香。

啊！我是红荆，我是红荆，
迎着太阳，化作一柱燃烧的火光！

1981 年 5 月

盘腿坐在土炕上

回到故乡，胜似梦乡
我盘腿坐在土炕上

这是我温暖的胞衣地啊
这是我心中圣洁的殿堂

啊！生我养我的父母
　　虽已埋进了乡土
念我想我的
　　还有纯朴亲热的村庄

婶子大娘
呼唤着我的奶名
　　我顿觉年轻了二十岁
儿时的伙伴
擂了我一拳
　　擂出了渤海滩人的豪爽

知根知底
谁也不见外
嬉笑怒骂
可着嗓门亮

高粱秫秸的饭篮
端上来热腾腾的生活
粗瓷大碗里
溢满了乡野的芳香

白发老伯，颤抖着
斟给我一杯老酒
我双手高高捧在头上
为岁月的风调雨顺
　　干杯吧！
就是醉了，我也愿
　　醉倒在家乡的土炕上

1984 年 2 月 12 日

芒种节

> 婆婆丁花随风刮
> 熟了麦子往家拉
> ——童谣

芒种节——
　　披着五月的暖风来了
　　踩着坑塘里的蛙鼓来了
　　打着蒲公英的小伞来了

微笑着
像个新娘
　　喜盈盈的……

走过田埂
　　蚂蚱抖着新翅飞了
走过枣林
　　枣花含着露珠香了

走过麦野
　　　无边无际的麦梢黄了
所有的庄稼人都盼望着
为了迎接她
纯朴的乡村激动着

骑"嘉陵"的小伙忙着赶集
燕子似的在地平线上消失
老爷子，用毛驴拉着碌碡
一圈一圈碾轧着场地
女人们，用长长的马绊草
拧着捆绑丰收的绳子
铁匠炉，丁丁　唱着
骡马嗅着田野的气息嘶鸣着
车辆在村街上亮相
一只红冠子公鸡
在上面叫出一天喜气

啊！到了，到了
金色的芒种节——
像个芬芳的新娘
不消三天

勤劳的庄稼汉
就给她拉来
一垛垛金色的嫁妆

1983年12月4日

鹰翎扇

古瓶上
插着一把鹰翎扇
使我的土房茅舍
骤变得无比辽阔

那是用一根根
鹰的翎毛
　　串织而成的扇子
是张开的一只
　　雄鹰的翅膀

只要扇一扇
就荡起大野之气
头上
　仿佛掠过声声
　英武的呼啸

那一根根

威壮的鹰翎

是鹰

  在与狂风暴雨

  不挠地搏击中脱落的啊

带着电的擦痕

染着雷的血腥

当老祖父

一根根

从荆莽野地里捡回

总虔敬地把它插上草帽之顶

挺胸走在旷野

顿时

  就有了猛士的威武

啊！一排倔强的鹰翎

既是组成一把扇子

也带有雄禽的刚正

驱赶蚊蝇

  发出杀杀之音

面对溽热

  扇起男子汉的血性

使那些

带着胭脂气的团扇
　　　　以及阴阳怪气的鹅毛扇
显得那么薄
　　那么轻

古瓶上
插着一把鹰翎扇
使我的土房茅舍
荡起一股昂奋的雄风

1984 年 8 月 17 日于黄骅

风秧歌

风秧歌，也称武落子，男执竹鞭，女打竹板，一种流行于沧州地区的民间舞蹈，每年正月十五前后演出。

啊哈！
急雨似的鼓点
逗起一股急风
　热烈的风
　健壮的风
　欢快的风
　豪爽的风
吹开了天之怀
吹苏了地之胸

那风
从小伙子的竹鞭上旋出来
从姑娘们的腰身上扭出来
从跳跃的舞步上转出来
从响亮的竹板上淌出来

白杨一样潇洒的少男哟
绿柳一样婀娜的少女哟
高粱吐霞的色彩
谷穗摇金的流韵
新颖的舞步
跳醉了质朴的乡风

风的秧歌哟
秧歌的风哟
从悠远的历史中吹来吗?
从深厚的泥土中吹来吗?
从复苏的春光中吹来吗?
从得意的民心中吹来吗?

小伙子的竹鞭哟
舞出道道金色的彩练
姑娘们的竹板哟
打出声声青春的和鸣
风的秧歌哟
秧歌的风哟
在广袤的渤海滩上
雕出一幅不朽的《欢乐颂》

1984年9月7日

百岁老人

一百岁的老三奶奶,
村上的一位活祖宗,
拄着花椒木的拐杖,
常在街上眯着眼睛;

爱看儿孙们说笑着赶集,
爱听豆腐担清脆的梆声;
太阳晒亮了一头银发,
野风吹开了满脸笑纹;

指着树杈上的喇叭,
她说是喜鹊的铁窝!
瞅着房顶的电视天线,
她说是天降的蜻蜓!

总不忘烧香敬菩萨,
从不误看戏看电影;
炕柜里存着各式糕点,

大都放得生了虫虫。

今春搬进敞亮的新房,
总念叨过去那间茅棚;
身边有三件心爱的"珍宝",
无论谁劝她都不扔。

一只老猫养了十二年,
一条褥子四百个补丁,
一件光绪年间的门帘,
挂了八十多个秋冬。

有人问她多大年纪,
她总说八十刚刚挂零,
其中的奥秘谁都明白,
她怕"阎王"知道了她的年龄!

村庄里，有一个精灵

村庄里，有一个精灵
一个看不见的精灵
踩着惊蛰的雷音
悄悄地来了
扰得那些庄稼户
怀揣兔羔似的不安
喝了老酒似的冲动

它在质朴的饭桌上
它在古老的土炕上
它在乘凉的树荫里
它在芬芳的场院里
叫那些满手老茧的庄稼人
精心地盘算
不休地议论

再也不安分土里刨食了
再也不满足填饱肚皮了

再也不愿念那
"以农为本"的老皇历了

叫那些有胆有识的男人
变得英俊起来
叫那些千里卖线的村姑
变得时髦起来
叫那口衔长烟袋的家长
退居"二线"
叫那老实疙瘩也合谋着
入股经营

在集市里眼观六路
在茶馆里耳听八方
走京闯卫增长见识
串亲访友捕捉信息

啊！有一个精灵
一个看不见的精灵
使古朴的村庄
变得莫测难认
变得活泼新颖

瓜棚

起伏的绿海中
　　　一座浮起的仙岛
夏日的平原上
　　　一幢繁华的野庭

地上开着一片
　　　金黄的瓜花
天上飞着只只
　　　红绿的蜻蜓

我和小花狗
紧紧跟着光脊梁的爷爷
草筐里
　　　背着我生活的奥秘
　　　和他沉甸甸的古训

雷雨来临
这里就聚满避雨的乡亲

爷爷摘来最大的甜瓜
也摘来一片亲热放肆的笑声

夜,瓜棚旋绕着
　　萤火虫的卫星
爷爷用蒲扇指着星空:
　　看!那银河边有田
　　田边上有井
　　百年之后
　　我要到那里去种瓜呢
　　带着咱家乡香甜的瓜种
我怔怔地望着天上
小花狗也仰头叫了几声

啊!茫茫绿海里
　　一座纯朴的仙岛
啊!故乡的原野上
　　一个甜美的梦境

我走了，故乡

我走了，故乡
滚烫的泪水，滴在
哺育我的土地上

故乡，我走了
可我的心
　　还留在乡土上
但愿它能在田垄里发芽
秋后长成一棵
　　开满诗花的红高粱

1983 年 8 月

草民（组诗）

大草洼

九河下梢
汇一汪甜甜苦苦绿色血

渤海滩苍茫之气
笼罩起起伏伏草泽之波

连绵的黄蓿如大地铜肌
沸扬的芦花浮起雁阵

绿蚂蚱蹦到水里变成黑鱼
一窝野鸭蛋滋养了我的童年

艘艘凌爬从寒月里撑来
划出一条蜿蜒的草路

萤火点燃牛虻之舞

一窝笼里传出下洼人的鼾声

芦根上有土匪血
深草里有烈马骨

我用长杆子大钐镰
掀开故土一部奇书

1986 年 8 月 12 日

高粱叶　哗啦啦

七月　绿色的浪涛
拍击着我的古老的村庄
白云的橡皮艇游荡着
一只苍鹰　从坟头上跃起
牵出大平原幽沉的秋声

高粱叶　哗啦啦

蚂蚱在阳光里练翅
纺织娘饮下草尖一滴晶露
天　辽阔而深邃

一群老雀子召开飞行会议
——这群无拘无束的流浪汉

古老的乡路叠印着车轮马蹄
血阳染透　万穗红缨
染透一队俊美的红灯照
曙色里　北方的大野深处
隐隐传来梁红玉的击鼓之声

火烧云挂起辉煌的旌表
风　吹动大平原的方阵
吹动旷野饱满的谷妞子草
地平线上　匍匐着古铜色的庄稼人
啊　那是我含辛茹苦的父亲母亲

高粱叶　哗啦啦

1986 年 8 月 28 日

哭坟

我的祖母摇着纺车哼唱过
我的母亲劈着高粱叶吟唱过

我的妻子织着苇席学唱过
这是当地一位多情的寡妇
　　留下的歌声啊

　　　　小辛庄啊东大门儿呀
　　　　　史家的闺女张家的人儿呀

她坐在荒草野地里
面对苦海似的天
一声悲切的哀号　一代代
揪疼乡村女人的心弦

　　　　　你早死二年俺不来呀
　　　　　你晚死二年俺开了怀呀

像土地一样纯诚的女人啊
仿佛生儿育女才算本分
谁也不能否认　她们是
支配人类命运的尘世之星

　　　　　想了一更思二更呀
　　　　　灯瞅我来我瞅灯呀

灼热的哭声
烫伤了天上云雀的翅膀
咸涩的泪水滴下来　滴下来
战栗的马兰花开了一朵忧伤

　　走一步来思两步呀
　　我思前想后还是找丈夫啊

放牛娃听了甩了个响鞭
串乡的货郎摇着鼓子走了
一支多情的女人的哭歌
深深地在渤海滩扎下了根

1986 年 8 月 15 日

桥头卖鱼妇

轻轻的顺河风
撩开了她的花衣襟
两枚高耸的太阳
膨胀着早霞似的温馨

　　哦　桥头上的渔娘子

两个奶子好动人

推车的挑担的赶来休息
骑驴的赶脚的停下问询
南北大道变成一条娘子河
行人像鱼　游进那妩媚的眼神

哦　桥头上的渔娘子
两个眸子好动人
南来的老汉你称父老
北来的大哥你叫乡亲
进鱼棚吸上一两袋烟
你唱一段小辛庄的寡妇哭坟

　　哦　桥头上渔娘子
　　你的嗓音好动人

荒草野洼里喊一声
这里自古卖鱼不用秤称
是情是义手上掂量
心里亮着一颗定盘星

哦　渤海滩的渔娘子

你站在桥头好精神
养的闺女是田野的花
奶的小子是翻江的龙

1986 年 8 月 20 日

血灯笼

那是一盏血灯笼
燃在浓黑的夜里
祖祖辈辈的村民
都不堪回首仰望

那一天　他去了
落草为寇去了
为母亲能吃上一顿年饭
为除夕能燃放一串爆竹

那一天　他去了
落草为寇去了
为门板能贴上一对红联
为土房里领进一个年轻女人

苍茫夜色里
他击倒了一个行人
行人远道负重而来
手里举着一盏灯笼

血燃了灯笼
灯笼燃醒了夜
倏地　他扑在行人身上恸哭起来
那行人竟是他久离未归的父亲

他抽出镰刀
剖出自己的心
苇捆似的倒在父亲身旁
血燃的灯笼射透草野

村民们潮水似的赶来
都铜雕似的垂下了头
那一盏血燃的灯笼
灼疼所有的眼睛

1990年春

白发娘为我打开了柴门

您还站在屋檐下吗
手搭着凉棚顾盼
两眼眯成
一条温暖的大路

我的脚步踉跄
衣襟被月牙儿挂破
背着沉重的风雨
跋涉岁月的泥泞

我把您做的鞋子
挂在了草筐上
我的脚板浸在泥水里
在我匍匐的小路上
开着数不清的蒺藜花
太阳引我去登一座神山
星星领我去开一片圣土
我在遥远迷惘的路途上
只有您亲切地呼唤我

您高高举起手中的蜡烛

点亮我一片瑰丽的梦境

啊　我的神山　我的圣土

啊　我的故乡　我的母亲

抚去我满身荆棘

白发娘　慈祥地

为我打开了柴门

1986 年 9 月 10 日

定州白果树

死了
还赤裸地站着
还高傲地站着

岁月的风火
烧掉的是孱弱
站着的是坚韧

铜干铁枝
矗起平原的脊骨

挺立着
挺立着拥抱穹苍
根如珊瑚
　　铸成大地之美

1986 年 6 月 16 日

荒土上的红荆

从旋风里落下一粒种子
落在祖父跋涉的脚印里
一个坚韧的灵魂复活了

从凝固的苦涩里
爆出一道扭动的闪
生命之根
照亮沉积的岁月

早春
豁然抽出一柄红剑
刺破荒滩千秋空茫
一柱跳跃的火
燃起蓬蓬绿焰
呼唤着风
呼唤着小鸟和蓝天

一条金色的火狐之尾
一缕鲜活的灵气
飘摇在寥廓的天地间

1986年6月26日于沧州

牵牛郎,你的缰绳

你牵着沉甸甸的秋天来了吗?
你牵着苦辣酸甜的岁月来了吗?

悄悄地爬上长满蒿草的土堰
默默地爬上荆条丛生的篱笆

举起蓝色的紫色的红色的酒杯
举起晶莹的星星,浓艳的太阳

唤起低地的绿色家族
都来痛饮大地的醇香

挺直腰吧,车前草
撒开网吧,蒺藜秧

牵牛郎　你的缰绳
拖出一轮含露的月亮

1986 年 6 月 26 日

回乡

我是一朵快活的云
飘回家乡
飘回月牙河边古老的村庄
又听见布谷鸟的啼叫了
又闻见麦苗的清香了
让我心中的思念化作雷声吧
　　在空中爆出
　　　　金色的诗行

我是一朵快活的云
飘回家门
飘回贴着大红春联的熟悉的
　　家门
又看到屋顶冒出的炊烟了
又听见妻子喂鸡的呼唤了
让我心中的思念化作喜雨吧
　　在亲人的头上
　　　　降下一场欢欣

啊！我是一朵快活的云
一朵贮满雷声和喜雨的云

1984 年春

挂灯

正月
是香甜的
正月十五
是火红的

夕阳，是醉倒下的
月亮，是跳出来的
家家户户的门口
都挂着乐融融的灯笼

四叔家挂的是鱼灯
双喜家挂的是宫灯
七娘家挂的是走马灯
小牛家挂的是电子灯

彩色的生活
金色的憧憬

一条胡同一条灯河
一个村庄一团星云

忽然,一片乌云
遮住了月亮
鼓更响了,灯更亮了
天上,人间
都呼唤着光明

喂,那在银河边
　　遨游的卫星
你是谁家的?
你看见了吗?
我故乡的门口
　　那颗颗炽热的心……

1984 年 2 月 12 日

早春

他赶着驴车下地了
斜坐在车辕上
　　看着"农家乐"小报
车上还有他妩媚的妻子
花头巾迎着春风
　　柔和地飘

左边是返浆的大田
右边是吐翠的麦苗
前面一片荒芜的碱场
是埋葬先祖苦难的坟包

他不由深情地打一声响鞭
她轻轻哼起抒情的歌谣
古老的乡路
　　轧了一道新辙儿
青青的白杨

绽开了新苞

　　小花狗紧紧跟在车后
　　嗅着路边发芽的野草
　　追赶着春天芳馨的脚步
　　跑到田埂上汪汪直叫

　　　　　　　1984年2月13日

在田埂上

啊！绿色的田埂
我休憩的长凳
长满了马绊草、苣苣菜
盛开着马莲花、蒲公英

我和她坐在上面
共享劳动后的欢乐、轻松
我用瓦片打磨着锄头
她用草帽掮起芬芳的风

我卷一支一头拧的土烟
她捏一只荆条尖上的蜻蜓
打开口袋里的袖珍收音机
和天上的云雀相互和鸣

多美呀，我一躺下
就能做个新鲜的梦
蚂蚱竟跳到我额头上探险

蚂蚁结队去我脚趾间旅行

她掐根芦叶把我搔醒
风吹高粱花落满头顶
脚踏着广袤、醇厚的土地
走向欢乐、健康的人生

     1984年1月3日

麦捆

绿色马绊草拧成的绳子
结结实实
捆住了一个季节

大平原淳厚的画布上
隆起一捆捆沉甸甸的金黄

一辆麦车
从太阳里赶来
庄严地停在地头上

头戴草帽
赤着古铜色膀背的小伙
一声"嗨!"用铁叉
举起了辉煌的夏天

蓝天被举高了

白云游荡起来
金灿灿的大地伸展着
托着大地之子
托着黄金之神

大车拉着麦捆
隆隆驶过原野
田埂上
数不清的苦苦菜花
饮着麦香
微笑着开了……

1985 年夏

梦的卫士

晌午
燥热的天
门外柳荫里
　　睡着一个
泥腿大脚的庄稼汉

他的妻子
　　悄悄地
坐在他身边
赶跑了鸡鸭
和几只讨厌的蝇子
悠闲地掐着草帽辫
眼睛
　　为他的梦
　　　织了一道警戒线

啊！他睡得多美

舒畅的鼾声
颤动着树叶筛下的
　　太阳的音符
奏出了劳动的欢乐
梦的香甜

她，惬意地笑了
轻轻地
　　举起一根青秫秸
轰跑树枝上
那弹翅鸣噪的
　　　　蝉……

1982年秋

葵花林

啊，茁壮兴旺的葵花林，
生长在苦涩的渤海滩上；
快乐的一群、热闹的一群，
举起千百枚黄金的太阳。

一颗质朴的心在燃烧，
一首金黄的歌在喧响；
蓝天飞过轻盈的银鸽，
小径上走来采蘑菇的姑娘。

野草铺开翠绿的地毯，
所有的花盘都辐射着辉煌；
她走进一个纯真的童话，
好像做了幸福的新娘。

轻盈的步子带起嫩黄的风，

染香了一片秋的嫁妆；
啊！快乐的一群、热闹的一群，
举起千百枚黄金的太阳。

1985 年夏于南大港

村街

凸凹不平
嵌着砖头瓦块,
像一条浑黄的河流
流走了,那辛酸的岁月
  动荡的年代……

裸露着,木轮、胶轮
  深沉的车辙,
变幻着,穿鞋的、光脚的
  奔忙的脚印;
荡着庄户人放肆的笑骂,
散发着咸涩的劳动的汗息。

两旁,错落的土房里
传出悠远的白鹅的鸣叫
和声声和谐的鸡唱。
屋顶,飘起缕缕炊烟,

像女人扬起轻柔的纱巾
呼唤远处耕作的田舍郎。

姗姗来迟的高压电塔
威武地站在村口！
一排路灯，骄傲地闪着
穷乡复苏的眼神。
小毛驴和拖拉机同时下地
虽然，雨后还有些泥泞。

黎明，这儿涌出
　　春的潮头，
傍晚，这儿聚来，
　　彩霞和歌声；
夜深，街心千年的古槐
抖动一头如霜的槐花
把积郁的清香，汩汩地
溶进农家美丽的梦境……

　　　　　　　　1984年夏

老农

撅着霜染的山羊胡子
敞露着赤黑的胸脯
腰，佝偻着
像一段弯曲的路

一朵乳白的云，罩在头上
燕子，箭似的从身旁掠过
他不用拐杖支撑
那前俯的身躯
腰后，却斜背着一把
使了一辈子的鹤嘴锄

这是多么和谐的平衡啊
这把始终舍不得放下的锄头
锄杠上攥出深深指印的锄头
锄板儿磨成月牙儿的锄头

成了他前进的杠杆
生命的桨橹

总有一天
他会在田头倒下
那起伏的金黄色的庄稼
就是他芬芳的碑文

1983 年 9 月

村之魂(组诗)

一个庄稼汉的葬礼

> 满脸霞光熠熠,他独自上升,
> 喝醉了阳光,亮透了一颗心。
>
> ——[希腊]埃利蒂斯

一个五十岁的庄稼汉
倒下了,倒在地气蒸腾的田垄里
苍茫的地平线颤动起来

乡野的风,抚摸着
他粗大的手脚,刚硬的头发
辉煌的太阳
照耀着他袒露的膀背
村民们,高高地抬起他
告别棉田、枣林、场院、坑塘
　　芝麻地、高粱帐
那闪着汗光的绿色生命

最后一次接受他
　　庄严的巡礼

在诞生过他的土炕上
在凝聚着他的悲愁与欢乐的土炕上
他做最后一次歇息
多么安详啊
作为儿子和丈夫
作为男人和父亲
他用吃苦、耐劳、憨厚、刚直
雕塑了渤海滩人平凡的一生
所有的亲人
为他祈祷铭福吧
用纯朴清冽的乡情
洗去他沾在脸上的草屑
和手指间黑色的泥土

村口，全村的人为他送葬
灵前摆着
他收获的小麦做成的馍馍
和一只每天为他报晓的雄鸡
骨匣上，没有旗帜、绶带的覆盖
也没有翠枝花山的环绕

只有蓝天、丽日、云霞、乡风
犹如他生前劳作于旷野

收录机开始播放
为国家元首送葬的哀乐
二百响鞭炮为他起灵
（即使身躯化为灰烬
也要埋进自己的土地啊）
村庄里，所有的摩托在前开路
汽车、拖拉机鸣着喇叭
　　　　为他送行

他年轻的儿子
怀抱着他的骨殖
怀抱着一段艰辛的路程

把他深深地埋进乡土吧
埋进一个梦幻
埋进一个苦痛
秋后，坟头将有一丛碧草
向大野歌唱生命的欢乐

　　　　　　　　1985 年 6 月

墓茔——村庄

连绵的土丘
像耸起的一片浑黄的屋脊
地下仿佛覆盖着一个古老的村庄

我的大骨架的祖先
率领着他一代一代握锄杠的子孙
安息在这葱茏的旷野

一个绿色的家族
一个匍匐的家族
活着，汗流在一处
死了，也葬在一起

不管长辈、晚辈、男的、女的
　　穿鞋的、光脚的，或先或后
甩掉忧患与烦恼
都汇聚到这梦中的天国

世世代代的庄稼汉
组成一个地下的根系
用血肉浸透了这块土地

没有碑文、牌坊、石像生、兵马俑
只有破碎的陶片和无名的小草
　　　闪着历史的汗光

周围，簇拥着高粱的卫队
起伏的绿涛躬身膜拜
蛙鼓队敲出一片秋的芳馨
广袤的大野，贮满
土地的浑厚与历史的凝重

啊！压弯的乡路
一条历史的纤绳
向前伸延着、伸延着
连着苍茫的墓茔
系着衍变的新村

哦，老祖父

你还圪蹴在场院那块碌碡上吗
那掺着菁麻叶的蛤蟆烟点着了吗

即使你长眠在九泉之下

那青铜的烟锅也闪着大地的沉思

你轰的那挂大车拐了几道弯了
黄泥路上，还回荡着你的吆喝声

你攥出指印的那根杉木锄杠
至今还握在儿孙们的茧手之中

你闯关外、走西口的经历呢
结成故事，挂在老槐树的绿荫里

你曾以农民的伟大
倾囊相助逃荒的灾民

你也以农民的狭小
与族人争夺一条二寸宽的地埂

你把全部的血汗留给了土地
又把质朴的倔强留给了儿孙

啊！老祖父，你青铜的烟锅一闪一闪
像一粒亲近而遥远的星辰

一颗忍受煎熬的心

在星星草摇曳的梦里
我颤声呼唤着：母亲

她挎着小包袱
从外祖母传授的"女儿经"中走来
背着柴草、挑着饭罐
从田间小路上走来

那用自己织的粗布
　　缠过的小脚
跋涉在泥泞的岁月里
她蓝天一样深蓝的衣襟
掩藏着一颗温暖的太阳

她用背驮着我
跪爬在田垄里除草
我在世间最崇高的热土上
同玉米一起拔节

她用屋顶轻柔的炊烟

呼唤在田间劳作的父亲
她用纺车摇动月光
给我织一个明亮的故事

她先后生下七个儿子啊
竟有六个在夜暗里丧生
忍受着命运的折磨
她面对菩萨，默不作声
忍受着父亲焦躁的打骂
她日夜操劳，默不作声

在那个饥饿的年代里啊
她用苦水淘洗那颗苦过的心

把口粮全部省给丈夫、儿子
自己却悄悄地闭上了眼睛

啊！这里埋葬着一颗
　　忍受煎熬的心
我颤声呼唤着：母亲

1985 年 6 月

这里，有我的墓穴

> 在起伏的墓茔之中，父兄们
> 早为我留好了一方墓穴。
> ——手记

面对一块含着盐碱的泥土
一块生长荆蒿、芦根、黄蓿菜的泥土
一块栖息野兔、蚂蚁、云雀、鹌鹑的泥土
我的心，战栗了

这就是上帝
给我选择的最后的位置吗
前面，紧紧靠着我的父母
左右，紧紧挨着我的兄长
啊，我加入一个严整的梯队
一个前仆后继、繁衍不息的梯队啊

这块泥土孕育了我，哺养了我
最终还要收留我啊
我扑在宽阔、质朴的怀抱里
深深地呼吸母体的温馨

我身上奔涌着你河流的血液
我臂膀上隆起你土岗的肌腱
我头上蓬松着你茅草的坚韧
我眼睛闪射着你坑塘的深沉

你丰年饱满的麦粒
和艰月干瘪的草籽
给了我黄土的细胞、太阳的肌肤啊
你的海浪似的田畴
和闪电似的小路
引我走出一个天的穹庐
跨过一道地平线的栅栏

我是一枚随风飘飞的树叶啊
有过天真、有过狂妄、有过困惑
有过酷爱、有过悲恨、有过快乐
当我蹒跚地走完人生的路程
地母啊，用你早春的圣露
　　洗刷我的灵魂吧
啊！这里，是我的墓穴

这是我梦中的伊甸园啊

我愿与世代泥腿庄稼汉一起
侧耳倾听丰年的蛙鼓
和历史拔节的绿韵

像埋下一粒诚实的种子
我的灵魂将在这热土里发芽
春天,一朵无名的诗花
将在这里微笑
并且深情地向世界说:

  谢谢,大地!
  谢谢,生活!

1985 年 6-8 月

林冲夜奔

——观裴艳玲演出

一

啊——咳———
从心底爆发出一声啸叫
穿透冷漠的历史之夜

一个窈窕的沧州女子①
竟化为潇洒英威的伟丈夫
旋转踢踏
纷纷扬扬
洒一路豪风
洒一路壮雪
洒一路浩叹
洒一路悲歌

---

① 指裴艳玲,沧州肃宁人,河北梆子表演艺术家。

二

一股沧州风
一场沧州雪
一个空灵浩茫沧州夜

千点梅花
开在谁家庭前
高卧的幽人
吟什么闲诗雅篇
草屋寒野里
一个蒙受屈辱的灵魂
一个有血有性的灵魂
跌落于怨海恨火之中
抉择
抗争

啊——路啊!

三

昏天
黑地

山神庙里的神灵
竟瞎了一双双眼睛
它们也怕高俅那厮吗
也怕那镶金裹翠的帽翅吗
也怕那人头似的印玺吗
也怕那血花花的纹银吗

啊！白虎节堂
冤狱之门

四

一葫芦烈酒
八千里风雪

从草料场的火光中
看透衙内们的欺民之术
看透陆谦们的升官之术
看透富安们的富贵之术

火焰升腾
雪野里每一根挺直的芦苇
每一株站立的蒿草

都燃烧得噼啪作响

愤恨至极
爆裂出一道道威壮的血光

五

雪啊,铺一个晶莹世界吧

望断天涯
可怜贞娘温情
催落点点英雄泪
更有那野猪林中
鲁智深横空断喝
一根铁禅杖蠹起侠肝义胆

孤旅天涯
沧州,一座世袭的官邸
卷起一股清爽的小旋风

六

风雪

长夜
一杆花枪
挑出云间皓月

手，战栗着
抚摸面颊
那刺配的刀痕好深呀好深
千年之后
会流成一条无名之河

甩掉豹子头上的荆冠
义无反顾
古老的沧州道上
闪出一条囚徒之路

七

刚健之美
飘逸之美
怨愤之美
悲壮之美
娇娇沧州女儿
荡起一股历史雄风

坎坷的沧州道上
闪烁着一条"夜奔"之虹

1986年1月2日

中秋生日

我的生命也是明亮的
飘飘然
与普天下观赏的那轮皓月
一起诞生

我是一滴思念的清泪
我是一杯甜甜的欢乐
我是一节连接未来的历史
我是一首沉吟了五千年的古歌

曹孟德以观沧海的明月哟
李太白如意杯中的醉月哟
苏东坡水调歌头的江月哟
郭小川枕戈待旦的山月哟
阴晴圆缺
心上没有一丝皱纹
星移斗转
还是那么从容皎洁

以风雨的晕环而告天下
那不是神圣的光圈
似如血的云火而警世人
天上没有宫阙

哦　我随明月而来啊
梦随明月而归
当贪婪的天狗爬出阴云
我的心
将用纯真敲响

1985 年中秋节

青萍剑

秋月之下
我观看
一个庄稼汉舞剑

当他举起
亮闪闪一柄青锋
憨厚的庄稼院
竟变得如此雄浑

一副青铜的臂膀
旋绕一弯秋水
金波银澜
涌喷出
　　金属之声

握着一道不灭的闪
牵着一股晶莹的风
寥廓的天地之间

一朵绚烂的生命之花
　开得如此生动

风停浪歇
他抱剑而立
一席话落地生根：
　"此乃青萍剑
　曾名扬北国武林
　祖辈居乡间
　只为强体健身。"

我环顾这普通农舍
院中有秸子、锄头
还有摩托、真空井
墙壁上那把高悬的剑鞘
呼啸出强悍的乡风

1984 年 9 月 8 日

春日偶拾

一

小草,从坷垃缝中
钻出闪闪的叶柄
风,牵着阳光跑来
弹试着这鹅黄色的剑锋

二

燕翅擦亮了穹顶
草尖高举着露灯
凤凰似的彩霞跃出深宫
手捧春阳开始新的行程

三

峭壁上,迎春花
开出一片灿烂金星

流云，染一身芬芳飘去
化作细雨洒进了田垄

四

从复苏的土层里
挺起一株绿笋
为旋转的宇宙的唱盘
添一根活泼的唱针

五

蒲公英的小伞
携带着倔强的生命
在发光的时空里
宣布绿色世界的永恒

放风筝

春的使者
美的精灵
在复苏的土地上腾起
乘着温和而多情的风

高高地升起一朵微笑
远远地飘起一片真诚
长长的纤绳
拉出晴朗的岁月
让一颗欢乐的童心
在深邃的蓝天驰骋

盐碱滩

一

土是碱的
水是咸的
苍凉苦涩的土地啊!

自古来
生长着红荆、黄菜
还有被流放来的
　　倔强的生命

二

历史,跋涉着
从沧州古道上走过

三

一位
戴枷的囚徒
用皲裂的手
　　战栗的心
铸造了一头镇海铁狮
碱滩上，矗起一幅
千古不朽的浮雕

四

苍茫夜色里
八十万禁军教头林冲
枪挑一葫芦烈酒
浇不息
　　十里风雪
　　一腔忧思
草料场上的火光
在高亢的西河大鼓里
一代一代地燃烧……

五

芦花飘絮
大雁南飞的季节
捻军统帅张宗禹
　　落难而来
大港的水
　　洗净他身上的污血
白发老妇,打开柴门
迎进了这个异乡的儿子
大洼草淀里
埋下了一颗
　　不屈的种子

六

娘娘河流着
流来了火车的隆隆声
土房茅舍里
走出了赵博生将军
他用渤海滩带咸味的乡音
唤起了

震惊中外的宁都霹雳

七

一位共产党员的热血
流在了海滩
被染红的太阳
从他怀抱里升起
——黄骅！
古老的县城高高地
举起了他的姓名

八

当代
一位有才华的诗人
——邵燕祥来了
头上戴着莫须有的罪名
芦叶刺破的手
栽着绿色的稻秧
海滩上留下一方
茁壮的新诗

九

土是碱的
水是咸的
哺育的生命是顽强的

当满洼的高粱咔咔拔节
当如镜的盐田堆起盐山
当大港的井架举起黎明
一列内燃机车
沿着沧州古道而来
为激动不已的渤海
带来一串
　　明亮而新颖的故事
…………

1984 年 1 月 20 日

风

啊,海风——
用透明的手指,
按动宏伟的
浪的琴键!
时而吹起
轻柔的短笛;
时而喷放
奔雷似的和弦!

海鸥——翻腾的音符,
月牙儿———一艘浮摇的舢板……

1980 年 9 月

航海灯

一

祖国蔚蓝色海门上，
两排红亮的铆钉。

二

在波山浪谷里扎根，
在夜海迷雾里吐艳：
闪动着多情的眸子，
跳跃着向祖国问安。

1980 年 9 月

海潮月

夜半潮涨，
大海荡漾；
哗啦啦浪花儿轰响，
潮水里漂起一轮月亮。

大似银盘，
白若秋霜，
银灿灿，明晃晃，
挂在渔场船桅上。

它刚刚做完海浴，
洗下了一身银光，
瞧那千顷大海，
叠着层层银浪。

看它多么多情，
追着船儿不放；
莫非月里的吴刚，

想跟咱学习撒网?
船头月影动,
天上桂树晃,
清风吹,满海桂花香。

夜半潮涨,
大海荡漾,
船儿划到银河旁,
星满网,月满舱……

1979 年春

老驾长

脸上　镀了一层
太阳的紫釉
岁月的雕刀
在额头上刻下
　　条条风的峡谷
道道浪的波纹

一缕轻轻的云
从他弯弯的烟斗里飘出
眉峰上凝着
铁一般的沉思
　　不在平静的浅海
　　捞取虾毛
远涉坎坷的重洋
围猎鱼群
船尾生风

船头压浪
他屹立在船台上
　一尊紫铜的雕像

1981年秋

摇篮

在汪洋大海中,我看见一艘"家眷船"上,男掌舵,女下网,一个匍匐学步的孩子,在舱板上玩耍……

啊!海的儿子
你在波谷的怀抱里微笑
你在浪峰的手掌上欢跳
海风,用低沉的喉咙
向你唱着惊险的歌谣

夜晚
你在绣满星星的蓝缎上入睡
月牙儿的奶瓶
滴给你清醇的玉液
黎明
潮姑娘轻轻把你推醒
太阳的金锣

向你震颤光明的音响

啊！海的儿子
海燕围着你飞舞
浪花绕着你开放
铿鸟，带给你一片
　　远方的虹霓
渔网，给你捞起一船
奇妙的梦想
当我乘着现代渔轮
从你身边驶过
庄严地拉响
呼唤你的汽笛

浩瀚的大海
用浪的手臂
高高地，高高地把你举起……

夕阳里的剪影

海底，下好了网
桅尖，歇息着风
在晚霞的紫绒天幕下
荡漾着一艘渔船的剪影：
一个小伙坐在舵楼上吹笛
夕阳的铜镜
　　　镶着他
闪耀着一圈橘红的光轮

啊！火热的笛音
在起伏的海浪上旋流
颤动着生活的欢乐
跳跃着彩色的憧憬
轻轻地、轻轻地吻着海波
深深地、深深地揉进了海心

于是，乖僻的海

骄矜的海
竟是变得那样温柔
舒展着蔚蓝的裙裾
　　脉脉含情……

啊！一个年轻的渔人
在夕阳里吹笛
大海，泛起一层
　　青春的红润……

1982 年 10 月

海之魂（组诗）

渔鼓老人

他用铁锚似的手掌
敲醒了喧腾的大海

三尺竹筒
漫一方鱼皮
老人抱在怀中
像抱着搏击的樯橹

打鱼的人呐嗬嗨——
硁！硁硁硁——

他的手指战栗着
渔鼓发出沉重的回音
仿佛浪涛拍击船头
仿佛海流吞吐着远风

他的胡须抖动着
沙哑的嗓音
飘向空阔的海域
滩涂，摇曳几丛
　　倔强的芦苇
海口，旋起一群
　　银亮的鸥群

披风踩浪的老渔人啊
一辈子沉默
　　少言寡语
可一旦唱起渔鼓
眼里就放出奇异的光彩

打鱼的人呐嚆嗨——
硿！硿硿硿——

那豪迈沉雄的长调
从遥远的年代飘来
海浪的音符
谱出颠簸的人生
一首辈辈相传的渔歌
竟使他热泪盈盈

顶凌出远海唱过的渔鼓
推车卖虾酱唱过的渔鼓
凝着他的深情
蕴含着蔚蓝的大海
　　他听着渔鼓而生
　　将哼着渔鼓而终

打鱼的人呐嘀嗨——
硿！硿硿硿——

　　　　　　　　1984 年 11 月 25 日

墓前，一幕活剧

渔家的坟墓
都坐落在开阔的海滩
活着迎风搏浪
死了也面朝大海

傍着自己的父老
这里又添了一座新坟
咸涩的海泥
长不出红花绿草

却有荧光闪闪的贝壳
镶嵌在坟头

一个年轻的渔妇
在坟前哭泣
声声呼唤着自己的丈夫

那是一条多么壮实的汉子
一场莫测的风暴
使他消失在海洋
全村的机船去寻找他呀
只捞起一块破碎的舢板

十天过去了
乡亲们，按照古老的习俗
埋葬了那块舢板
和他使破的渔网
这里，又睡下了一个渔家的儿子

墓前，他的妻子
在虔诚地祈祷
突然，一个年轻健壮的渔夫
大踏步从远方走来

她凝视着他

惊呼着他

只怕是在梦里

他憨笑着

指着自己的坟头：

　　你们根本不该想到

　　我会在大海里死去

他携着她走了

准备着明天

重新出海

一行深重的脚印

留在海滩上……

只有奔腾的海潮

来朗读这强悍的宣言

1984 年 12 月于海堡

海堤上，站着一棵老树

它，在海堤上挺立

苍劲的手臂

召唤着远方的渔船

谁也记不清
它活了多大年纪了
铺满盐硝的海滩
长不出一棵树木
唯有它——一棵老杜树
竟然在海堤上挺立

它的根，牢牢地扎在
贝壳凝成的沙砣上
大胆地探求
沙层里蕴含的
  生命的甘泉
顽强地吸收
  茫茫碱滩岁月的苦涩

从海贝的骨殖上
获得一片鲜活的绿色啊
  迎着大海日夜歌唱
海风吹皱酱黑的肌肤
顽强的年轮
  浓缩着奔涌的海浪

它的身躯躬着
像一位守海的老人
海上，数不清的渔船
远远地，只要望见它
人们就高兴地喊叫
　　看！那是咱们的家

出海归来的渔人
一上岸，就亲热地
　　张开臂膀拥抱它
渔妇们，逢年过节
端来最好的食品
　　供在它面前
它的身上
年年贴满吉祥的春联

它是一位神圣的老祖父啊
日夜守望着大海的子孙

1984 年 12 月草于海堡

1985 年 12 月改于石家庄

家眷船

动荡的家
自由的家
没有地址的家
产生了形影不离的劳动
　　生死相依的爱情

来自古老的北运河畔
从刘绍棠的小说里
能找到他们使船弄舵的祖先
那秀丽的苇乡泽国
竟被岁月的泥沙淤积了
他们随着萎缩的河水
来到苍茫的海滨

因不愿弃渔务农
才离乡背井啊
一句地道的京东土话
就可唤起燃烧的乡情
他们怀恋故土
更眷恋着渔船
常常举起酒杯

将一腔豪情洒进大海

黎明
随着早潮出海
辽远的视野布满艰辛
用祖传的三层网和钩子
捕获当地渔人难以捕获的大鱼
男人和女人
用眼神儿协作
在轰响的浪花里
采摘蹦跳的欢乐

傍晚
船儿泊进河湾
成群的海鸟在头上盘旋
女人拉着风箱
升起鲜美的烟霞
男人从岸上背回
一个多彩的商店

风吹着
船摇着
当银色的鲈鱼跳进男人的梦中

渔灯下
渔灯下
传来女人轻幽的歌声

那歌声　传得很远
催落了天边那颗闪耀的星星

　　　　　　　　　1984年冬于黄骅

赶海鸟的姑娘

噢——嗬——
一声清爽的呼唤
使辽远的海平线跃动起来

一双纤巧的手
拉开淡淡的夜幕
晓星残月
　　都哗啦啦掉进潮水里
她从黎明中走来

她的手中
　　没有渔网渔梭

没有鱼篓鱼叉
而是一本厚厚的《海洋养殖学》
荒寥的滩涂
开出一片明镜似的池塘
　　育着她青春的追求
　　和玫瑰色的憧憬
噢——嗬——
她呼唤着
站在朝阳的红轮上

茫茫海滩上
那矫健的鸥鸟
那长腿的鹭鸶
那肥胖的野鸭
那机灵的鱼鹰子
竟贪馋地盯着她的池塘
噢——嗬——
她呼唤着
威严地捍卫着自己的领地

她在池塘边读书
遐想着
静静地观看

池中虾群的舞姿
那对虾弹出的每一朵水花
都在她心中芬芳地开放

噢——嗬——
她呼唤着
海天翻飞起海鸟的音符

1984 年 12 月

海堡

海边
一排排起伏的土房
像凝固的浑黄的波浪

一代代渔人
在这儿劳作，繁衍
咸腥的风
塑就了紫铜色的肌肤
颠簸的浪
培育了强悍的人生

贝壳铺成的道路
闪烁着点点荧光
掩埋了昔日
鸡公车推虾酱的呻吟
和暴风后
船翻人亡的悲怆

渔港里
森林似的桅杆
举起了黎明海鸥的银翼
带起一片早潮的喧响
每只船
都启动了马达
调正了方位
铁锚
汗淋淋挂在船尾
腰挂酒葫芦的老驾长
站立船头
吹响厚重而辉煌的螺号

啊！出海，出海
向着辽远的海平线
向着深邃的大洋
用勇敢和胆识
完成人世间
最雄壮的历程

啊！海堡
赠给千帆倔强
迎来万船豪爽

渔眼 ①

黛青色的流线上
庄严的方舟
织着沉雄的歌
他，屹立在瞭望架上
簇拥的波涛
举起一尊涂金的雕塑

一双明眸
镶嵌着
　　天的辽远
　　海的深沉
大洋的风
从他眼角的鱼尾纹里
　　浩浩荡荡地通过
险情蛰伏的海路啊
刻着父老的遗嘱

---

① 在远海围网船上，有丰富经验的渔民登高昼夜观察，寻找鱼群并指挥捕捞，人称"渔眼"。

记忆的网花上
泪珠滴着悲响
他，俯伏着
　　海在脚下奔腾
在每朵浪花上采摘希望
在每个旋涡里探寻春色

忽然，他浓重的眉毛
拧出声声雷、道道闪：
　　追击！围歼！
大将军，八面威风
　　绞网机兜紧底绳
拖得浪在抖、海在颤

当十万鲅鱼进舱
海燕衔来贺电
他，在高高的瞭望架上
已鼾声大作，睡得正酣
洁白的云朵
　　托着他美丽的梦
　　悠然地游向远天……

海浪

欢跃着，嬉闹着……
像一群活泼的儿童
穿着蓝色的水晶
黎明，举起鲜嫩的太阳
夜晚，抱着蹦跳的星星
不停地呼唤，不停地寻找
海滩上留下晶莹的脚印

激动着，飞跑着……
似一群奔马
冲出悲鸿大师的浩浩画卷
扬起蓬蓬汗淋淋的银鬃
拍击着古老的堤坝
撕咬着礁石的狰狞
竖起前蹄，一声长啸
啊！终于望见远方的草场了

振奋着，鼓荡着……

这地球雄健的脉搏啊
强大的心肌
呼吸着壮阔的风
深沉有力的律动
爆发着青春的雷鸣啊
空气,滴着橘黄的清新
天显得潇洒
地显得年轻

沸腾着,燃烧着……
这蓝色的血液、蓝色的火焰啊
一波一波是情的凝结
一朵一朵是爱的升腾
呼唤着雷的锤子、电的凿子
把一腔情思
锻作天上彩虹

啊!我是一朵海浪
在不懈的追求中获得新生

1982年秋

我 想

我问透明的风，
我问澄澈的浪，
哪儿是"八仙"过海的地方？
我想沿着他们的足迹，
寻访大海的源头，
探测大海的容量。
我想在绚烂的晚上，
和月亮一起洗澡；
我想在明丽的清晨，
和太阳一起梳妆；
我想用那湛蓝湛蓝的海水，
洗掉身上世俗的肮脏，
我要让这年轻的肌肤，
染上一层古铜色的光！

夜海奇遇

谁聚来千颗银星,
在夜海里镶起一座翡翠城?
远看像一束宝石花,
璀璨地开在大海的前胸;
近看是一座珍珠塔,
辉映着海里的水晶宫;
是影?非影。
是梦?非梦。
我看见几个美丽的姑娘,
在星树灯花下上工——
听!轰隆隆,轰隆隆,
她们旋转一串金色的钥匙,
把海底的油海大门启动……

海鸥

一

啊,海鸥在翱翔……

银白的翅膀
一对弯弯的月亮

追求自由和光明
庄严的旅程
美的远航——

二

啊,海鸥在腾跃……

搏击的翅膀
一副锃亮的镰刀

割开相接的海天
擦着铁青色的礁石
爆出一声火的呼啸——

1980年春

海望

黎明

东方

海，颤抖着

沁出殷红的血……

溅湿了千层云

染透了万顷浪

啊！一声轰响

大海，安详地

从怀里捧出来

　　捧出来一颗

　　红亮的心脏！

圣洁啊！

　　像普罗米修斯

　　茴香枝上的金焰

庄严啊！

　　像丹柯迸开的

年轻的胸膛

啊！面对这
博大、红亮的襟怀
照穿我，狭小的气度
　　可悲的私欲
　　庸俗的惆怅

我，凝望着，遐想——
人们啊，如果
都为世界，捧出一颗
　　火热的心
那么天庭，一定会
　　升起
　　数不清的太阳……

1980 年春

海水的遗产

狂风把海水推上了海滩,
一下子被关进块块方田;
那道道纵横的地埂,
像条条交错的锁链。
离开大海的海水,
再也没有自由的波澜;
被囚禁,被阻隔,
每天承受着烈日的熬煎。
终于,化作一团蒸汽,
无声地离开了人间;
而留给大地的遗产,
是那痛苦的结晶——盐!
它洁白、杀菌、防腐,
因为和眼泪一样苦咸……

1979年夏

海啸

一

大风,扯起一天
云的旗角,
海底,轰响着
军鼓铜号,
百万骠骑队
铁甲连环
奔腾而来!
嘶鸣,咆哮……
在辽阔的舞台上,
滚过一幕宏伟的雷暴!

二

闪的鞭子——
发着天威
抽打着

赤裸的
　　浪的脊背；

雷的回声——
矛与盾撞击出
　　血燃的号炮！
多少不平，
多少壮歌，
鼓起大海激荡的心潮……

三

啊，地动！
啊，天摇！
前面，倒下去
　　一排排巨浪，
后面，站起来
　　一队队惊涛！
冲决坚固的堤坝
掩埋森森古堡
把浮起的贝壳
　　连同寄生蟹，甩进
　　　淤积的沙丘，

把闪亮的
千川万溪，迎进
　　沸腾的怀抱！

四

风，唱着
　　豪迈的进行曲，
浪，跳着
　　粗犷的舞蹈；
力的进击，
爱的寻求，
美的创造……
看！海燕呼唤的碧空，
现出一架七彩的虹桥。
啊！海啸——海笑：
沉思的历史——
　　　一次深呼吸，
旋转的地球——
　　　一次壮丽的飞跃！

谒"贞女祠"

孟姜女啊，你那凄厉的哭声。
曾把历史的心弦震荡；
你那贞洁、美丽的香魂，
在不平的人世间流芳。

一个乱世的女人曾把你推倒，
想为她自己树起牌坊；
君不见，用强权建立的神圣庙堂，
人民从来不去朝拜进香！

别墅前的沉思

红瓦粉壁掩在绿荫深处,
明窗闪闪绕着清凉的海雾;
谁家夫妇在廊下赏花?
门口插着木牌:游人止步!

多少平民百姓从这儿路过,
一块逝去的阴云在眼前重浮;
历史在这儿曾打了个踉跄,
只有大海不息擂动潮的号鼓。

沧州道

啊！沧州道，多么遥远，多么古老
曲折蜿蜒送走了多少代王朝？
从古到今，发配来多少戴枷的囚徒？
有多少冤魂埋进那离离荒草？

啊！镇海铁狮，是哪个赎罪的奴隶精心铸造？
啊！东关旧州，林教头在何处看守草料？
啊！苦海沿边，流放来几批有为的生命？
啊！碱滩大洼，多少有志之士前来劳动改造？

啊，沧州道，一条历史的鞭影，
在我回忆的梦中搅起沉思之潮；
我醒来，一列火车从窗前鸣笛而过，
满载着雨后的阳光和田野的欢笑……

镇海吼

铁狮子,你吼叫了几千年?
只吼得腹内空、尾巴断、四蹄残!
渤海水,竟然东退了一百里,
望海寺再也望不见大海的波澜。

啊,一个"镇"字显出你暴戾的本性,
如今,终于不能自拔陷入了泥潭;
再看衙门口前你那些同宗兄弟,
一个个都失去了它昔日的威严!

黄金台

　　春秋时，燕昭王在易水畔筑黄金台，置黄金万两，招贤养士，国家遂强盛。

啊，幽幽荒合，草木森森，
历史的流沙早把它封禁，
周围长满了荆棘蒿蓬，
风化石上沾着积年的灰尘。

踏着熹微的晨光我来寻找
那黄金台上历史的辙印；
哪里去了，燕昭王选拔文臣武将的鼓乐？
哪里去了，乐毅挥军破齐的滚滚车轮？

啊！多少朝代，在专横中衰败，
啊！多少君王，在酒色中沉沦；
但见易水东流鸦噪夕阳，
黄金台边犹有狐窜鼠奔。

自古来,多少游人在这里兴叹,
空发一腔忧国的议论;
今天,我在这里拾到一行发涩的诗:
用古老的黄金台堵死现代的后门……

荆轲塔

古笔削剑，巍然屹立山巅，
响铮铮，一身豪气一身胆；
琴师高渐离曾把易水弹断，
一曲慷慨悲歌千古流传。

今天，我在萧萧秋风中前来拜谒，
为什么壮士塔下竟树凋碑残？
只因荆轲刺秦王错了路线，
才在"尊法反儒"中蒙受劫难。

啊！荆轲塔，像一个偌大的惊叹号！
面对历史的云烟发出浩叹：
再也不允许那狂暴的风，
把燕赵山脉的脊骨摧断！

血山

樊於期不满秦始皇暴政，投燕。为使荆轲赴秦取得秦王信任，他愤然自刎，献出头颅。他自刎的地方名曰血山，并建一无头塔……

樊於期，将头颅轻弹，
喷射出一腔殷红的血焰！
挺起一座无头塔，西望咸阳，
千年不倒，难诉胸中愤怨……

啊！我望着这座小小的山丘，
像看到史册上一个带血的标点；
君不见，历代有多少强权暴政，
曾压出多少座燃烧的血山！

坝上，一条花的河

亮闪闪的小河
一道永恒的闪电
割开苍郁的森林
浓绿的草滩
流出芬芳的花的交响
大自然纯真的美
涌进我的心田

我从未见过这么多花
越是高处
开得越奇越鲜
那鹅黄色的虞美人
高举着金色的灯笼
那鲜红的山丹丹
燃烧着爱的火焰
数不清的紫色的蓝色的无名花
含着晶莹的水珠
细雨中滴下

点点香甜

啊！我眼前
是鲜花铺成的道路
甩在身后的
是坎坷、泥泞、曲折、蜿蜒
绿色的空气
洗涤我心灵中的尘土
湿润的风
吹去我世俗的忧烦
我大声歌唱着走向花丛
走向美，走向真
走向探求，走向明天

干枝梅

铁枝
铜花
在漠漠的荒原上
　　闪着栗色的微笑
在茫茫的风雪里
　　吐着芬芳的音韵

花恋着枝
不管气候怎么变化
　　也不离分
花蒂燃烧着爱
锻冶着永不褪色的纯贞

根，深深地
扎在干涩的土地里
吸收着空旷和贫寒
默默地生长

凝重和坚韧

啊！铁的枝
举起塞外倔强的春天
啊！铜的花
开出北国一片灿烂金星

断肠草

伫立在
塞外的风中
久久地
久久地向天外遥望

沁着寒露
绽开团团白花
裹着一层淡淡的
淡淡的忧伤
花心里
沁出点点血痕
那是凝固的痛苦
痛苦的怀想

啊！痴情的花
长在孟姜女寻夫的脚印里
开在昭君出塞的古道旁
我们的旅游车里

一个绘画的姑娘
跳下来采摘欢乐
她的手指
把一曲幽沉的古歌碰响……

青苔

啊，一层绿色的青苔，
一抹鲜嫩的秋色，
像那鹅黄的灯芯绒，
细腻而柔和。
铺在潮湿的墙根，
黏在背阴的山脚……

从没有芬芳的花，
也没有甜蜜的果，
只以短暂而有限的生命，
在背阴之处，
铺出一片绿色……

1979 年夏

将军淖儿

昔日，一位勇敢的将军
在这儿战死了
他铠甲上的护心宝镜
却永远闪烁在草原

晶莹、深邃
凝聚着逝去的梦
映照着莫测的风云

一只飞鸿
带起一圈圈年轮
响起历史的回声：
疾飞的马蹄
震颤的弓弩
残阳里，云垛似的驼城
流出殷红的鼓笳……

啊！我在淖儿边伫立

感到天的辽阔
风的苍劲
掬一捧淖儿水
我饮下沁凉的凝重

大草原，用一淖荡荡豪气
为所有的来者壮行！

漫步在秦始皇的墓顶

太阳，仿佛喝了花露水
喷洒着金色的芬芳
轻柔的风，在树丛间
演奏着绿色的和鸣

我，漫步在秦始皇的墓顶

白云舒卷着慈祥
小鸟歌唱着安宁
数不清的繁茂的石榴树
挂满历史的星辰

我，漫步在秦始皇的墓顶

一双带着泥巴
穿着解放鞋的大脚
踏着这座压人心胸的山岭

踏着发了霉的雄心、淫暴、疑惧和专横

我，漫步在秦始皇的墓顶

摄影师同志
请给留个影吧
拍上蓝天、白云、太阳、绿树
还有小鸟和歌声

我，漫步在秦始皇的墓顶

1983 年 8 月 20 日

秦俑

威严的队列
英武的战阵
战马扬蹄嘶啸
戈矛卷着战云
浩浩荡荡
走出两千年的沉梦

暴力吞并了六国
却没有征服人心
一幕雄壮的活剧
　　凝固了
　　　向世人
展示着一个永恒的主题

秋雨中，霍去病墓前

霍去病，汉代青年军事家，十八岁拜大将，曾六次率兵出征塞外，死时仅二十四岁。

霏霏的秋雨
像我晶莹的思绪
编织着敬慕的花环

啊！英武的骠骑大将军
好一个翩翩少年
射天狼，拉一弯冷月
马踏风雪祁连

青春，无畏
才华，壮志
铸成了历史丰碑
高矗墓前
似一炳闪闪的宝剑
蔑视着偏见与暮气

呼唤着朝霞和火焰

啊！五陵原上
多少王侯的墓冢
散发着铜臭
而这里，一股壮旺的阳刚之气
凝成一道警奋的雷电

1983 年 8 月 20 日

祁连雪豹

酒泉公园里,有一只雪豹……

啊!铁栏里关着的
是一只雪豹
一只祁连山的雪豹

乳缎似的皮毛
闪着雪峰的晶莹
点点米黄色的光斑
显耀着生命的强悍

苍劲的线条
勾出它身躯的威壮
这祁连山勇猛的精灵啊
曾像一颗银色的流星
穿行在深山峡谷

祁连冰峰

为它造起玉石的殿堂
在白雪铺成的地毯上
自由地徜徉
踩出一路银白的梅花
一声吼鸣,回响着英武
轻捷地跳跃,带起一股欢乐的风

啊!由于无知、轻狂
禁不住谷口一只死兔的诱惑
竟中了猎人麻醉的铅弹

如今,它的眼睑低垂
任游人投来挑衅的石子
也逗不起它暴烈的原始的野性
有时,它抬起头
望着祁连皑皑雪峰
像望着白发慈母!
滴下一颗浑浊的哀叹

离开了祁连
就再也没有欢跃的魂魄了
啊!祁连山英武的雪豹啊!

1983年8月28日于西行列车上

戈壁印象

铁青色的
辽远的大海啊!

数不清的浪头
凝固了亿万年的喧嚣

一座座突起的土岗
构成海龟、海象、剑齿虎、恐龙
千姿百态的雕像

褐色的古城堡
像一圈残缺的篱笆
围着一个荒凉的传说

远古的鸵鸟群不见了
留下了一片一片
没有孵化的卵石

山，苍灰色的山
仿佛刚刚熄灭了满山的火焰
山根，还显现着一层微红

天上，昏黄的太阳
在戈壁的蒸笼里熟透了
散发出一阵阵石粉的气息

前方，闪现着明亮的河流
还有绿树和村庄
啊！那是美丽的蜃景
是海，复活的希望

1983 年 8 月 27 日于新疆

白杨林

大踏步向远方走去
呼吸着边塞粗犷的风
绿色的步伐
绿色的口令
在辽阔的荒原
托起了蓝天、白云

挺拔
剽悍
英俊
一排排相依相靠
一队队相爱相亲
根,一同啜饮着空旷、寒涩
叶,一同酿造着欢乐、清新

笑声,是豪爽的
舞蹈,是旷达的

哪儿遇到刀砍斧伤
哪儿就有倔强的年轮
拥抱着荒漠大野
镶嵌着戈壁新城
架起一道道绿色琴弦
奏鸣着：
　　绿色世界的永恒！

1983 年 9 月 9 日于石河子

我捡起了一粒甘甜

八月，丰饶的石河子下野地
用金色的热情，迎接
参加"绿风诗会"的诗人

白杨林里
瓜果飘香
啊！我前方的桌子上
一粒晶莹的马奶子葡萄
滚落到地上
　　滚落到我的脚旁……

我，一个远道而来的
十分热爱土地的歌者
竟不由下意识地
　　弯下腰去……

在这一瞬间
人们投来了

惊奇的，鄙夷的
　　赞赏的，嘲弄的
形形色色的目光

我没有脸红
我的心壁筑起一道
遮挡轻浮和虚荣的长城！

像奶奶桌下捡起一粒米
像爷爷冬天捡起一根柴
像母亲地头捡起一颗麦穗
像父亲道旁捡起一枚铁钉
我弯下腰去
捡起了这粒亮晶晶的葡萄
　　托在掌上，像一颗绿色的太阳

啊！我尝过人生中的一丝苦涩
才珍惜生活中这一粒甘甜

1983 年 10 月

大地块垒（组诗）

端大碗

那是一双铁钳子似的粗手
不知在太阳地里经过多少次淬砺
手指节都磨成榆木疙瘩
两手空空
却缀满金黄的老茧的铜钱

这样的手
才能端起那大碗

那是一碗红薯热粥
那是一碗泥鳅梭鱼
那是一碗井拔凉水
那是一碗高粱烧酒

一碗粥喝响了一片山水
一碗鱼嚼腥了整个村庄

一碗凉水可以浇出一口字正腔圆的河北梆子
一碗酒下肚那乡间小路也变成古道热肠

那是一只海碗
碗口如同一轮圆月
碗边儿涂着海蓝色纹路和粗壮的花草
托在手上只需轻轻一弹
就发出一种沉实宽宏的音量

我的先祖就用这大碗宴请八方亲朋
与邻村的一场官司打了九九八十一年
我也曾光着脊梁端起那大碗
在月下一憋气喝下六碗菜汤
——那是个天灾人祸饥饿难熬的年头

在那敦厚的北方的土炕上摆着这大碗
在那娶媳妇的婚宴上摆着这大碗
在那老人们死后的灵棚前摆着这大碗
在村庄的屋基与荒野的墓穴里都深深埋着这大碗

葱茏的田野
地头上有一只水罐
上面　放着一个

大碗

赶大车

一辆马车悠悠地从天边驶来
那是一艘远行负重的船
犁开一簇簇浪花的灌木丛
惊乍起一群轻盈的银鸟
飞沫般溅进低矮的云层
留下两道深深的刻骨的车辙
穿透虚无
穿透苍茫的地平

那是铭心的颠簸和摇荡
那是由远而近的震颤
那是岫云的影子
那是春雷的花朵
车轮辚辚
马踏乱铃
只有这叩拜泥土的声音
才使乡村和大野惊奋

咯噔咯噔　咯噔咯噔

那是我的童谣呢
还是我骨骼的拔节声声
五月　有一车麦黄的温馨
八月　有一车高粱的火红
车碾轧着路
路拥载着车
追逐生死轮回的平凡人生

谁都记得那个复苏的春夜
老祖父背着粪筐出了村
他尾随一辆疾驶的马车
追撵着车上男女的说笑声
黎明　马车突然不见了
消失在一片古老的墓茔
哦　莫非是那位死去多年的车把式
又轰着大车在乡路上夜行

我深信　那是一辆超越尘世的车子
跨过坎坷和荆棘　地狱和天空
只有深厚的泥土的家园
才依恋那些劳苦一世的魂灵啊
从此　每逢到了清明时节
人们都在夜里静静地倾听　倾听

乡路上　有一挂大车匆匆而过
上面坐着我的骨肉亲人

　　　　　　　1992 年 3 月 15 日

唱大戏

那是一座古老的戏台
用故乡如血如胶的黏土垒筑起来
用千年的碌碡
夯了八八六十四夯　排了八八六十四排
摔打进乡村爷们儿几辈子的吼喊
还有乡野娘儿们多情的期待
在大地记忆的皱褶里
那是扭结的悲与喜　裸露的情和爱

那是一座高高的戏台
把男女老少的眼睛统统抬起来
弥漫着场边谷堆的清香
流溢着村围草垛的丰采
只有在这时候
女人们才纳着鞋底
汉子们才吧嗒着烟袋

品评那红红绿绿真真假假的世界

那是一座男人的戏台
浑厚雄壮地在大地上崛起来
呼啸着庄稼地里强劲的野气
跳荡着盐碱滩上草荻荆蒿的血脉
那是林冲夜奔的英魂
那是窦尔敦盗御马的胆魄
每当名生武牛子出场亮相
就让那些女人骚动不安　泪流满腮

那是一座女人的戏台
浑圆丰满地在大地隆起来
飘出田畴一股春草的乳香
透出皎月万般妩媚的情态
那是梁红玉击鼓的深秋
那是穆桂英出征的山寨
每当名旦银鞑子劈腿大跳
就让那些男人心旌摇荡　目瞪口呆

那是一座神秘的戏台
百年日月镀一层铜绿
百年风雨织一身苍苔

那死去的　眼望着它才能瞑目
那新生的　心朝着它才会开怀
即使岁月的泥沙将它掩埋
那千家万户的门窗　祖祖辈辈
依然朝着它大开

      1992 年 3 月 18 日

砸大夯

三月　我周身血液涌动
肌腱在两股间在胸臂上拧成了疙瘩
骨节不由咔咔作响
此刻　号子
如喷薄而出的太阳
点燃起蓬蓬大潮拍击野空
雄性的火焰
从大地上腾起

（大夯高高举起呀嘿——
狠狠地往下砸来吧——）

那是一盘千斤大夯

夯实了村庄千年地基
那是一颗古老的陨石
熔铸了日精月华神风鬼雨
磨一磨镰刀
就爆一串火星
蹭一蹭犁铧
就炸一溜霹雳

（大夯高高举起呀嘿——
狠狠地往下砸来吧——）

挺立着是"大"
俯下腰是"力"
祖祖辈辈用大力摔打成这个"夯"字
你是夯　他是夯　我是夯
所有的脊背都闪耀着辉煌
手臂的虬枝伸向苍穹
向着今生　向着来世
高高地高高地擎起来
那是一粒宇宙的星辰

（大夯高高举起呀嘿——
狠狠地往下砸来吧——）

阳光般响亮的号子

是泥土深处最古老的心音

夯的年轮无涯无际

如历史的唱盘浑厚而又混沌

那是红尘的渴望

那是汗血的祷告

只有嘶哑的喉咙才吼喊出那神韵啊

每一声都震得大地微微战栗

（大夯高高举起呀嘿——

狠狠地往下砸来吧——）

逮大鱼

那时候　渤海滩十年九涝

我的故乡在九河下梢

那是一片苇乡泽国

厚厚的乌云常压在心头

天　只要一打雷就下雨

在浓密的雨帘里

常有一拃长的银鱼飞进院中

鱼——鱼——

胎盘中跃动的灵性
不期而至的人类的至亲
穿过泥土禁锢的黑夜
穿过神奇的童话般的梦境
活蹦乱跳着
溅起了世间的涟漪

此时　劳苦的人们
才无限感恩脚下的土地
在那深厚的土层里
蕴藏着密不可测的草种鱼子
没水的年头到处长草
有水的年头遍地生鱼
千年万载无尽无穷

于是　在一片喧嚣的蛙声里
村路变成了河流
铜根的红荆
高挑起粉色的花穗
几秆苇叶在波浪里沉浮
树梢上跳动着一点二点三点
老天爷饿不死没眼的家雀儿

土台子上的村落
一艘不会沉没的古老方舟
来来往往的身形织成一张大网
拉起古往今来的欲愿和祈求
面对眼前美丽的水花
我跃跃欲试早就憋足了劲头

鱼　跑了
跑了的鱼都是大鱼
而我　永远高举着手中的鱼钩

拉大锯

在我刚刚蹒跚学步的时候
母亲就攥着我的手臂拉大锯
拉得我前俯后仰
拉得我腿脚硬朗
拉得我能跑会颠
拉得我小鸡儿钻出了裤裆

　　拉大锯　扯大锯
　　姥姥家前唱大戏

在我学会站立的时候
就看着大伯拉大锯
大伯是家族里唯一的木匠
他一生最拿手的绝活儿
一是给快死的人打棺材
一是为耕地的人打耧子

  拉大锯 扯大锯
  天上的牛郎会织女

在我长大成人的时候
就跟着大伯拉大锯
你推我拉嚓嚓喊喊
金黄的锯末沙沙响着
喷着年轮里久远的香气
当大伯撂下最后一手活儿
几块木板装殓了自己

  拉大锯 扯大锯
  阎王不叫自个儿去

当我走南闯北的时候
崎岖的路途正是那柄大锯

退退进进　春春秋秋
噬咬着我的灵魂
割裂着我的躯体
殷红的锯末默默流淌
我的心　永是一把爱的火炬

　　拉大锯　扯大锯
　　你来我往开天地

开大荒
——记我的第十世祖

落根碱滩　破土圈地
鼓起安身立命的满腔血气
镢柄上挑着酱紫色的水罐
荒土里插下新安的铧犁
一口唾沫搓在手心
哧啦啦甩掉了汗衣
抡圆了胳膊　云开日出
脚下升腾起新土的气息

　　哟哟　我的祖宗
　　一条拓荒的汉子

一阵烽烟掠过燕王扫北的马蹄
那是历史上一次悲壮的迁徙
活活地离开了故土家园
担筐撅篓来到这荒滩野地
吼起先祖创世的歌谣
代代传下那大槐树底下的故事

  啊啊　我的祖宗
   一条北方的汉子

每逢清明都向着西方跪拜
一把镢头重在这野土上奠基
有种有性的才不走回头路呢
荒原里雕出那形如弓弩的身姿
那是挥镐抡镬耕耩锄耪汗珠子摔八瓣儿
谁对土地不躬不亲
谁就是不仁不义的不肖之子

  哟哟　我的祖宗
   一条粗壮的汉子

即使倒下了　血肉腐朽了渗入泥土
那弓起的坚实的骨骼

还如同一架在地底深耕的犁
春天　在那蒸腾的地气里
可以沉沉地听到
那骨节咔咔　还在用力的声息

　　啊啊　我的祖宗
　　　一条血性的汉子

擂大鼓

那是一股罡风的诞生
那是一排海浪的激荡
那是一千匹天马亮开了银蹄
　　响亮地驰过晶莹的天堂
那是斑斓的群虎跃出深涧
　　呼啸着掠过旷野荆莽

　　啊！我的北方大鼓
　　　我的大地鼓王

鼓槌扬起起伏的山峦
张开大地美丽的翅膀
那是一株绿树的腾舞

那是一股喷泉的飘扬
那是一条弯弯河流的千古跋涉
那是一穗血红高粱的浅吟低唱

  啊！我的北方大鼓
    我的大地鼓王

金黄的鼓面　面对青天
蕴藏世间的欢乐和悲怆
是烈焰中歌唱的风
  吹拂云朵般庄重的思想
是古铜的太阳的岩石
  迸发璀璨的星花和春光

  啊！我的北方大鼓
    我的大地鼓王

随着那鼓声我走进岁月深处
叶形心搏动着鼓的音响
我是闪裂的豆荚　伸延的藤蔓
我是爆开的石榴　辐射的麦芒
过了那道阴郁的沟坎
就是那透明的金秋的门廊

啊！我的北方大鼓
　　我的大地鼓王

1991 年 4 月

挖大河

就因为一九六三年闹过一场大水
伟大领袖就挥笔题词根治海河
在华北大平原上挖大河
那可是人世间最累的活

那一年我已满二十岁
已经到了挖河打堤干重活的年纪
我用白蜡树干安了新锹
苍天之下　　又把牛皮的车袢套上双肩

沿着先民修筑长城的路径
车轮碾轧着深深的苦土
黄铜的太阳拍打我的脊梁
我用冒了烟儿的嗓子
同野草一起嘶哑地歌唱

驻扎在荒原的一窝笼
白天如古老的营盘
夜晚如连绵的墓茔
月光下　阴湿的蚰蜒和流窜的蜥蜴
咬不断我那呼呼隆隆的鼾声

两只手　一天增添一层老茧
那是光与汗磨压的生命的岩石
不用说　这样的手只配去抡锹去推车
只有当母亲的老泪淌在上面的时候
它才如花朵　微微地战栗

吃着世上最粗劣的伙食
每个人的饭量都刷新了世界纪录
可叹那身高马大的推车大王
竟然吞咽着干粮挺立着死去
憨厚的脸犹如那微笑的太阳

当一条坦荡的大河挖成的时候
一辆土车　高筑在河岸上
它默默地守望着　倾听着
渴盼着一场场大水的来临

然而　这却成了一条干枯的河
只有年年淤积的风沙　默默地
向后人无情地诉说

　　　　　　1992年2月10日

伏河

伏河横躺在渤海滩的北五乡
那是连接大运河与渤海的一根带子
每年　强硬的西北风
就顺着这河道奔向海洋

伏河　是一条季节河
好像只有三伏天才涌来翻滚的波涛
就凭这点儿苍天的恩泽
才使两岸有了六畜兴旺的风水
才滋养出金科牛、银王官、马棚口子、后场院
——这是一串让后人引以为豪的村庄

伏河两岸　有淤土三尺
生长优质的黑豆红粱绿葱白菜
还有一片一眼望不到边的大苇洼
当年李二猴子在这儿揭竿而起
一夜间就拉起一支威震四方的队伍

伏河河堤如一道蜿蜒的城墙
上面伫立着一排黑瘦高挑的紫穗槐
在深冬落日的余晖里
像是一队守城武士

很远　就望见那最高最高的树杈上
举着一个个浑圆的老鸹窝
宛若仙狐野怪托在空中的一只只黑碗
在那海风浸淫的月色里
里面　闪现着一粒粒古老的贼胆

常有豪风突然而起
时有爽雨不期而至
悠悠伏河　流淌着一首老歌
东连着大海，西通着高山
它就是挑着山海的那根沧桑的扁担

1995 年 10 月

大旋风

季节很闷热
树木和青草都在焦躁地等待着
只有蝉在虚空里聒噪
坦荡的渤海滩显得异常宁静

就在这不知不觉的沉寂之中
偶尔嗅到了一股远方的土腥
眨眼间　地平线上已浓墨重彩
一出气冲斗牛的活剧诞生了

那是一柱倏然隆起的褐色的火焰
那是一蓬陡立旷野的天马的长鬃
那是一根扶摇乾坤的灵魂的绶带
那是一条无拘无束的黄尘的醉影

由远而近，传来天地间最粗野的喘息
卷起鸡毛烂草折断枯木朽枝

扭动着　痉挛着　创造着　吟啸着
立着是生　倒下是亡

一支饱蘸千古豪情的巨笔
用狂草　将情话
挥洒在大地和天空
而这自由的箴言有谁能读懂呢
人们只是望着那远去的背影浩叹着
哦　旋风　大旋风

1995 年 10 月

胎记

——题写在故乡大洼的照片上

大苇洼　给我腥绿的呼吸
和一团混沌辽远的清气啊
我站在你胶黑的壕塄上
如同回到梦中的旧居

一只豹鹰抻高了我的视线
九万亩芦花　扶摇天地
茫茫沼泽　是岁月的一坛浊酒呢
还是沧海遗下的一汪泪滴

沿着大雁疼痛的脚印
我把逝去的童谣重又捡起
在黄金的秋风里
挺立着一根一根男人的蒲棒
绽放着一簇一簇女人的野菊

是父亲的凌爬从野外把我撑来

是母亲的苇席温馨地把我孕育
我同港汊里的蛤蟆一起叫唤
我与洼淀里的黑鱼一样皮实

莽莽苍苍的芦苇之野
掩藏着狭义的肝胆英雄的骨殖
谁能知道　就在我先人的墓旁
埋葬着落难的捻军副帅张宗禹

大苇洼　你是我真正的祖宗
我的根就与你深古的芦根盘在一起
我就是你滋生的那管芦笛啊
带着一腔大洼的土腥和皱绿的胎记

　　　　　　　　　1995 年 10 月

荆条树

在渤海滩的碱土里
扎下的根都拧成苦练的疙瘩
却抽出紫铜的鞭杆似的枝条
开出一嘟噜一嘟噜粉郁郁的花

只要是没有遭到砍伐
几年的光景就是一棵倔强的树
树枝间挂着碗大的马蜂窝
树根下有老田鼠掘出的新家

叶如松针　干似龙蛇
面对苍天　无牵无挂
盛夏　只为农家遮一方绿荫
隆冬　挺起一副桀骜不驯的骨架

像一尊大地的守护神
所有的树林里都找不见它

其实　它永远属于蒿草的家族
是渤海滩上的独行侠

伫立在浩茫的旷野里
它总是无情地遭到雷劈电打
当那血色的光焰腾空燃烧的时候
就爆出哔哔啪啪铁的火花

1996年5月

豹鹰

我家乡的鹰
都称为豹鹰

豹子一样迅猛
云一样轻盈
善于在高空打盘
用不着扇动翎羽
只是张开翅膀滑行
在云端俯瞰万物
如一披着大氅的古代元戎

有时　它会猛然下降
如一枚陨石坠落长空
伴随着一声呼啸
和一股摩擦的火星儿
它是地面上一切鼠辈的天敌
每一次抓取猎物
都掀起一道烟尘

有时　它就自由地向高空升腾　升腾
如同一颗拧在蓝天上的螺钉
它往往在这迷醉的飞旋中
再也无法回归大地
只好在云天之外的罡风里
荡魄销魂
消逝得无影无踪

我从未见过它的尸体
只是在野地里捡到过美丽的鹰翎
也从未见过它的巢穴
它总是独往独来
偶尔栖息于土台野岭
更未听见过它的鸣唱
它只有天地里壮丽的行程

啊　豹鹰
我家乡的鹰啊

1996 年秋

老家话

一口地道的老家话
一腔纯正的乡音
无论走南闯北
无论隔山隔海
改不掉那大苇洼的野腔
抹下去那渤海滩的土音

就是操着一口老家话
我走出家门　走出土地和村庄
即使变了身形　改了容颜
也改不了那老家的口音啊
那是剪不断的连心的脐带
那是挣不开的热土的牵挂

老家话带着老家的血缘
老家话有着老家的风水
每一句都是乡间的田垄

每个字都是田野的坷垃
每条田垄都扎着红荆的深根
每块坷垃都冒着碱地的盐花

冲着父亲我喊声爹
扶着母亲我叫声丫
乡音里跃出一头沧州铁狮子
乡音里托起一尊东光铁菩萨
大运河是家乡的一条金腰带啊
那渤海沿儿的刘常庄就是我老家

1996年秋于黄骅

老家的气息

离开多久也能闻见
隔得多远也能捕捉到
岁月的流水怎么冲洗
也能在梦里嗅到那熟悉的气息
那是一股老家的气息啊

那是牛圈里发了酵的粪肥的气息
那是铁匠炉铿铿锵锵打铁的气息
那是燕子垒窝叼来坑泥儿的气息
那是老雀子赶蛋儿扑拉房檐的气息

那是咸菜缸里疙瘩出卤的气息
那是灶火膛燃烧艾蒿荆条的气息
那是秫秸儿笸箩里黑稞粒饼子的气息
那是娘丫站在村口喊我回家的气息

那是一场大雨冲刷热爆土的气息
那是碌碡上打磨秸子头的气息

那是枣花叶泡在井拔凉水的气息
那是西南风吹黄了麦子地的气息

那是三月网鲜鱼活虾压颤市的气息
那是立了秋满枝小枣红了圈儿的气息
那是雁鸣一声万顷芦洼一齐吐穗的气息
那是腊月三十村村巷巷晚上烤把子的气息

啊　那碱土的气息
那芦草的气息　农业的气息
那刻骨的气息　母亲的气息
就是我老家的气息啊

犁鸟

我的犁杖

深插在泥土里

在春天的原野上

它是一只展翅欲飞的鸟

迎着解冻的东南风

紧贴着大地的心歌唱

深深的犁沟孕满墒情

它唯一的希望是飞翔

1991 年春

四叔

四叔眼睛近视
载着两片大圈儿套小圈儿的瓶子底儿
村里的人都称他瞎四爷

他是村上读书最多的人
也是四乡有名的教书先生
日本鬼子进关那年
他毅然跟着高树勋①的队伍走了

他一走就音讯皆无
十八年后方从川北回来
他是被"肃反"肃回来的

四婶子还苦苦等着他
四叔见了她就伏地磕了个头
一是感谢她敬老养女
二是感谢她还原封保存着

---

① 高树勋,原国民党抗日将领,解放后曾任河北省副省长。

他那两箱子线装书

　　于是他下地去干活
　　没过几年就被游街批斗了
　　有一次挂着牌子路过我家门口
　　就跟我母亲说了一句话：
　　　　嫂子　我给你们丢人了

　　不久四叔双目失明
　　可他还经常一页一页抚摸
　　　　那熟读过的书
　　土屋里常飘出
　　他抑扬顿挫的吟诵声

　　四叔拥着一摞子书死了
　　县里的人才从他的档案里发现
　　高树勋将军曾为他写过一纸证明：
　　　　此人眼睛不好文笔很好
　　　　夜里行军
　　　　常从战马上摔下来
　　　　获得过国民三级抗日勋章

　　　　　　　　1995年3月15日

犛牛

一

暮云低垂
垂挂一天沉甸甸贮满浓液的钟乳
裸露的大平原地气蒸腾
一排北方的铁枣树
扭成千姿百态的霹雳舞
此刻　隆起的地平线上
伫立　一头雄牛

这个不动声色的家伙
卷起鼻孔嗅到了什么
站立的四个蹄窝
有　烈风喷突

二

啊啊　黑牤牛黑牤牛

挺立起一对粗粝的犄角
宽厚的岩石的膀背
凝聚着车辚辚耧叮叮耙浩浩菁麻绳套的
血吟柳根古轭的汗啸和那长长的犁沟里
切断草根的歌谣

一步一夯
四蹄紧紧踏着大地
四条腿四根树桩
孔武的铁尾牵引着风
股间　高悬一对太阳的铃铛

三

哟哟　黑牦牛　黑牦牛
为迎接一个季节的到来
油亮的皮毛滴落欲望
仿佛是地心的一声召唤
你倏然跨过古老的栅栏
挣断了缰绳
扭穿了鼻环

一股铸满神力的风

滚过猩红的土地
冲倒三座围墙
掀翻六个草垛
诋毁九道地堰

四

啊啊　黑牤牛　黑牤牛
跋涉在清悠的月亮河畔
你火烧的眼睛望穿岁月
寻觅在马莲花开的草径
你幽沉的吼鸣渗透泥土

哟哟　黑牤牛　黑牤牛
当那熟悉而陌生的形体飘然而至
你浑身披满辉煌的星辰
大地充满炽热的元气
弥漫着青草永恒的温馨

五

那是旷野的尽头　花开着
那是河流的弯曲处　树绿着

苍穹默默　太阳颤动着热望
月亮荡漾着渴慕

啊啊　黑牤牛　黑牤牛
未等你在梦中醒来
就迎来了生命的残酷
十条绳索
将你捆缚在地
力的抗争　血的吼鸣
在坦坦的古铜的土地上
滚出一个　深　　坑

六

那是一柄蘸了凉水的月牙儿形尖刀
一个赤臂的黑汉叼在嘴上
当烧起纸钱　燃响祭天的鞭炮
就是那惊心动魄的瞬间

那是一阵大地的痉挛
那是一柱烈焰的喷溅
那是世上最悲壮的阉割啊
两根迸断的犄角里

有　浪涛回旋

七

此刻　隆起的地平线上
一棵北方的铁枣树下
拴着　一头犍牛
它的膀背　依然凝聚着神力
而眼睑低垂　默默地反刍
腹下　滴着点点涩苦

再也发不出震荡旷野的吼鸣了
再也跳不出掀翻草垛的狂舞了
再也不去捕捉牝牛的呼唤了
它只是有兴伸出舌头
去舔主人沾着草料的手背

八

啊啊　黑牤牛　黑牤牛
我的兄弟　我的朋友
你是力　你是风　你是火焰　你是创造
啊啊　黑牤牛　黑牤牛

我的朋友　我的兄弟
你是累　你是苦　你是勤善　你是驯服

你的祖先连着我的祖先
你的骨肉连着我的骨肉
那沉重的脚步颤动着历史
汗血浸透了这皇天后土

啊啊啊　黑牤牛
我用你一只断角吹一曲乡魂
我用你一只断角饮一觞血酒

1993 年春

那一方水土

流经了千万里的水
淤积了千万年的土
孕育了我古老的姓氏古老的家族

那大地隆起的屋脊土炕
蕴藏咸涩的汗息
闪耀麦秸的金黄
那太阳的精髓
锻冶了祖祖辈辈青铜的臂膀

春天　绿树高举黄金的鸟窝
向大地抒放花朵般的情思
秋风里　芦苇摇曳霜染的银发
向远天发出豪迈的吟唱

茫茫旷野
大风起于青蘋之末

匍匐着的是蒿草
高高挺立的是喝醉阳光的高粱

哦　那盈盈流淌的父母之河啊
我日日夜夜都能望见
您那凝聚在麦芒之上的晶莹的泪光

1990 年 11 月 2 日

古窑

大野里的烽火台
燃烧过岁月的苦苦甜甜悲悲喜喜
烧出了蛇形路船形屋和鸡飞狗跳的村庄

那沸腾的火早已熄灭了
褐红的窑口还闪着霞彩
哦　这大地衍变的辉煌子宫

白天　有苍鹰在上面盘旋
夜晚　有火狐在里面驻足
北极星　是它吐出的一粒神丹

一个雪花飞舞的夜晚
村东的小子和村西的丫头都不见了
黎明　有两行脚印从窑口逃向远方

1990 年春

铁匠炉

麦子黄梢了
老铁匠就吱吱咿咿推着大轱辘车来了
橘黄的炉火升起来
村庄弥漫着麦香和铁的气息

烧透的铁饱含着快乐
大锤小锤叮叮当当
迸溅的火星
像老虎的金色胡须
扎疼了周围老人小孩的脚掌

这一年　父亲给我打了一把镰刀
铁匠老六特意加了一块好钢
我用磨镰石蘸着月光磨着
用指甲轻轻拭着它的锋刃
经过多么潮湿阴暗的天气
它也不会生锈

我等待着开镰
去收割籽粒饱满的光景

1990年11月3日

大草洼

九河下梢
汇一汪甜甜苦苦绿色血

渤海滩苍茫之气
笼罩起起伏伏草泽之波

连绵的黄蓿如大地铜肌
沸扬的芦花浮起雁阵

绿蚂蚱蹦到水里变成黑鱼
一窝野鸭蛋滋养了我的童年

艘艘凌爬从寒月里撑来
划出一条蜿蜒的草路

萤火点燃牛虻之舞
一窝笼里传出下洼人的鼾声

芦根上有土匪血
深草里有烈马骨

我用长杆子大钐镰
掀开故土一部奇书

    1986年8月12日

马贼之死

天亮了　你蹚着铁镣哗啦啦走过村街
这是你从小匍匐过的横行过的你走在这头儿
那头儿就打战的一条黄土大路
这时候鸡不敢叫狗不敢咬两旁的房舍
吱嘎嘎打开了木门男男女女老老小小都
瞪大了眼睛

你蹚着铁镣哗啦啦走过村街
还是那么身高马大可惜祖宗给了你那副骨架
你睁着圆眼环视熟悉的乡亲想把戴镣的大手
举过头顶啊哈就是这副黑手打家劫舍杀人越货
威震津南沽口一带百里大洼曾策马举枪打碎后街
清真寺顶的月牙儿

你蹚着铁镣哗啦啦走过村街
还那么大大咧咧像去串门像去赶会像去赴宴
当你来到十字街头突然从人群里挤出一个
风骚娘儿们把一罐子烈酒举到你的前胸

还有一张烙饼卷着三根大葱
好你个野种

你蹚着铁镣哗啦啦走过村街
你大喝了大嚼了死了也不做饿鬼
然后亮开高喉咙大嗓唱了一句西皮导板
"一马离了西凉界啊——"然后大笑三声步入刑场
你中弹倒地砸地为坑第二年就在那儿化为草木
那是一墩粗野的红荆

1990 年春

打枣

八月
天上有巧云
树上有红枣

姐姐说：弟弟呀
轻点儿落杆
别打疼了树

姐姐爬到树上
轻轻采摘挂枣的树叶
又用头绳扎起来

扎成红红绿绿的枣嘟噜
吊在家中的窗棂上
让全家人
天天仰起头来看

骑牛望海

夕阳　一面古铜色的镜子
辐射出一群云雕的火凤凰

旷古的原野　很纯净
激扬着辽远的绿波铜浪

大黄牛早已吃圆了肚子
我骑着牛背　是如此的辉煌

这时　可以畅饮渤海滩那咸润的风
可以瞭望渤海那神秘的帆樯

我站在大地的书页里
地平线的书脊遮住了目光

牛背摇晃着　那遥远的诱惑
牛蹄　踏开了一片苦苦菜的花香

牛之死

深秋　地净草白了
砍去高粱的坡地里
却有一片嫩绿

那是从高粱茬的根部
重又萌发出的禾苗
在风里散发着青郁的馨香

我和牛
经受不住这娇绿的诱惑
闯进地里若痴若狂

不消一刻
牛就高高地扬起犄角
扬起那拉犁拉车
　　铁一样厚重的脖子
它想用力向世界呼唤一声

然而　它再也发不出轰鸣四野的吼叫了
肚子　鼓一样胀起
眼睛里迸出凝重的血滴

顷刻
它倒地而亡
只留下一声痛苦的叹息
那燃烧的微笑的绿苗
竟是藏有火蛛的毒草啊
终于将它的耕耘者放倒

可怜抛下的那头牛犊
叫唤了一天又一天
它不知母亲是怎么死的

1988年12月于石家庄

灵魂　在夏夜里远行

夏夜　在高高的土房上
铺一张高粱秫秸箔
我和父亲躺在上面
绿酥气息透过全身

风　从田野里吹来
周围一片幽深和凝静
这时候　才感到
天　离我们多近

只有在这时候
暴躁的父亲才变得可亲
他那厚实的胸脯起伏着
轻轻哼起一首古歌

那土腔野调很难听
疲劳的父亲却很激动

他说：地下有多少人
　　　　天上有多少星

当我问起死去的母亲
父亲怔怔地望着星空
他说　母亲在遥远的天河边上
此时正向我眨着眼睛

我是含着泪入梦的
盖着缀满星花的天穹
我那被露水打湿的灵魂
在这夏夜里远行

　　　　　　　　　　1988年冬

家谱

我的第十世祖　叫大河
从山西洪洞大槐树下迁来
开荒下种　一晃三百余载
长出一座二百户的村庄

祖祖辈辈土里刨食
放牛的大道踩成了河
人和牲畜喝一眼井的水
家家户户敬一个庙里的神

出过贞节烈女
出过土匪盗马贼
还出过一位短命的县官
算是老祖坟上冒了青烟

因为一块巴掌大的地基
兄弟爷们儿间能打一辈子官司

至今，一位与我不出五服的兄弟
一见面就扭过脸去

各家比着劲种地
也比着盖房说媳妇
谁家要是没有儿子
就有人背地里叨咕
　　瞧　这树倒无荫的绝户

一家受难
总有四邻八舍周济
要是谁家发了横财
那就得小心
半夜里麦垛起火

每逢元宵节鼓会
整个家族都动员起来
要与邻村比个高强
壮汉们光着脊梁敲鼓舞钹
男女老幼都来助威
"听听　咱村的鼓　才最响"

麦鸟

当麦子黄梢的时候
不知从什么地方
麦鸟就飞来了

它飞起来很轻盈
一敛翅像一枚纺锤
鸣叫起来很甜柔
洒下一股新麦的清馨

它总爱在麦地里
贴着麦穗低飞
更喜欢钻进长长的麦垄
沿着那芬芳的胡同踱步

那是一条条童话的长街
麦蒿野蒜摆开各自的摊点
在那一排高挑的麦芒的睫毛上

闪动着太阳的伟大思想

这时　它在密密的麦秆间
跳跶着自由的舞步
谁也不知它在什么地方
只听它的歌声在麦浪里飘

在各类鸟谱上查不到它的名字
人们都叫它麦溜子
来也无踪　去也无影
是古老大地上欢跳的精灵

1988年12月于石家庄

闭门雨

傍晚
当一疙瘩黑云把日头吞去
一阵风牵来了麻秆子雨

那雨
是夜的长槌
敲打着小村屋后的蓖麻叶
深远的大野轰鸣着

一个汉子
望着黑魆魆的天
紧紧关上了大门
把骚动的世界关在门外

感觉灵敏的女人们
把晚饭做得格外香甜
汉子们吧嗒着烟袋
古老的土炕上

一曲美妙的歌
在酝酿　在萌动

斜雨
弹着每家的窗玻璃
房檐上的流水　淅淅沥沥
滴不断枕边
那悄悄的细语

野外　青蛙鼓开红荷
绿芽钻出了新泥
土地深深的梦里
墒深已过了五指

哦　闭门雨
庄稼人无名的节日

1987 年 10 月 15 日

雨后的村落

雨后
村庄很鲜亮

那一幢幢房舍
都是用土坯垒成的
都是麦秸与泥土锻造的

夕阳里
家家户户的屋顶
都闪耀着麦秸的金黄

质朴的草
与泥土黏结在一起
最紧韧

潮润润的村路
有村女的笑声

田野的麦香

忽然　一所红房子
在村头崛起
一群燕子在晚霞里歌唱

    1987 年 5 月 26 日

透雨

大旱不过五月十三
这一天是关老爷的生日
他总要在这一天撒酒疯

果然　远方响起了雷声
庄稼人都仰望着
让那第一点雨滴落在脸上

那雨滴　沉沉的
掉在热土里
溅起浓烈的土腥味

那雨滴　密密的
敲打着平原上的高粱叶
奏出宏伟的田园交响

田埂上　持锹挡堰的农夫

两只脚扎在泥土里
雨水冲洗着冒汗碱的草帽

水洼里钻出来一只青蛙
清爽地叫出第一声
啊　祈望的雨　透了

     1987年5月24日

娘娘河

你从遥远的女娲山飘来吗
你从神圣的地母宫淌来吗
那浑浊咸涩的流水
与北方的土地一样沉重

在你古老而弯曲的藤蔓上
生长着褐色的村落
我的哭声是你
我的歌声是你
我手上最深最长的掌纹是你啊

娘娘河，我的生命之河

你宽厚的大堤的臂膀上
碾轧出深深的车辙
我肩扛耠子手牵着牛
踏着鸡鸣从上面走过
我曾挖取河堤温暖的沙土

给新生的儿女铺沙被
我曾怀抱父亲的骨殖
埋进那荒寂的草坡

太阳从你的左肩升起啊
月亮从你的右肩滑落
春天，你唤醒野草擎起露珠
秋天，你驮起数不清的禾堆柴垛
蜣螂滚着粪球擦响了太阳
田鼠拖着月光建起地下城郭
风，弹响每一片草叶
那晚霞的灶火已熊熊地燃着

啊，娘娘河，我的再生之河

1987 年 10 月 30 日

致窝头（仿彭斯体）

一

你好，窝头
（请不要误会，诸位
他是我农村的少年朋友
自古来"民以食为天"
名字也离不开杂粮五谷）

祝你今年又交了好运
　　北洼的庄稼长得茁壮
你那头大黄牝牛！
　　又给你下了一头牛犊

二

愿冰雹和田鼠
　　不再偷袭你的瓜园
那可恶的龙卷风

只会把你的草帽刮走

愿你的场院里
　再也逢不上连阴雨
让天上最明丽的阳光
　为你的高粱晒米

三

问候你的内当家
还有她那群母鸡
别忘了下次再来
给我捎上一只猫咪

听说，你家小三迷上歌厅
常领了女友偷去省城
你骂骂咧咧顶个啥用
最好闭上你的眼睛

四

如果你有时间
一定要到好人三哥的坟前

替我添上一锹新土
再替我烧上一沓纸钱

他是多么麻利能干
是条三杠子打不倒的车轴汉
说走他就甩开手走了
只有在梦里和我攀谈

五

常想起咱们小的时候
清明节去野外放风筝
渤海滩的阳光真亮
那里天高，地也平

村北的枣林开花了吗
我真想闻一闻那醉人的风
让我粗糙的笔饱蘸那芳醇
歌唱咱自己高贵的心灵

六

我的日子过得也很轻松

赶上了机关里评职称
在出版社出了好几本诗集
抵不上一纸大学文凭

说不定在哪一天傍晚
我会突然闯到你的家中
吃一顿棒子饼子熬小鱼
当然，坐在炕头要干上两盅

1987 年 10 月 22 日

斗牌的娘儿们

只有那些
　　娶上儿媳妇当上婆婆的女人
　　攥一把钥匙大权在握的女人
　　吃饱喝足没地方解闷的女人
才配坐在炕头斗牌

她们穿戴得像串亲戚
走在路上高声笑骂
故意炫耀一下自己的身份

这些说嘴拉舌的娘儿们
坐在一堆就是一台戏
她们都是
　　小村的新闻发布官

她们斗的是一种古老的纸牌
上面绘着水泊梁山一百零八位好汉
可惜黑旋风、豹子头

浪里白条、拼命三郎
这些硬邦邦的须眉汉子
竟让乡下女人捏在手里
　　甩来甩去

手里的纸牌握成一把折扇
遮不住日出月落
什么也不在乎
只相信天命和运气

电视剧音乐会也吸引不住她们
她们除了赶庙会听老戏之外
盘着腿斗牌
才是一生最大的乐趣

她们的牌场
既惹人注目又幽深隐蔽
过去，只有财主家女人才配玩牌
如今，她们都一一学会了
仿佛是对历史的一种索取

1986年7月20日

回声

　　一男子,为死去四十多年的父母重新开坟出殡,宾朋无数轰动乡里。

黄铜的唢呐
吹响一片如血的夕阳
惶惶的回声
缠绕着褐色的村庄

黄昏星远远地瞪大了眼睛
下弦月在银河边
　　钓起一串思索

他那四十年前累死的父亲
他那四十年前饿死的母亲
都是用一张破席
卷出去的呀
如今,那血泪斑斑的骨殖
被装进红漆的棺木

仿佛迁进红色的殿堂

身披孝服的儿子
虔诚地
率领九族亲友、八方宾客
率领他的砖房、门楼
在黄铜的唢呐声中
　　叩首跪拜
岁月流逝的村街，顿时
　　倾斜下去

此刻，那一双受尽苦难的灵魂
那匍匐了一辈子的灵魂
竟战战兢兢跳下灵堂
发出一声骇人的惊叫！
天哪
你就是那个从小讨饭的三小吗
你就是那个耍过枪杆的三小吗
你是当了天官？做了知府？
还是领了钦差？受了皇封？

黄铜的唢呐哑了
老槐树摇着苍绿的叶子
地平线上滚过一声沉雷

新姑娘

  新姑娘因和本村一个小伙相爱，遭到家长激烈反对和一些村干部的非难，小伙子远走他乡。一年后，新姑娘也偷偷离家远去……

俊美的姑娘
刚强的姑娘
就在那个秋天的晚上啊
她锄完玉米回来
挑起水桶，替爹
  挑满了水缸
抄起搓板，替娘
  洗完了衣裳
她望着天边那颗星星
  偷偷哭了
她围了纱巾
没有去二大娘家串门
没有去大队看电视
她走了

向那梦绕魂系的远方

新姑娘走了
有人哭她
有人骂她
有人夸她
有人讥笑她
我的纯朴而愚昧的村庄啊

眨眼，五年过去了
早春里，她和他
　　堂堂正正地回来了
怀里抱着孩子
脚步像春雷
震动了古老的村庄

姑娘、小伙拥上前
举起她的孩子
像举起一面胜利的旗帜
　　在头顶上飘扬

　　　　　　　1984年2月28日

天火

麦场之夜
只有麦粒炸壳的声音
只有蝼蛄磨翅的声音
庄稼人
麦捆似的倒在麦垛边
呼噜出一片麦草的清香

突然，一把火
腾起遮天的光焰
烧醒了古老的村庄
烧醒了疲惫的夜

村民们
在梦中赤条条地跳起来
发出撕裂夜空的呼叫
娘儿们
颠着奶子去护卫自己的收成
她们远远地望着火光

颤抖着：我的天爷！

圆圆的麦垛燃烧着
熟透的麦穗吐出一天火花
幸亏没有风

火光映照一群赤条条的汉子
像一群涂了紫釉的铜雕
他们醒过来才清楚
这是一把天火啊
烧的是村主任李安富的麦垛
（这是全村最高的麦垛啊
是雇了五个短工收割来的）
一个声音号叫着：
乡亲们爷儿们，快来水呀
他的哀求已经不管用了
多少桶水都在半路倒掉
大道上闪着明晃晃的水

高高的麦垛
似大地的红烛
爆出一天红亮的星星
火光不息呀

久久地久久地在人们
心里升腾
场边的歪脖树也没忘记啊
五十年前,那李老财的麦垛
也是在这里起的火呀
那是李安富的老子点的
他留下一句硬邦邦的话
就闯了关东

今天的火
是怎么烧起来的?
只有那浑厚的古铜色的土地里
埋着绿色的答案

这是天火
一把天火啊
烧得我彻夜难眠
也烧掉我诗中
　　那搽了粉的句子

　　　　　　　　　1985 年 7 月

无名树

不知是大风刮来的
还是流浪汉从鞋口里倒出的
一粒种子,一粒异乡的种子
在这儿扎下根

傲立于旷野
像村庄里的一户异族人家
高高的烟囱蒸腾绿色烟霞

粗大的树踝
迸发无数闪电似的根须
向地心发出
生命的呼唤

汲取大地的乳浆
忘情地伸出枝丫
拥抱着蓝天
亲吻着春光

与杨柳榆槐遥相致意
用自己的活力与存在
歌唱自身的美丽、多情和壮旺
天为之开阔
风为之豪爽
小鸟为之而鸣啭
大野为之而芬芳

古沧州,有一个村庄
叫无名树

南滚龙沟

一

太行深山里的一条沟
一条生长黑枣玉蜀黍的沟

山坡上滚下一代帝王汉刘秀
山坡下走上九大代表李全寿

不该死去的都已死去
往事如落叶化为泥土

蛇仙崖上不见田间的诗句
五洲桥上只有小毛驴的脚步

一沟沸扬的鸡鸣
一山朦胧的烟雾

二

铁汉子李二保死了
他的号子还在盘山渠上震响
他曾三次从山崖上跌下来
硬是没有趴下
竖起一块"大寨田"的丰碑

如今他再也不是生产队长
他用自己的力气凿了石碾
又星夜拉着去出售
撞在刘秀滚坡的石梁上

他的尸体埋在"大寨田"边
上面覆盖着他汗水泡过的石头
旁边有一棵
比他祖父还老的柿子村

铁汉子李二保　死了

三

当年的房东已认不出我

我却还牢牢记着住过的石屋

记住了放羊的老汉李三牛
和他那块用了一辈子的青石枕头

当年的"白毛女"洞已变作牛栏
铁姑娘队长也不知嫁了哪条山沟

李全寿大嫂还活着
衣襟上还别着毛主席像章

老村长李双锁拦住我们
要向上级部门提个请求

请把当年的公路再修一修
让那停了多年的班车再开进沟

苍苍茫茫一道滚龙沟
坎坎坷坷一条山石路

1995年秋

夜烤烟叶

灶膛前升起柔和的火光
那是用脱了粒的高粱穰穗燃起的
一蓬金黄的高粱的火焰

火光前的祖父
像一尊古铜的土地
手中翻动蒲扇似的烟叶
像展开一页古老的经卷

当银亮的月色洒满了村落
一股浓烈的气息弥漫开来
笼里的鸡鸭不安地叽嘎了一阵儿
屋檐里的蝙蝠四处翻飞

这时候
四邻八舍不约而同地聚拢来
有的提着田鼠皮的烟袋荷包
有的叼着祖传的翡翠烟嘴儿

这是头茬的老蛤蟆烟
又掺上了嫩绿的菁叶
老爷们儿吸上一口就现出本性
就喷出操丫日奶奶的粗话

这也是庄稼老憨们开心的时刻
抽它两袋新烟　吐它一腔浊气
点燃起一锅一锅的喜怒哀乐
吐出一团一团的陈年老事

在我的老家老屋里
灶膛前升起夜烤烟叶的火苗
那是一蓬金黄的高粱的火焰

2000 年金秋

附记：陈超兄曾以"夜烤烟草"为题，写过一首绝妙的诗。他几次鼓动我也以此为题写一首凑趣，我拖了好久无动于衷，忽然有一蓬高粱穰穗的火苗在脑海里燃了起来，遂有了以上几节分行的文字。

黄河入海口

在赭褐色的滩头
您庄严地入海了
安详地融入了那片神圣的蔚蓝

望着您辛劳的金黄色的步履
望着您离去的粼粼的泪光
我轻轻呼唤着：母亲
我是您的儿子
我是您养育的一方沙洲河
是您给了我生命的强悍
和古铜色的肌肤

您从遥远的神山而来啊
跋涉岁月的艰辛
在痛苦的大转折里
磨砺出韧性的悲响

携着戈壁的神奇
和高原凝重的沉思

您一路探寻
发出敦厚、热烈的呼唤

忧患的浪花负载着希望
您用甘甜金黄的乳汁
哺育着北方
红高粱一样刚直的儿子
金谷妞一样纯秀的女儿

在历史的狂暴里
您是一弯射杀天狼的弓弩啊
在您宽厚的怀抱里
早春的龙之舞
为您壮行

啊！母亲
您日夜奔波
那浩茫的大海是您的家吗
那升起的彩虹是您的门楣吗
在您伏着风暴的庭院里
您高举着一颗透亮博大的心

向着东方
我含着热泪向您鞠躬

大地之子（组诗）

一、地母啊

我站在东方的地平线上
双手举起鲜嫩的太阳
身后的大海波涛汹涌
那是一片刚刚翻耕的土地
云的白马拉着月牙儿的犁杖远去了
播下沉实的种子和五彩的幻梦

我裸露着古铜的肌肤
挺起岩石的胸膛
谷妞子草捧出高贵的春天
云缝里滴下云雀的欢鸣
我的双脚深深插在泥土里
跳动的血脉在苍茫大野里喧响

我和车前子马齿苋黄蓿菜蒲公英一同呼吸
我和蚂蚁田鼠蜥蜴螳螂一起成长

啊　雷暴　冰霜　苦难　饥饿
啊　绿树　村庄　坟墓　天堂
母亲与菩萨同坐在莲花之上
我高举起草叶与诗歌　明澈与吉祥

我的美丽多情的姐姐妹妹啊
你的额前淌着麦穗的刘海儿
篮子里挎着露水淋湿了的希望
我的纯朴刚正的父老兄弟啊
你们满腮长满野草的胡须
用阳光与热汗为血红的高粱灌浆

挥起秋月的镰刀
割断向日葵的头颅
坦荡的沃野
溅满了金黄
玉米吐出了花红线
珍藏起如珠似玉的思想

在那神圣的太阳的照耀里
我如金色的婴儿通体透亮
在那温暖的大地的怀抱里
我才郁郁葱葱活泼壮旺

噢嗬嗬　云霞里闪射出一只小鸟
那是我的灵魂战栗的歌唱

二、当你甩起红缨子长鞭

你赶的那辆大车轧过北方的土地
在你的额头碾出两道深深的辙印
啊哈　掌鞭的老把式
我的黑麻子老祖父
当你甩起红缨子长鞭
平原上就滚过一阵雷霆

在娘娘河畔的十八村里
谁不知你手中的那杆神鞭
那呼啸的鞭影掠过晴空
辕骡子与梢马就抖起长鬃
闯过一道道沟坎壕塄
拉回来一车车比碌碡还硬的精神

当你把长鞭戳进香炉
鞭杆上挑起"义和拳"的旗旌
捋锄杠的粗手举起了长矛
脸上的黑麻子爆出火星

草民百姓聚来天光地气
大洼里卷起冲天的旋风

连我那三寸金莲的祖母
也走出烟熏火燎的茅棚
一盏"红灯照"
伴着爷爷"大师兄"
在那古老的娘娘河里
还映着她那英武的身影

草洼里　每一根芦苇
都直挺挺地站着
田地里　每一穗高粱
都红得刚正
每逢庚子年的深秋
还能听到那连天的杀声

我的黑麻子老祖父啊
你那杆红缨子长鞭
至今　还震撼着我的灵魂
我听见你厉声喝问
　　快起来　干活去
　　你这个不肖的野种

三、蝗祸

那是个万木葱茏的季节
村北神奇遥远的大苇洼里
茁壮的芦苇铺天盖地
那里宿着数不清的野雁黑鱼
也窝藏着一帮一伙神出鬼没的"三儿"①

那是个乱世之秋
酿造人间千奇百怪的悲喜剧
那一夜　谁都睡得挺早
谁都听到了一种声音
可谁也不肯先点起油灯

那声音　谁也分辨不清
仿佛一万只蝎子在窗纸上爬行
奶奶说　莫非东北上
　　　　秃尾巴老李②来了
要不然　又过李景林的逃兵

天亮了　大门开了

----
① "三儿"当地百姓称土匪马贼为"三儿"。
② "秃尾巴老李"传说中为民送雨的龙。

茅屋里涌进一股黑风
那遮天蔽日的蚂蚱浩浩荡荡
啃秃了各家苇草的房檐
吃光了田地里所有的光景

擂起大鼓　铜锣
敲响脸盆　古钟
村民们　在村头塑起一尊蚂蚱神像
又挥起铁锨　扫帚
捕打驱赶那些魔虫

那真是个奇异的年景
各家屋顶都晒满肥肥的蚂蚱的尸体
各家当院都圈起大大的蚂蚱的席囤
它们吃人们人们也吃它们

就这样　人们吃着蚂蚱过冬
蚂蚱干　蚂蚱酱　蚂蚱饼
这大地上奇特的营养
哺育这一方水土的生灵　不信
请看我这宽宽的肩　厚厚的胸

四、我不敢凝视那飞扬的芦花

夜幕降临了
在黑油灯的灯影里
我那十八岁的堂姐
你是多么美丽

你有一条比马绊草还长的
黑油油的辫子
大大的眼睛
闪着春的明媚

你的花格格衬衫里
飞腾起洁白的乳鸽
你咯咯的笑声
比银亮的月光清纯

田埂上的野花见了你就微笑
树上的小鸟见你就欢鸣
伯伯婶婶抚摸你的头顶
因为你从小就失去了母亲

夜幕降临了

阴影笼罩着十八岁的堂姐
你那不可告人的隐情
你那渐渐隆起的腹部
怎能逃过祖母的眼睛

怨恨分割着夜
星星滴着哀痛
你亲人的眼光一下子变成锥子
扎透了你那稚嫩的心

这个普通的农家院落
凝固了夜的沉重
那些握锄使镐的受苦人
也能做出残酷的决定

家谱上要除掉你的"臭"名啊
从此　你就再也没有这个家
老祖母最后为你包起包裹
婶娘们最后为你梳好头发

那是一个多么浓黑的夜
老顺哥备好了毛驴
所有的亲人都扭过脸去

我十八岁的堂姐被弃于荒洼

我那十八岁的堂姐
远远地　远远地走了
我不敢倾听那毛驴的蹄音
我不敢凝视那飞扬的芦花

五、铁血色的扁担

父亲
从老一辈手中请受了它
又一辈子没有离开它
那是一根
　　闪着铁色
　　闪着血色
身高九尺的桑木扁担

父亲把它抱在怀里
精心擦上一层桐油
又经过太阳　风　雨的锻打
每当横在父亲酱紫色的肩头
它就是一条呼啸翻动的龙

它真是一条硬家伙
随着父亲滚在泥土里
挑起谷草
挑起牛粪
挑起河泥
挑起公粮
挑起日出月落生生死死

它真是父亲的好伙计
挑起多重的担子都不含糊
当父亲的后颈
隆起又硬又厚的茧包
它那细密的纹络里
也沁出苦涩的汗液

在那吞食野菜草籽的年代
父亲终于倒在了地头
他躺在用汗水泡过的野地里
再也没有起来
他的扁担　还挺挺地插在泥土里
竖起他死不甘心的筋骨

它

终于又压在我的肩头
当我挑起担子奔波之时
我听见那根扁担
　　苍劲的呻吟　和
　　壮丽的断裂声
父亲　请原谅儿子的莽撞
因为儿的肩膀比你的宽厚
儿的担子比你的沉重
难道你没望见
南园的新桑已经成林
属于我的扁担已经长成

六、就这样　我与她走进洞房

就这样　我与她走进洞房

蒲草编的顶棚
土坯垒的火炕
二十年前我在这儿降生
又眼望着母亲在这儿死去

就这样　我与她走进洞房

我是土命
她是水命
红纸写帖的娃娃亲
像点在一个埯儿里的两粒玉米

就这样　我与她走进洞房

像祖父　父亲一样
走进要过的那个日子
上炕睡觉　下炕干活
在父母睡过的土炕上生儿育女

就这样　我与她走进洞房

走进那土墙围起的宅院
走进那木栓闩紧的屋门
我用秤杆挑去她的头纱
那寒冬腊月是多么深重

就这样　我与她走进洞房

年轻的生命迸发着新奇
那么亲近那么陌生

躺在炕上望窗外的星斗
远方闪着一个燃烧的梦

就这样　我与她走进洞房

在那春的田地里
她把一颗贤良的心种下
祈盼年年风调雨顺
这里　就是今生今世的家呀

七、犁

我手握一管沉甸甸的大笔
饱蘸几千年的星月
耕耘着一卷深褐色的史册

带着一代代生锈的汗渍
回荡着
草帽下粗哑的吆喝

原野
一只金翎子黎雀
为我衔来太阳的红果

渗着汗珠的手背
蒸腾地气的长长的犁沟
我与牛的脚窝
犁头哧啦啦响着
翻出老辈子的陶片
一首发了霉的古歌

时而
翻出人的腿骨　人的头颅
那入土的灵魂还没有安息啊

我的生铁浇铸的犁铧啊
我的菁麻拧成的绳套啊
我的柳根弯成的牛轭啊

耕牛
　　犁杖
　　　　我
组成大地上的北斗星座

在那大雁归来的行列里
在乡村五更的鸡啼声中
我走向属于我的

　　　　那片荒野

切断古根的犁声
春雨润透的黑色浪波
我站在地平线上
　　　　把夕阳踏落

八、酷夏

干热的风吹枯了夏季
吹干人们口头潮湿的语言
大地张开所有的毛孔
柳条子　禾苗的叶子
都让风拧成了绳子

所有的生灵　祈望
远天云影里闪出一声沉雷

我年轻的嘴唇裂开了口子
茂密的头发没有一点儿水汽
像一捆戳着的秫秸
碰上一丝儿火星
就会燃成一把疯狂的火炬

按照古老的习俗
我和抹着泥巴的汉子们
扒光了衣服
瞪起眼珠子　号叫着
翻倒了古井沿边
那颗坠落千年的神石

半夜里　村里的十二名寡妇
悄悄地抄起扫帚和簸箕
到干枯的坑塘里扫起热土
然后　点起香
向苍天唱起祈雨的歌

这是一个罪恶的夏季
醉醺醺的太阳扼杀着大地的绿意

终于　村头响起了鼓声
那牛皮大鼓发出牛的吼鸣
吼着渴望　吼着生存
白发老伯凛然扮作龙王
他要在渤海龙滩上焚身而去
用慷慨的死换取龙的甘霖

唢呐吹奏出一天辉煌
牛皮鼓敲出大地的血性
那是一行古老的悲壮的队伍
走过冒着盐碱的龟裂的土地
走过挂满火烧云的天空

酷夏　地火升腾
生灵们的心头滚起了雷声

九、野性的月亮花

那是土地苏醒的季节
雨后的平原舒放着清新
羊角菜拱出了地表
知更鸟钻进了云层
啊　是你吗　野性的月亮花
用你旷达率真的光片
吹奏故乡的海韵

历经岁月的风霜
铸成一弯美丽的年轮
在绿原放飞了希望
生活的鸽哨奏出艰辛

啊　是你吗　野性的月亮花
在无垠的空阔里
开出鲜灵灵的坚韧
用光波撕开阴暗的云层
撕开严冬虚伪的封禁
惊起嫦娥仙子的玉兔
跑进没有栅栏的草丛
啊　是你吗　野性的月亮花
在我胸大肌宽厚的地垄里
播下一颗启明星

那是一面生命的旗帜啊
呼唤着没有尘埃的风
在那大地痛苦的犁沟里
蕴含着如血似海的墒情
啊　是你吗　野性的月亮花
在我裸露的灵魂上
留下刻骨的深吻

在故乡八月中秋的芳馨里
倾听你挂满果实的笑声
那是一匹轻盈的白马
响亮的蹄音震颤天空

啊　寂苦的你　奋发的你　欢乐的你
新生的你　我的野性的月亮花啊
此世此生你开在我的心中

十、大地之子

抖动的渤海是母亲的蓝头巾
在那遥远的东南风里
我如一枚草籽　飘落草野

我的根连着芦草的根
我的第一声土咸的号哭
也带有芦荡草泽的气韵

我和叔伯兄弟们盘根错节
倔强的绿色家族
是旋转的大地之轴

我弯腰收割小麦的黄金
我持锨挥洒一堆堆牛粪
大地的血液在身上涌奔
走出祖传的土房茅舍
走出那条神秘的地平线

挺立着　我是世界的中心

跨过父亲开挖的沟壑
越过祖父轧出的车辙
展开黑夜打起我远行的包裹

田畴里的禾苗争相拔节
高高的树丫举起破壳的鸟巢
大地上的脚印都是我寻求的问号

那荆条墩挖不断的根须是我
那大榆树扭结的疙瘩是我
那地埂上沉默的马莲是我

那使我终生崇拜的古铜的颜色
那使我揪心裂肺的无情的灾祸
那给我欢乐与煎熬的深深的爱河

满脚泥巴　我是大地之子啊
铺开大地波澜壮阔的稿纸
我用生命写下粗野笨拙的诗歌

1990年5月1—12日于中国作家协会杭州创作之家

圣焰

啊　圣焰
你在我饱满的天庭燃烧起来了
那是一朵风中的红荷
那是一束晨春的云霞
那是一段和大地一样古老的舞蹈
那是一曲和天空一样深邃的吟唱
你的辉光照亮了我的血液
你的芳馨渗透了我的骨肉
我用块垒的胸臂去拥抱你啊
我用焦裂的双唇去亲吻你啊
你那跳动的一浪一浪的火苗
是我一滴一滴滚烫的泪水
啊　圣焰
你在我饱满的天庭燃烧起来了

无题

隔得很远
又离得最近

几乎每分钟都发出一种信息
纷纷的思绪理不清道不出

想海边的一条船
想林中的一条路

想寒岭的那只雪豹
想深夜的那只火狐

如果是海　我是海啸汹涌
如果是山　我是岩浆喷突

愿抛给你真实的欢乐
想甩给你如梦的坦途

你要是那痛苦的歌
我就是那狂飞的舞

别绪

你来去匆匆
远去的背影
不忍回首

我大步走回房间
将栏杆拍遍
月弓看了

我深远的根脉里
有大潮在涌
哦　我常用理智的大坝截住那狂情

漫漫夏夜
绿色的生命之树上
结满梦的果子

这飘摇美丽的果子
注满我醇厚的诗的琼浆

不知经过几多风雨
它才能成熟
只有多情的人生之树上
才高挂着那颗燃烧的心

剑吟

一副真正的剑
是干将莫邪铸造的那副
有钢有刃
有声有色
有血有性
有情有种的雌雄剑

分开来
各自东西
迎风呼唤
历经沧桑
在磨难中亮出自己的本色

合起来
合起来就相吻相亲天衣无缝
灵魂相映
仿佛日月重光

这样的剑
合在一起
才是一种美的极致
但　它们还是要分开
当它们骤然相别的时候
总弹出凄楚的嘶鸣

待月

很早　我就听到你的足音了
轻轻的似三月流水
悄悄的如一抹巧云

你清清亮亮地来了
泼洒语言的珠玉
涤滤空气中的尘埃
透明的风荡开我的心扉
我真想断了归路
与你飘然飞升

我期待追寻的是你吗
我梦中怀恋的是你吗
那晶莹透彻的一轮
那活脱自在的一轮
那奔放机智的一轮
那脉脉含情的一轮

即使与你相对无语

也会坐穿岁月的疲惫啊

当你用灵透的潮汐

催响那口沉雄的洪钟

我感到了那音韵的庄严与深沉

是不期而遇

还是别后重逢

心与心碰杯

溅起生命的美丽与欢腾

站在人生的制高点上

我忘情地拥抱

那金子一样的柔光

那彩虹一样的倩影

那可亲的桂树啊

向我飘洒你的芬芳吧

那活泼的白兔哟

请拨响我的心旌吧

当我们越过地平线的栅栏

才发现那片新境

我用双手捧起你
放飞诗的鸽群
我知道　在不远的路口
是一片常青的树林

给你

给你一座沉沉的山
给你一条澎湃的河
给你遥遥无尽的思念
给你回味无穷的欢乐

给你淡淡的怅惘
给你无畏的寄托
给你满怀赤诚
给你一腔心血

给你金色的梦幻
给你无花的苦果
给你耕耘田畴的犁铧
给你浇灌绿苗的湖泊

想立刻与你融合
想明朝与你决绝
因为那颗被烧灼的心
再不愿忍受无声的撕裂

所有的窗口都向你敞开

所有的窗口都向你敞开
我殷切地期待　久久地凝望
真愿骑上云龙天马
迎你　接你　飘然而降

每一次忧心的离别
相互都筑起崇高的希望
在天意的路口　我用诗的土坯
建造起我们朴素的新房

倾听

久久地凝望　倾听
东天上那轮新月的脚步轻轻
在数九的冬寒里
她轻轻地跃上我心的窗棂

此刻　我攻读托马斯的诗集
真想为你背诵《我梦见我的创生》
"炙热的血管容纳爱的汁液
从痉挛的情人召唤出强劲的生命"

希望的高杆上　梦在微笑
发了芽儿的星星长出一片新境
我是一支燃烧的蜡烛
滴落下男儿的精血与花朵般的歌声

痛思

你叫我烦乱
你叫我痛思
你叫我百无聊赖
你叫我神情如痴
你叫我闻鸡起舞神采飞扬
你叫我思绪悠悠宵衣旰食
你叫我理智地粉碎旧有的一切
你叫我大胆地营建梦中的现实
你是我全面的占有
你是我残酷的统治
你看见了吗　你看见了吗
我那流向心底的期待的泪滴
你听见了吗　你听见了吗
我背过身后那凝重的叹息

青藏高原

这是地球的屋顶吗
这是中国的屋顶吗
这是故园的屋顶吗

站在屋顶之上
离天很近　我寻找
母亲升起炊烟的那根烟囱

脚下，那永恒的冻土开始颤动
仿佛那万古的屋檩发出了呻吟
此刻　我已听见了那遥远的
刻骨的呼唤

通天河

这是雪的精血
山的骨髓
天一样深
铅一样沉

一朵太阳花
开在河底
是谁从天之顶
抛下一卷凝澈玄秘的诗

江河源的藏羚羊

最崇高的家族
头上长着灵芝
嘴里叼着雪莲

一群菩萨的藏羚羊
神游在江河之源

左耳挂着太阳的金环
右耳挂着月亮的银环
没有声响
一闪一闪

仰望唐古拉雪峰

茫茫云冠
皓皓白发
不管有没有阳光
永远在我心头壮丽

因为此世此生
我只能仰望你这一次

可可西里的淘金者

西部的梦游者
一群东奔西窜的土拨鼠

手是黑的
脸是黑的
而心是黄的

昆仑山头

拒绝一切喧嚣和色彩
不见一根青草一棵树木

只有在这个高度上
才有那份博大拙朴

地球上最睿智的头颅
作旷古的沉思

九寨沟意象

一

这一角蓝天
用瑶池的水刚刚洗过

鸟儿的歌声溶化了
白羊肚子的云巾
擦着星星的脚印

左边悬着一枚金箔似的太阳
右边悬着一枚银箔似的月亮
那期待的爱
在九月的黎明
铸成两枚辉煌的纪念章

二

绿色的乳峰

膨胀着成熟的丰盈

一条银白的乳汁
淌下来
流成一条孔雀河
注成一泓金铃海

一株株幼杉
喝得饱饱的
金阳之下
像一匹匹绒毛发亮的小马驹

风,轻轻抽了一鞭
溅出一坡灿烂的马蹄之音

三

啊!诺日郎瀑布
高挂十万雪山朗朗阔笑

披散开雄性的白发
甩下一生沉甸甸的浩叹

大自然的壮剧
是从最高处跌下

无缰的白马群　竖起前蹄
仿佛听见了远方的呼唤

跃下白玉之城
走向异境

四

墨绿的怀抱里
碧绿的怀抱里
翠绿的怀抱里
山毛柳，悄悄地
换上一身娇艳的红装

一片芬芳的红云
一丝燃烧的情焰

云杉站在她身后
炫耀着伟岸的男子气
倔强的古柏

也不由伸过藤萝的臂膀

这个不安分的小女妖
使原始树海一片骚动

五

孔雀蓝的海子哟
是美丽的神女
　那柔媚的眼睛

在她多情的眼波里
跳耀着星星的珠链
闪动日月的眸子
山花的落英
化为七彩的游鱼

一棵云杉倒进深潭
变成一条光彩熠熠的珊瑚

我沾满俗尘
站在她纯净的眸子里
是一个匆匆来去的阴影

六

轻轻的雨滴
敲着树叶和花钟

我欢跳着
掀开大森林梦的帘幕

苦楝树上的知更鸟
啼出一串仙韵
古根上　骤然鼓出
一片鲜灵灵的童话

啊！大森林中的绿王
请用你的纯净和药草的香气
浸洗我染着苦土的心窗

1987 年 1 月

燕赵诗友漫像(四首)

草垛下的姚振函

生来就深一脚浅一脚地走路
深深浅浅的步履
丈量着命运的艰辛

身体残了
却仰起高傲的头颅
很早　脸上的皱褶就很深刻
鼻翼上眼镜压得很低

上过名牌大学
登过峨眉金顶
爱说高粱地里的话
常写大平原上的诗

时而自尊自大
自信在诗坛独树一帜

时而谦虚得够呛
常在真实和存在面前久久发呆

爱哼一首柔曼的歌
用真诚的心倾听遥远的呼唤
坐在陈年麦草垛下拍了一张彩照
在文学成果展厅里留下一片
永不消逝的赞叹

工头儿白德成

魂系远方
曾跳进鸭绿江去眺望故乡

在鲁迅文学院的饭堂里
只身与几个痞子对打
惊呆了那些跳舞的诗人作家
那才是一幅真正的《青春雕像》

带着自己一本薄薄的诗集
头一个下海南经商
到那儿也不误跳舞、会友、钓鱼
两次被自己的同伴"卷包"而去

四个年头过去了
一笔算不清的糊涂账

终于　又回到了自己的北国
就不信混不出个人模狗样
就靠那份特有的情怀和才智
再创一个公司：文昌装潢

听说诗友们聚会山城
你盛宴接风慷慨解囊
我赠你一句：诗人风骨侠肝义胆
你高唱一曲："大江东去"热泪盈眶

光头松霖

半天不说一句话
一年就写一首诗

吃核桃　用拳
喝白酒　论碗

画画　不经师
写诗　看物理

面孔白皙胡子有些红
个子不高手脚却挺灵

干革命多年不是干部
当编辑数载没有职称

爱下围棋只求黑白之间论个高下
喜打麻将仅在方城内外争个输赢

进家门　先听音乐
上舞场　喜欢独舞

为自己久久不能出版的诗集起名"黑诗"
预感到一九九二年天热提前剃了光头

书虫子陈超

爱穿紫红的上衣
爱听粗野的情歌
吸烟没瘾却能吸
喝酒脸红却能喝

出了校门又进校门

地道的书虫子一个
写文章就爱吐一口长气
用语言的彩贝砌成一条斑斓的河

固执得像一头犟牛
而性情又宽厚温和
只是赶着那辆现代诗论的马车
轧一道别开生面的车辙

仰望自由高迈的天空
深入伟大而纯正的诗歌
面对寒冷和疲竭
展开火焰的卷宗

坚韧而又孱弱
严谨而又多情
当季节的风雨袭来之时
你只是出来站了站
然后就关紧了大门

1992 年秋

铁血的喜峰口

一

燕长城　铁青色的燕长城
依然是燕山之铁脊
塞风萧萧　胡笳悠悠
虬盘的城垣坦荡着
北抵烟沙　东接辽海
依然衍生鲜卑的苍苔
山戎的野荆

莽苍苍　一道凝固的电闪
悲壮地穿透了时空

二

我乘着一叶扁舟
来寻访谛听
浩茫的潘家口水库

淹没了古关要塞
淹没了戚继光的马蹄
　　　康熙的题碑
却淹没不了
并不遥远的硝烟和杀声

一树树板栗花含着热泪开了
碧波里颤动着血色的倒影

三

哦　喜峰口
透过深幽的湖水我望见了你
烈士的坟场已长满水草
游鱼穿行于城楼的弹洞
那甘洌的湖水
消融了山石上的血痕
消融了草叶上的刀影
却永远冲淡不了
那历史的伤疼

当血腥的太阳旗在长城垛口闪现
长城　如一把扭曲的大锯

割裂着整个中华民族的心灵

四

山石是铁色的
栗树是铁色的
泥土是铁色的
长城是铁色的

就在那铁色的月光里
铸造了如火如风的《大刀进行曲》

五

那是冀鲁平原的赤子宋哲元
他站在血色的黄昏里
横山写下一行大字

"宁为战死鬼
不为亡国奴"
撼天动地的乡音
激荡着满腔热血

大刀向——
鬼子们的头上砍去!

六

我站在铁血的长城上
心中镌刻上那铁血的英名
啊　佟麟阁　赵登禹　张自忠……

潘家口　一库历史的壮酒
用燕山酷烈的记忆酿成
喜峰口　举起长城烽火台的酒杯吧
燃起中华儿女铁的血性

1997年9月

宋哲元

我的祖父敬佩你
我的父亲敬佩你
所以　我从小就记住了你的名字
你是冀鲁平原英雄的骄子啊

你吃过家乡的黄蓿苦菜
住过透风漏雨的场院屋子
家乡的红枣　红薯　红高粱
酿就了你一腔热血

敦厚刚正　不苟言笑
最喜欢舞大刀　写大字
"宁为战死鬼，不为亡国奴"
铮铮乡音　激励着二十九军的将士

喜峰口　血战日寇
罗文峪　夜歼顽敌
你把烈士的遗孤收为义子

一曰纪峰　一曰纪峪

你修筑的津盐公路已走成大道
随你出征的乡亲也早归故里
长城线上还荡漾着你的豪气
卢沟晓月仍映现你当年英姿

生于乐陵之土　葬于福乐之山
秋天　家乡的枣树就高挂红灯万盏
年年岁岁人们都祭奠你啊
冀鲁平原的骄子——宋哲元

1997年9月

潘家峪

这是冀东大地一个普通的山村
普通得有点儿古老和偏僻
与曹雪芹的祖籍是老乡邻
爱看老呔皮影　爱听成兆才的评戏

然而　就在那年的严冬
日寇在这里制造了千古惨剧
屠杀无辜村民一千二百三十余口
时在一九四一年　腊月二十八日

于是　血地上筑起四座坟茔
四座坟茔山一样隆起
两座埋着老人和壮汉
两座埋着妇女和孩子

于是　盛产葡萄的潘家峪
年年结满滚滚的泪滴
今天　当我走进这片热土

遍地冤魂　　令我心在战栗

那是四座仇恨的火山啊
向后人诉说着大辱奇屈
我不由向英灵们躬身叩拜
并献上这首遗恨千秋的祭诗

十月献辞

十月,那纵与横交叉的"十"字
是长天　大地的交叉
是太阳　月亮的交叉
是时间　空间的交叉
是历史与现实的交叉
是白昼与黑夜的交叉
是镰刀与锤头的交叉
十月,我用崇高的诗句把你高高擎起

这是一个金色的季节
这是一个收获的季节
这是一个殷红的季节
这是一个壮美的季节
这是大河上下　百舸争流的季节
这是长城内外　层林尽染的季节
俯瞰人间　万里清秋
遥望高天　一轮明月

啊！十月
一声高亢激越的历史宣告
横空出世——
走出了伟大神圣的新中国
你是勤劳、勇敢
你是美丽、辽阔
你是不屈不挠、风雨坎坷
你是千秋大业、不容分割

那蜿蜒的长城是你
那巍峨的昆仑是你
那《诗经》、《离骚》、唐诗、宋词是你
那尧、舜、岳飞、戚继光、关天培是你
你是北国的麦浪　江南的稻穗
你是草原的野花　高原的冰雪
你是黑头发　黄皮肤
是他——是你——是我

啊！十月
大写的十月
历史巨笔挥洒的十月
今天，我献给你鲜花、颂词

也献出我心中燃烧的寄托
当共和国的旗帜在海峡两岸飘扬
我将高举起美酒
一醉方休　放声高歌

　　　　　　　　　　　1999年秋

石之恋

我是一个爱石者
一个痴迷的集石者
也不知为什么
就迷恋上那些千奇百怪千姿万态
有纹有理有灵有性的石头

我攀登过无数座山脉
我跋涉过无数条河流
面对着千卵万石
我寻访着自己的知音

那是偶然的机遇
也是可遇不可求的缘分
那是千万年等一回的碰撞
也是瞬间的灵犀相通

啊哈　终于找到你了
这是生命中最欢快的发现

也是发现中的生命大欢快

抱起来　托起来　举起来

一遍一遍地抚摩

无言地对晤超越千年

在井陉的绵蔓河里

我寻访到韩信背水一战的一方甲胄

在弯弯的漳河水里

我打捞起曹孟德操练水军的一轮太阳

春赴燕山

秋走太行

黄河壶口听涛

长江三峡踏浪

访不完的石知己

阅不尽的大气象

一块一块　一方一方

它们一个一个都是智者

它们都是千岁万岁的长者

在它们面前你永远是黄口小儿

就得恭恭敬敬地躬身膜拜

它们是瘦　透　漏　皱
它们是愚　钝　拙　丑
它们是奇绝
它们是高雅
它们是凝固的音乐
它们是立体的诗篇
它们是地球上不可重复的独一无二
它们是亿万斯年大自然的雕塑

面对着它们
什么不可一世的虚妄蛮横
什么沽名钓誉的明争暗斗
什么莫名的焦躁不安
什么自寻的烦恼忧愁
都不过是风吹一过的云雾

它们才是大混茫
它们才是大艺术
它们才是大拙朴
它们才是大智慧
它们是造化千代的"禅"
它们是开示万世的"悟"

有了它们
就有了千山万壑
就有了大河峡谷
就有了儒佛神道
就有了风雨雷电云霁霞雾
就有了千年万年的欢乐
就有了玄妙而真诚的财富

啊　我的知己　我的知音　我的伴侣
你中有我　我中有你
我也是一块有灵有思有情有性又丑又拙的
东方的石头

　　　　　　　　　　2000 年 8 月

雪浪石

在河北定州
有一方苏东坡命名的石头
历经千年风雨
依然光彩熠熠
依然倜傥风流

黑青色的石体
晶莹光润
仿佛是大山的圣婴
上面凸现着洁白的岩脉
犹如浪卷云舒

掩藏起水调歌头的一轮明月
凝聚了赤壁的拍岸涛声
东坡先生的如椽之笔
构出了人间风云　天地悠悠

烽火岁月多少代了

当地的百姓供奉至今
仿佛供奉着一件大自然的圣物
连乾隆皇帝的题碑
也只能陪放在一边

啊　太行之骄子
燕赵原野之魂魄
大文豪苏子的不朽之灵思
我们高高地高高地把它擎起
　　　雪
　　　　浪
　　　　　石

2000 年 8 月 3 日

大解的古猿

诗人大解
面清癯　身窄瘦　留长发　藏巨石
家有绝品
名闻石门

那是一具古猿
平时都喊作大猩猩
双目炯炯
有两个冲天的鼻孔
两片丰厚的嘴唇翘起来
似动非动

慈祥
和蔼
可亲
谁见它都禁不住乐起来
都禁不住让它吻一吻
哦　这位人类的老祖母

来自元氏的狐山
大解佝着腰撅着腚汗淋淋地背下山来
又亲手清刷了三百六十五个时辰
粗粝的石头磨出了玛瑙

从此
大解家添了一位地球老人
全家把它奉为上宾
在客厅里一起用餐
一起看电视
一起说说笑笑

从此
大解的家庭生活空间
一下子拓展了一千万年
大解犹如神助
一年写了一首万行长诗

2000年8月30日

向东的美兽

向东身高马大
抡着大镐在狐山的沉积岩中探石
那是一座与地球同龄的老山丘

当年山上曾有香火旺盛的庙宇
如今到处是风化的龟纹褶皱
他想敲醒沉沉的石头梦
挖出个精灵

这小子不光有把子力气
还善于观察地脉地势
他像个传说中憋宝的蛮子
突然一镐下去便大喊一声

嘿——有了!
所有的人都围拢过来
仿佛有一个活物
从镐头下跃起

这个东西可真稀罕
如一头做艺术体操的海豚
又像一头舞蹈着的娃娃鱼
周身布满奇特的麦稻穗的花纹

向东一下子就套在肩上
像扛起一弯月牙儿形犁杖
也就是在这一时刻
一件造化亿万年的大作来到世上

如今　这个物件
还静卧在向东的书房
虽然它依旧不动声色　声色不动
然而向东却郑重宣布：这是生命

2000 年 8 月 3 日草于黄岛

李醉石

　　李醉石，乃吾送与乡友学兄李玉珂的雅号。近年，玉珂、秀芝伉俪爱石成癖，遂草成小诗一则，供诸友一哂耳。

玉珂也是石头啊
佩于马上的石头
过了天命之年
终于返璞归真

四十年前的学友
考上县城中学的农家子弟
手举书包光着屁股过河
抱着棍子推磨不忘背诵唐诗

当过公社的秘书
像老农一样一早背着粪筐拾粪
曾救过一户庄稼人的性命
至今还像亲戚一样走动

在省直部门工作多年
没磨去直性子的棱角
在酒桌上嗓门儿最高最亮
有一股幽默率真的酒风

终于　你又和石头结了缘
酒与石　成了你两个欢乐的车轮
品酒赏石　人生一大乐也
你想把孙子孙女都叫作雅石

大年初三　风沙大沙河探宝
五一放假　远上红旗渠访石
难忘夜宿漳河蛟口村
抱一轮明月　呼万壑松风

如今　你拥有一屋子石头
那是你一室的好友
你一旦喝酒　石头就与你同醉啊
此时　你也化成一块阅尽人间沧桑的
真纯的醉石

2000年8月3日于黄岛

鹦鹉螺化石

距今四亿多年的遗体
生活在遥远遥远的奥陶纪
经过了多少大动荡大变革大翻覆
依然保留了生命的美丽

古生代的尊贵皇后
只有珊瑚藻和三叶虫作邻居
欲望着爬行和飞翔
是一切生命的先驱

有着鹦鹉的形态
有着枭鹰的头喙
亲和与攻击　是天地造化
是力与美的和谐统一

永远保持着啼鸣歌唱的姿态
高压熔岩里凝成玛瑙质玉体
进入天堂的化作了尘埃
跌入炼狱的却流芳百世

太行石塔

1999年10月18日，井陉王俭庭兄来电称：三五〇二工厂一职工藏一"石塔"欲出手。当即驱车前往。果为奇石，沉积砂岩，高五十厘米，椎状，生有十几层褐色岩片，若松若塔，遂出六百元购得，并请李奎星先生配仿红木底座，置于书案，好不快哉！

"天王盖地虎
宝塔镇河妖"
我的石塔镇的是我
镇我的浮躁
镇我的浅陋
镇我的小肚子鸡肠
镇我的浑浑噩噩飘飘然

它是一棵塔松
又是一座松塔
沁出万年古岩的气息

弥漫千载劲松的幽香
可与景州塔定州塔雷峰塔洱海三塔媲美
它是天长地久
它是天设地造

挺立的山
挺立的人
挺立的大地的骨架
挺立的中国的诗书画
我欢乐地站着
望着太行石塔

2000 年 8 月 4 日

彩陶石

来自十万大山的河谷之底
历经粉身碎骨的冲刷碰撞
水性的肌肤细腻润泽
温文尔雅的美石之王

色彩素朴而又敦厚
造型稚拙而又端庄
天然丽质的一方彩陶
使我的陋室辐射着辉煌

2000 年 8 月 4 日

鸟之祖

　　1998年10月，偶得一方三峡石，墨黑色，重八十斤整，上有一似鸟非鸟、似鹿非鹿的图像，呈乳白色，纹理清晰，矫健有力。每晚下班后，我与它对晤良久，日光灯下，这只大鸟越发精神，如雪似玉的身躯活脱峭拔，带给我远古云海的风声雨声波涛声。

横空出世　冰骨雪肌
高傲的凤冠扬起旷世的娇美
一声啼啸啼破夜幕大荒
纵身跳跃掠过空溟八极

迷迷蒙蒙　历经沧桑
浩浩渺渺　白驹过隙
一只洁白无瑕的祖鸟
凝成了永恒的音乐与诗歌的旋律

1999年春

黄河日月石

从黄河坦荡的河床里
我抱回了一方卵石
那是一枚黄河的肝胆

酱紫色的肌肤
叠印着雪浪云涛
一弯月牙儿嵌进了一轮白日

是宇宙的阴阳相合
是自然的日月同体
是世间万物生生不息的图腾

凝固了亿万年的喧嚣
映现出日光月华的果实
古老的黄河升起一面天地的旗帜

2000年9月

铁马敲风（代跋）
——读画家赵贵德"铁马图"系列

侧耳倾听
有一种声音逼近你
以黑云压城之势
以振聋发聩之韵
以飞流直下三千尺的流响
让你全身的毛孔顿时张开
灵魂为之一振

踏踏踏踏——
铁马敲风而来——

很远很远
我就嗅到那铁的气息了
带着远天的罡风　荒原的清气
带着大雪满弓刀的烽烟
带着寒光照铁衣的鼻息
西北望　射天狼

历史的弓弩
正等待着强悍的臂力

踏踏踏踏——
铁马敲风而来——

不知不觉
我就融入这宏阔的氛围里了
长鬃飘洒着唐彩
马尾牵引着汉风
跨上马背穿过历史的隧道
可以寻访诗仙书圣的踪影
驰骋纵横　蹄踏飞燕
雄健的英姿穿越了时空

踏踏踏踏——
铁马敲风而来——

铁马敲风而来啊
敲出一路晶晶莹莹的汗血
敲出虎啸龙吟　羽声慷慨
敲出世代善与恶的悲喜剧
敲出人间情与爱的大舞台

人类的骄子哟
大地的巨灵哟
只因有了你　才有了这
历代豪杰　风流世界

踏——踏——踏——踏
铁——马——敲——风——而——来

2000年金秋

铁骨　紫藤　清韵　和风

——读《刘振起画辑》

很远　很远
我就看到了你的身影
渤海碱滩的儿子
高高大大的身量
帅气　英挺

很早　很早
我就感知了你的音讯
故乡英烈的儿子
父亲殉难之日
就是你诞生之时
沧海月　芦花风

你的村庄就挨着我的村庄
地界上衍生着黄菜红荆
你饱经磨难的童年
深过村头苦涩的水井

十三岁又痛失慈母
在盐碱荒土上合葬双亲
眼望哀鸿排空的雁阵
你脚蹚洪水远下关东

大道低回——
是什么给你意志的坚忍
沧海横流——
是什么给你信念的真诚

从一个烈士的遗孤
到一位苦读的大学生
从一个普通的士兵
到一位将军肩横三星

顽韧的体魄
风雨的征程
阅世的慧心
克难的福星

振起　从苦难岁月里振奋而起
振起　在戎马倥偬中挥洒性情
万里关山　梦里挑灯看剑

一管紫毫　墨点吹角连营

振起　我的共一土脉的乡亲
振起　我的同一姓氏的弟兄
从你汪洋恣肆的笔墨里
我读你放逸畅怀的人生

铺开长天　大笔矗起铮铮铁骨
敞开阔野　柔情舒曼蜿蜒紫藤
累累花果闪耀时代清韵
荡荡诗心激扬太虚和风

很远　很远
我就望见你的身影了
渤海碱滩的儿子
高高大大的身量
实实在在的品行

很远　很远
我就领略到你的画境了
慷慨的根脉　魂牵梦绕
沧海月　芦花风

2015 年元宵节于石家庄

重金属的光芒
——读铁扬先生

站在古老的赵州桥头
向东南方向瞭望
眼底有恢宏的柏林禅寺
再远一点儿　有一座
矗立在岁月中的基督教堂
再往远处望一点儿
有个村庄叫"停住头"
停住头村有条屈家巷

这是一条充满传奇的小巷
走出过民国的将军、医生、作曲家
又走出一位中西合璧的艺术家
　　——铁扬

在门洞过门石上玩耍
在奶奶的土炕上长大
十三岁走出家门参加革命

风风雨雨
走出一路艺术金属的光芒

是一位独特醇厚的画家
礼赞生命的本真
张扬生命的黄金
多彩的生命神韵
浓烈的生命吟唱

玉米地
青纱帐
来自北方的大地深处
来自生活的根柢
演奏一曲幽沉明丽的大自然的交响

土炕
红柜
承载过北方草民的欢天喜地
演绎过农业文明的悲怆活剧
一铺土炕
繁衍祖辈轮回的生命
一副红柜
呈现世代岁月的包浆

赵州梨花
漫漫云朵
构成激越厚重的图腾
拒马河　铁匠山
张北草原　大道如虹
天苍野茫　路就是诗啊
构成浑厚斑斓的生命意象

充满对岁月大地的感恩
没有幽怨　心怀敞亮
高高托起《母亲的大碗》
发出悠远而深情的歌唱

为自己的家族立传
为难忘的记忆塑形
为奶奶、父母、大哥
为丑婶子、团子姐、胖尼姑
燃起一炷今生今世的高香

热爱泥土
魂系停住头村屈家巷
爱亲人　爱友人
爱草木花石　洨河太行

爱一切日用器物
爱古旧的饸饹床子老酒缸
和那滚圆沧桑的擀面杖

潇洒不羁的热烈情怀
大水漫溢的无限遐想
劳动者铁扬
自由神铁扬
意志如铁
神采飞扬
闪烁着重金属的
生——命——光——芒！

2020年10月于石家庄

致刘章兄

你不是山中的黎雀
仅仅在枫林间跳跃
礼赞那雨后的草叶和七彩的霞光
你不是那深谷的葡萄
仅储藏四季的甘苦
酿制岁月清醇的酒浆
你不是那春天的桃花
仅仅给大山涂一抹胭脂
让山风吹走一缕芳香
你不是那留着胡子的山羊
仅仅嚼着古典的绿草悠然自得
在山石上踏出坎坷的诗行
刘章,你属虎
你原是一只燕山虎啊
那斑斓的生命
是何等辉煌

1991年9月11日于研讨会上

读宗鄂

阳春三月　天朗气清
我打开宗鄂诗的卷宗
一条汉子向我走来——

身材魁梧
宽肩虎背
面容清俊
诚朴厚重
哦　宗鄂
与我同一年代的老友
交往近四十年的诗兄
难忘虎坊路甲十五号
忆念着八十年代诗歌的兴腾
《诗刊》　雷霆　宗鄂　王燕生
我们的良师益友
可敬的诗坛园丁

永难忘——我与边国政

刚拜望了《诗刊》编辑部
一转身就到了宗鄂的家中
一杯清茶　一顿便饭
留下了终生难忘的诗歌之情

哦　宗鄂
你宅心仁厚　堂堂正正
你悲悯情怀　爱憎分明
赞美母亲的泥土
不忘桑叶的恩情
喝着潼江之水长大
时刻听见故乡呼唤你的乳名
冥冥之中　感觉
自己的老祖母依然活着
她瞩望着　站立在梓潼的七曲山顶

哦　宗鄂
你赞美李大钊炕桌的油灯
曾点亮一位伟人的思想
利剑般刺破漫漫夜空
你赞美诗人牛汉的虎须
一股虎气
迸发诗的锋芒和血性

哦　宗鄂
当你在远离祖国的地方
方感到孤独和失重
你说　在生长竹子和气节的地方
汉唐风韵　东方园林
才是我　骄傲的自信和风景
此刻　当一场横生的车祸突然降临时
是巴蜀之国的山脉地气
给了你生命的坚韧和淡定

哦　宗鄂
是谁　在手机里轻轻呼唤你的名字
蜜一样滴进心里　轻轻盈盈
是谁　作为唯一的观众　看你作画
也走进你的安恬
点燃你的灵感和激情

哦　宗鄂
此世此生　诗歌与绘画
是你艺术生命的两个车轮
不炫耀　不张扬
栉风沐雨　默默前行
美哉　宗鄂

壮哉　梓潼
你干干净净地生存
孤独的唯美主义
让时间和生命　永远年轻

2019年阳春三月于石家庄

民族的盛典

此刻　那个隆重而庄严的日子
早已珍藏在每一个华夏儿女的心间
那计时大钟的分分秒秒
震颤着九百六十万平方公里的土地
拨动着地球东方
一个伟大民族的心弦

啊　1997年7月1日
这个凝重而壮丽的日子
这个热烈而辉煌的日子
披着时代的新装
披着金灿灿的星辰来了
为了这一天　为了这一天
我们的民族期望了百年

啊　1997年7月1日
这是我们祖国铭心刻骨的日子啊
这一天　不仅仅饱含着欢乐和歌唱

它还凝聚着历史的热泪
和时代的浩叹
为了这一天　为了这一天
我们的民族奋斗了百年

我是一个普通的共和国的公民
老家就在河北沧州渤海碱滩
虽然那儿是个圣人不到的地方
然而　我从小就深深懂得
什么是屈辱　什么是尊严
什么是困苦　什么是国难

我不是出身于名门望族
我是地地道道北方农民的子孙
小脚的祖母参加过红灯照
不识字的祖父参加过义和团
是他们不屈不挠的性情
才给了我血液里的钙质和盐

此刻　我真想唤醒我的先祖
让他们在九泉之下睁开双眼
看那血泪的泥土长出绿树鲜花
看那崎岖的小路已大道通天

在告慰受难灵魂的纪念碑上
挺立起四个大字——雪耻百年

啊　1997年7月1日
本世纪末　一个民族盛大的庆典
我们用自强　用信念
为耻辱的历史画上一个句号
我们用意志　用肝胆
高高托起祖国的明天

此刻　我与所有的兄弟姐妹一样
满怀豪情　仰望长天
仰望那朵回归的彩云
仰望那只美丽的归雁
于是　我站在燕赵大地放歌
献上这首粗浅但真诚的诗篇

1997年5月22日于石家庄

新世纪金秋献辞

2001年的金秋
古老的华夏大地
万象更新，喜气盈盈
国庆节　中秋节
如两只翱翔的金凤凰
乘着祥云
乘着瑞气
乘着秋光
乘着霞彩
光彩熠熠　在同一天降临

两个盛大的喜庆节日
如日月重光
神奇地在同一天汇合
据说要历经十九年
才能碰上这么一次
我们　非常幸运地赶上了

这难逢的一遇
新世纪的开元之秋
伟大中华复兴的福祉

真是幸运的巧合呀
在这喜上加喜的"双节"之日
这一天　恰恰又是我的生日
一日三庆　幸哉乐哉
我愿把心中的欢乐
化作真挚而欢乐的诗句

这真是一个金秋
华北大平原地气蒸腾
农家的房顶上
闪耀着金黄的玉米
起伏的燕山太行　层林尽染
新播的麦地里
又泛起了一片新绿

这真是一个金秋
我们不仅收获了城乡的硕果
也收获了一个个激动人心的现实

难忘火红的7月1日
神州大地激情洋溢
那镰刀锤头的旗帜
历经八十年风雨洗礼
新世纪的地平线上
高高燃起"三个代表"重要思想的火炬

难忘啊那个炎热的夜晚
萨马兰奇先生一声庄严的宣告
让九百六十万平方公里的山水欢腾不息
连我也"老夫聊发少年狂"
推开窗户吼喊不止
2008　我们赢了　我们赢了
我们赢得了雄心　赢得了壮志
赢得了祖国前进的引擎
赢得了五洲四海的理解和支持

我们昂首度过了
新世纪不平凡的春天
和一个难忘而炎热的夏季
挥斥了"撞机事件"的阴云
清扫了"法轮功"滋事的垃圾

青山遮不住　　毕竟东流去
我们用十五年的心血　　汗水
终于浇开了那簇时代的九月菊
9月17日　　日内瓦举起了酒杯祝贺
祝贺中国　　加入世贸组织

当然了
这时候还应该提起
中国男足的小伙子们
给国人带来的快感和惬意
头轮战罢拿了十分
这是千千万万的球迷们
期待已久的胜利
要知道　　他们每一次破门
都爆出惊天的热浪
都为龙的土地增加着活力

这真是一个金秋啊
我所工作的石家庄
已沐浴在芳馨的秋色里
裕华东路　　早已筑起花岗岩的石门
北二环路口　　悬着一把开门的钥匙

广场绿地有了栖息的鸽群
民心河荡漾起清清涟漪
一个土气的城市越变越雅
令人担忧的还是那灰蒙蒙的空气
尽管　我居住的胜利小区
目前还被铁道环绕
交通还不便利
但我却深深爱着这片土地
因为　与我共居一城的
有我敬佩的反贪勇士姜"黑脸"
有幽默拙顽的漫画家韩羽
那一次次在全国拿奖的作家铁凝
更是我一个单位里的同事
还有　那无数的我的同行同志们
我们一同工作　生活
共肩一城风雨

啊！2001年的金秋
是祥和之秋
是收获之秋
是幸运之秋
是奋发之秋

我发自内心的欢乐
是中秋佳节的欢乐
是祖国国庆的欢乐
此刻　让我们把酒临风　临风把酒
干杯啊　干——杯！
高歌啊　高——歌！

2001 年 9 月 22 日

曹妃甸交响诗

横空出世　赫然惊现
渤海湾腾起世纪的波澜
精卫填海铺起一条神奇的道路
燕赵大地伸展开一个金色的梦幻

莽莽滦河冲刷了万代千世
巍巍燕山守望了千秋万年
那是悠悠历史的大承载
那是一方热土的大积淀

看东临竭石　魏武挥鞭
听大浪淘沙　惊涛拍岸
沧海横流方显出英雄本色
潮涨潮落才露出那美丽的曲线

那是历经八荒的大寂寥　大荒古
那是传说已久的大悲凄　大缠绵

那是万古沙坨与一个美女的相融
那是大海深槽与沙岛浅滩的和欢

啊　曹妃甸　曹妃甸
一个新的时代将你唤醒
啊　曹妃甸　曹妃甸
一个新的世纪将你打扮

你将挥洒时代的巨笔
谱写现代重化工业的风景线
你将饱蘸渤海的大潮
描绘海湾蔚蓝色的经济画卷

好一个"面向大海有深槽"
好一个"背靠陆地有浅滩"
你是天然深水的"钻石级"港址
你有得天独厚的"国家之宝"的条件

建起"大码头"组合的黄金水道
建起"大钢铁"循环经济的典范
建起"大石化"综合利用的链条
建起"大电厂"集聚辉煌的能源

啊　大视野　大气象
啊　大手笔　大构建
启动了环渤海经济的强劲引擎
奏响了华北大地跨越的和弦

啊　曹妃甸　吹响以港兴市的战略序曲
啊　曹妃甸　搭起通向世界的宽阔前沿
啊　曹妃甸　你是一颗明珠闪耀在渤海之滨
啊　曹妃甸　你是一部北方大港的宏伟诗篇

2005 年 12 月 13 日于石家庄

矗立在人民心中的丰碑

一

1997年　早春2月
一条沉重的电讯
震撼着中国辽阔的大地
牵动着华夏儿女的亿万颗心

大海汹涌　人们的怀念就是大海啊
昆仑巍巍　人们的崇敬就是昆仑
此刻　任何豪言壮语都显得苍白
任何修饰形容都觉得平庸

他不是超凡的圣贤
也不是脱俗的神灵
他是实实在在的真实存在啊
又是真真切切的可近可亲

他从不需要顶礼膜拜

也不喜欢大嚼大轰
他用轻松诙谐的四川方言
点燃男女老少舒心的笑容

他以华夏子孙的良知
他以人民儿子的崇高天性
绘制了祖国现代化的蓝图
改变了中华大地每个人的命运

二

他总是微笑着走向我们
他总是谦和地走进百姓
他以无与伦比的人格魅力
获得了一个民族的爱戴和崇敬

"打不倒的东方小个子"
血液里富有铁质和盐分
"三落三起"的政治生涯
谁也忘不了那历史的伤痛

十六岁就远渡重洋
从此再也没有回过家乡

他走遍了五洲四海
始终没有改变四川的乡音

四十四岁的总前委书记
统一指挥着两大野战军
六十天歼敌六十万
震惊了莫斯科的斯大林

和陈毅并肩跨进南京总统府
戎马倥偬　更显出英雄本真
在蒋介石宝座上吸了一支香烟
又夜半在丹阳的小铺里吃了顿馄饨

即使是日理万机
也不忘敬奉老人
一解放就把老家的继母接来
同甘共苦从没有离分

他一生中最大的痛苦
莫过于"文革"十年的艰辛
他在江西的拖拉机修造厂里
一条小路磨砺着民族的精神

他是不怕妖魔的"钢铁公司"
他是有胆有识的"绵里藏针"
在滚滚的岁月风云里
更显出他风骨铮铮

三

凝聚了一个民族的忍耐和坚韧
融汇了神州大地的智慧和决心
胸怀着全国人民的渴望和心愿
肩负着时代赋予的历史重任

他牵引着"实践检验真理"的引擎
启动了共和国前进的车轮
他——为蒙冤的受害者平反昭雪
以祖国的繁荣告慰开国元勋的英灵

在这历史的大转折里
他淋漓尽致地发挥了聪明才智
融化了积压在人们心头的冰霜
引爆了复苏中国大地的雷霆

把春讯带给江河湖海

把春色带给山野村镇
把春风带给军营学校
把春花带给每个共和国的公民

扬起珠江黄浦江的热浪吧
弹起"大京九"的琴弦吧
腾起长城的巨龙吧
抖起黄河长江的绶带吧

报春的使者
民族的英雄
伟大的设计师
光辉的引路人
矗立在人民心中的丰碑——
邓——小——平

1997年2月23日于石家庄

太行诗魂
——悼诗人王洪涛

清癯高古的面孔
一米八〇的身躯
见了谁都眯着眼微笑
走起路来虎虎生风

五十多岁还光着脚上树
花甲之年还能来个三角倒立
登高爬坡从不服输
被文友们戏称为"老顽童"

一条骨架硬朗的山东汉子
在太行山下燃起一腔诗情
一首《莉莉》名播四方
那是他心爱的诗的女儿

真正是河北诗坛的苦吟派
每首诗都绞尽脑汁呕心沥血

一支香烟接着一支香烟
喷吐不清心中的思绪

当编辑一生心地坦诚
当领导数载不懂权谋
自己培植了一道道沟坎儿
足以绊得他筋伤骨折

有时也会张开诗的翅膀
携了知己游历江南山水
去也悄悄　来也匆匆
总也冲不破那旧有的樊笼

刚刚退休就患上了顽疾
是什么东西让你积郁在胸
一部厚厚的《王洪涛诗选》
也解不开你生命中那隐隐的伤痛

与你结识了三十五载
是我名副其实的诗兄
我愿用一首真诚的诗歌
送你甩掉悲愁　一路西行

2000年12月6日送别洪涛兄归来匆匆而就

痛悼刘章诗兄

公元 2020 年 2 月 20 日午时
突然天边响起一声雨水的雷霆
青园街的诗人刘章
应声呼叫了一声：我去也
倒在了太行石门的春光中

我仿佛看到了你　刘章兄
深沉的眼睛　你站在云端之上
仿佛参加远方的诗会
一腔地道的乡音　戴着黑边儿眼镜
一脸慈善的笑容　堆着满脸的笑容

刘章兄　你是燕山之子　大地的歌声
"不丢泥土味，不失山石音"
放羊的鞭杆作诗笔
七十载风雨兼程
酿就了独树一帜的醇美诗风

刘章兄　你是属于春天的诗人
你礼赞春天的明媚、敞亮
你歌唱春天的烂漫、多情
你的《山花赋》《山泉歌》《家山辞》
流光溢彩
组成燕山春天的和鸣

刘章兄　你是属于大众的诗人
素朴简洁　亲切晓畅
每首诗都能读、能吟、能歌、能诵
贴近时代　贴近生活
展示了一位中国当代诗人的可贵品性

痛悼陈超

这是此生
我最伤痛的时刻
岁在甲午,10月31日凌晨三时
挚友陈超如一尊夜神
悄然登上三宏公寓楼顶
他从十六层的最高处
只是望了望夜空
便超然一纵

啊——呀——咳!
一声沉雷
太行抖
天地惊
燕赵悲
诗国痛
石门哀恸
滹沱泪涌……

陈超啊陈超
是什么扭曲了你的理智
是什么带给你难医的伤病
是什么遮蔽了你的目光
是什么冰冻了你的心灵
我把栏杆拍遍　月钩望落
捶胸顿足　仰天长啸——
陈——超——
我的好弟兄

再也看不到你身背挎包的背影了
再也听不到你语惊四座的谈吐了
再也领略不到你主持诗歌朗诵的风采了
你再也不能领着儿子与我们一同聚餐了

你那超常的记忆呢
你那天才的思辨呢
你那精彩的授课呢
你那金属般的朗朗笑声呢

中外探索诗的导引者
生命诗学的开宗立派者
敢与蛮横的当权者抗辩

为了学术与人生的尊严
敢于丢弃那顶社会的乌纱帽

在你那诗集林立的书房里
悬挂着诗人伊蕾的油画
以及欧阳江河的书法
摆放着雷平阳寄来的普洱茶
还有我搬给你的几方太行石
一切的一切
弥漫着诗情友情的永恒

陈超啊陈超
当初你是如何的热爱啊
你热爱高山大河　鸟语花香
你热爱美食美色　至爱亲朋
《热爱，是的》这是你诗集的命名

俱往矣，这一切
都让你义无反顾地甩开了
甩给亲人无言的悲泣
甩给友朋裂肺的心痛
甩给老娘日夜的挂牵
甩给弱妻无尽的孤伶

甩给痴儿寻找呼唤天真无助的懵懂

陈超,知你身心疲惫
已赶着那挂现代诗歌的马车腾空
兄弟呀,你等等
我就用你三十年前写给我的《血酒》
来为你的决绝壮行
陈超啊陈超——
我今生今世的好弟兄!

      2014年11月15日一气呵成

茅台读酒（外一首）

我从燕赵大地
跋涉沧桑岁月
跨越千山万水
来到这黔贵深处的茅台
梦绕　魂牵
来读一个偌大的"酒"字

苍茫的云贵高原
云蒸霞蔚
酒气氤氲
鲜有原古的菌群发酵弥漫
此刻　我真想化作一头黔之驴
在梦中的夜郎国　狂欢

幽深的赤水河谷
千峰簇拥
百川鸣琴

有神道通往商、周、汉、唐
有密径进入濮僚人的家园
那一个个浑圆的山包
都是窖藏万古的酒坛

啊　我走进茅台
走进了一群酱香的部落
走进了一个销魂的乐园
走进了一道世间的秘境
走进了一部旷代的诗篇

啊　茅台　茅台——神州醉美
啊　茅台　茅台——东方宝典

茅台石

我与河南诗人高旭旺
都爱好天下的奇石
来到了茅台古镇
寻访酒都的神奇

在茅台国酒文化城里
我们终于有缘相遇
在一间晴朗的厅堂内
挺立着一方酱紫色的美石

啊哈　多么尊贵高雅的朋友
古铜色的肌肤　金黄色的纹理
通体镀亮岁月的包浆
在赤水河里浸润了千代万世

你好啊　久违的良师益友
谁有你温文尔雅　高古大气

你是茅台的精　气　神
你是国酒的无　韵　诗

啊　茅台石　茅台石
我与高旭旺都把你引为知己
你身在酒国　从不沉醉
永为人师　淡然无极

     2015 年 11 月 10 日

美酒·唐诗·狂草(外一首)

在大唐朝宽博的疆域里
岁月的美酒
浇灌出璀璨夺目的两大奇葩
一为销魂荡魄的唐诗
二为笔飞墨舞的狂草

那酒中的诗魂
那饮中的八仙
那名垂青史的诗神、诗圣、诗魔、诗鬼
无论是为官、为民、为僧、为道
君不见——
古来圣贤皆寂寞
唯有饮者留其名

那是盛唐的盛宴啊
随便解下身上的什么绶带、玉钩
以及五花马、千金裘
都可拿去换取美酒

诗与酒　如影随形
酒与诗　结伴而行
动如雷霆　罢如江海
绛唇珠袖　玉貌锦衣
来月东出——
看公孙大娘舞西河剑器

那是盛宴的盛景啊
诗仙　在皇宫里令人脱鞋挠痒
草圣　在天子前随兴光露项臂
在酒中吟啸
在醉里墨舞
洋洋洒洒
在高墙粉壁上
留下了狂草的诗魂
诗魂的狂草

噢嗬嗬
君不见
在李白杜甫们的诗句里
在张旭怀素们的狂草里
飘着酒香墨韵
荡着大唐风情

风度:"二王"的书法

中国书法的长河
流经魏晋　横空出世
诞生了光耀千古的"二王"
矗立起书与文的丰碑《兰亭集序》

踏八王之乱的后辙
步淝水之战的前韵
放浪形骸
曲水流觞
浩叹悠悠之天地

觉醒的诗魂
旷世的逸风
挥毫泼墨
溅起了放诞自在的王谢堂前燕
面对来家择婿的重臣
王羲之坦腹东床而卧
面对皇宫书榜的圣令

王献之拂袖转身而去

一脉孤独的天籁
一抹高迈的氤氲
"二王"的书法
是独质天巧　是妙节孤峙
是散朗多姿　是清远之韵
在英气绝伦的旗帜上　写着
——风度

故乡的海

仿佛踮起脚跟就能望见你呀
那海平线上蔚蓝色的晶莹
你是飘动的母亲的蓝头巾
你是幽深的大地的护心镜
你为我送来第一朵积雨云
送来生命春天的律动和雷声

啊！故乡的海呀——
古老而又神圣

仿佛闭上眼睛就能望见你呀
那岁月深处鼓荡的帆影
你承载祖祖辈辈颠簸的渔船
你擎起天妃娘娘温暖的心灯
是谁东临碣石以观沧海
是谁秦皇岛外挥洒豪情

啊！故乡的海呀——

宽博而又恢宏

仿佛每次梦中都能梦到你呀
那日新月异的大海的图腾
海浪里耸起高高的钻塔
矗立起永不消逝的蜃楼幻景
海岸上崛起开放的港口
牵引着五洲四海八面来风

啊！故乡的海呀——
灿烂而又兴盛

仿佛每一位游子都在祝愿你呀
我故乡的大海，我故乡的港城
祝你白云白，祝你蓝天蓝
祝你海风爽，祝你海水清
清晨，大海捧出鲜嫩的太阳
夜晚，海空挂满闪耀的晨星

啊！故乡的海呀——
祝你永远美丽，永远年轻

海滩上　飘着一朵忧思的云

它在空中已经望到
荒寂的渤海滩再也不平静
隆起一排排厂房
高耸一柱柱烟囱
野性的草洼在消退
钢铁的电塔在增生

海滩上　飘着一朵忧思的云

它在空中已经感到
苍茫的渤海滩在颤动
那不是草根的萌发
也不是海鸟的欢腾
那是石化机械的轰鸣
和地下深处的伤痛

海滩上　飘着一朵忧思的云

它可以降下欣喜的甘霖
也可能凝成愤怒的雷霆

2015 年 6 月 15 日

海鸥

一

啊,海鸥在翱翔……

银白的翅膀
一对弯弯的月亮

追求自由和光明
庄严的旅程
美的远航——

二

啊,海鸥在腾跃……

搏击的翅膀
一副锃亮的镰刀

迎接黎明和清新
割开湛蓝色的海天
爆出欢腾的火的呼啸——

大海日出

黎明
东方
海　颤抖着
沁出殷红的血……
溅湿了千层云
染透了万顷浪

啊！一声轰响
大海　安详地
从怀里捧出来
　　捧出来一颗
　　红亮的心脏

圣洁啊！像普罗米修斯
茴香枝上的金焰
庄严啊！像丹柯迸开的
年轻的胸膛

面对这博大的襟怀
凝望　遐想——
如果我们扫净海空的阴霾
那么天庭　一定会
天天腾舞起
无数金色的火凤凰

南洋诗絮(四首)

哦,马来西亚

接近了赤道
接近了太阳
就接近了马来西亚

这是个火火热热的地方
云朵低垂　海风轻拂
拥有世界上最充沛的雨水
拥有世界上最亮丽的阳光

满眼都是绿色
山是绿的　水是绿的
树是绿的　田是绿的
仿佛时间和空气都是绿色的

哦　美丽的马来西亚

充满了孕育和创造

充满了绿意和希望

因为你最接近赤道

因为你最接近太阳

1996 年 10 月 20 日于吉隆坡

槟城

地球上一枚偌大的槟榔

浮在马来西亚的臂弯里

泊在浩渺的海洋中

一条长长的跨海大桥

一条长长的海虹

牵着一枚美丽的槟榔

拴着一座繁华的槟城

华文　英文　马来文

织出绚烂的平分秋色的广告

华文商店　华文学校　华文报纸

使我感到格外亲近

一句平常的闽南土语

可以撩拨起一片遥远的乡情

一腔地道的北京普通话

也能与整个槟城沟通

不同的文字在这里相映生辉

不同的民族在这里相扶相容

"有容乃大"有容乃兴啊

才赢来马来半岛的清新和繁荣

1996 年 10 月 24 日于槟城

南洋的橡胶林

质朴无华的一群

默默无闻的一群

成群结队地站在丘陵山岗

在大洋的风中弓起腰身

每天都汩汩地奉献自己的乳汁

化作一个世纪飞奔的车轮

啊　赤道线上的橡胶林

是地球上伟大的绿色母亲

1996 年 10 月 21 日于吉打州

读伊卜拉辛·侯赛因的画

那是情绪的自然飞动
那是感觉的瞬间闪光
那是童年的遥远记忆
那是心灵的冥思和歌唱

线条与线条的交汇
色彩与色彩的碰撞
一曲无声的交响乐
一首有色的现代诗

从你的中国云南组画里
我看到你发掘的民间之美
从你对印度斯达大卫的描绘里
我听到你心底沉重的喧响

你的画是一片热带雨林

弥漫着马来西亚独异的芳馨
你的画是一片马六甲海峡的风涛
通向世界深邃的海洋

1996年10月19日参观伊卜拉辛·侯赛因画室后急就

月照大江（外一首）

光灿灿，浩荡荡
化出我梦中奇丽的意象
深悠悠，晴朗朗
一轮明月照大江

那是李白举杯相邀的明月吗
云海苍茫　挽断白发千丈
那是东坡把酒问天的明月吗
冰轮横海　泛舟赤壁之上

那是谁　月黑风高横槊赋诗
那是谁　披星戴月饮马长江
暮春里　王羲之雅集兰亭
月色里　唐伯虎三点秋香

是大江的皎皎月光
洇染了吴门画派的清雅

是大江的千古月华
滋润了扬州八怪的狷狂

啊！月照大江　大江宏图大展
啊！月照大江　人间正道沧桑
这是一条诗意的大江、书意的大江
这是一条画意的大江、写意的大江

金灿灿　坦荡荡
化出我梦中宏阔的意象
空悠悠　茫苍苍
一轮明月照大江

江东

大江之东
气象恢宏
万家城郭
烟霞蒸腾

忆念小桥流水浣溪沙
依然杏花春雨满江红
挥洒着风流才气胭脂气
浮沉着琴心剑胆英雄梦

琵琶桥前高铁呼啸
剑池湖畔新楼倒影
历史与时代的轰鸣交响
掩不住雨巷里的丝竹之音

啊！醉里看吴钩
江东父老情

听！是谁站在云端里吟诵：
"生当作人杰，
死亦为鬼雄。
至今思项羽，
不肯过江东。"

2011年仲秋于石家庄

正月里闹元宵

正月十五到了
这是春潮澎湃的节日
这是东方大地的狂欢
中国人叫作——闹元宵

这一天要吃团团圆圆的元宵
满口的清新
满口的香甜
有微微的暖气在胸中荡漾

龙灯是耍起来的
狮子是舞起来的
高跷是踩起来的
烟花是放起来的
秧歌是舞起来的

那腰鼓花鼓　长鼓　牛皮大鼓
一鼓作气　鼓动人心

直敲得飞流直下三千尺
直敲得一江春水向东流

闹呀
正月十五闹元宵
闹呀
红杏枝头春意闹
一个闹字
令人心旷神怡　神采飞扬

就在这欢天喜地的闹声中
一轮明月升起来
好像一面金鼓
又像一面银锣

印坛·图腾
——贺《沧海印社三十年》出版

沧海印社三十年
沉甸甸两卷大书
风华烂漫的岁月
质朴厚重的结晶
在古老的沧州大地上
戳起一道独特的文化风景

在金石上耕云播雨
在方寸间雕镂人生
锲而不舍的追求
求真向美的性情
刀下蕴万千气象
掌中育大道乾坤

三十年　天道酬勤
三十年　众志成城

沧州文苑的"豹子头"
大运河畔的"小旋风"
用心灵的经纬
织就艺术的彩虹

沧海印社的掌门人
粗手大脚　焕然成峰
是傲伫娘娘河畔的荆条树
是雄踞海滩大洼的野碱蓬
那顽韧倔强的枝条
抒放生命的艺术图腾

啊　沧海印社三十年
沉甸甸两卷大书
两方实实在在的青砖
竖起了激情燃烧的里程
望沧州古城——大道当风
看印坛赤子——文心雕龙

2016 年 8 月 11 日于石家庄

潘学聪书意

从渤海滩盐碱地的宣纸上走来
那红荆的线条犹如铜干铁枝

大旋风是平原上的神来之笔
大浪淀乃胸中的一汪墨意

大运河流淌千古风韵
大秧歌舞动民间英姿

仪态万方　端坐着东光铁菩萨
雄强苍浑　傲立起沧州铁狮子

村前城郭曾为清代重臣张之洞祖居
村后龙堂乃是文坛巨匠王蒙的故里

土炕上的小饭桌腾起翰墨清香
茅屋里的煤油灯点亮黎明鸡啼

甩出一条条乡间大道
润染一片片天地正气

草书恣肆　可觅熊公任望的盘根错节
行楷劲健　方现黄琦恩师的磨砂铁戟

醇厚的乡音　吐穗的庄稼　拔节的旋律
质朴的身影　执着的追求　南运河的赤子

2004 年草拟

2016 年 5 月修订

致诗人浪波

不属于坑塘洼淀的涟漪
不属于水泽沟渠的泡沫
你是海洋里的曲线
你是江河里的皱褶
　　　　——啊，浪波

从 20 世纪 50 年代末
我就从天津的《新港》认识了你
一曲哗啦啦的《耧铃曲》
把诗歌的种子播进我的心野
　　　　——啊，浪波

从此，你成为我心仪已久的"大诗人"
终于，有一天我与你相逢于沧州招待所
你写了"划线"，又奉命写白启娴
（她是嫁给一个丑陋农民的女大学生）
让你的诗笔饱受了一次折磨
　　　　　　——啊，浪波

难忘一九八〇年北戴河诗会
你我共居一室　还有清河老村野
洗海水澡　说粗俗话
躲进小树林里写诗　相互切磋
　　　　　　——啊，浪波

不久　你迎来创作的喷发期
一唱三叹　慷慨放歌
从《蛰龙吟》到《长城之魂》
洋洋洒洒　波澜壮阔
　　　　　　——啊，浪波

从邢台一步跨到省城
是命运的造化　并非阴差阳错
你依然　从容不迫地迈着外八字步
你始终　见了朋友们还是笑呵呵
　　　　　　——啊，浪波

难忘你一颗敢于担当的诗心
让诗友王洪涛在困扰中解脱
他如果健在今天肯定要说
关键时刻方见朋友的品格
　　　　　　——啊，浪波

转眼间你已满头银发
岁月又染就了你古铜的脸色
你是一头"不须扬鞭自奋蹄"的老牛
你是一位燕赵诗坛宽厚的老大哥
　　　　　——啊,浪波

2006 年 1 月 9 日晚急就

又回军营

我是一名老兵啊
一名退伍的老兵
廿八年过去了
历史只眨巴了一下眼睛

"醉里挑灯看剑
梦回吹角连营"
啊　我的绿军装　绿挎包
绿色的血液　青春的律动
啊　我的红领章　红五星
红色的战旗　英雄的基因

我走进熟悉的战友
走进崇高坚定　刚毅忠诚
我走进崭新的营房
走进士气高昂　浩荡雄风

面对新型的战车

我聆听新时代的呼唤
端起新式的步枪
我矫正心灵的准星

似梦非梦
又回军营
花甲之年重披甲
在人生的靶场上
再谱出一道青春的彩虹

2007 年 7 月 28 日

深山火箭兵

峰回路转
山路弯弯
走进白云生处
走进幽壑深涧

柳暗花明处
一座绿色营房闪现
眼前一亮
英风扑面
操场上战士列队
雄壮威严

路边盛开着娇美的山花
山石镌刻着钢铁的誓言
远离繁华闹市
为祖国无私无怨
没有灯红酒绿
用青春热血铸剑

走近基地优秀班长张环节
走近十大砺剑堡垒模范连
此地无声胜有声啊
这里是巍巍大山的魂魄
这里是辽阔中原的肝胆

啊！伏牛山
起伏着战士宽厚的背脊
凝固着山河壮丽的呐喊
啊！伏牛山
是紧握的一副绿色铁拳
一旦出手　就会云飞山开
剑——指——长——天！

2007年7月18日

铁军！铁军！

热血与烈焰冶炼的肤色
镰刀与锤头锻打的军魂
艰苦卓绝　不屈不挠
大忠　大义　大智　大勇
人民的虎啸　祖国的龙吟
　　啊！铁军！铁军！

朝霞与信念织就的旗帜
历史与激流熔铸的精神
前仆后继　一往无前
大朴　大爱　大情　大美
永远的雄气腾腾　威风凛凛
　　啊！铁军！铁军！

2007年8月1日

舰长室凝眸

静静的军港
鼓荡的浪涌
英武的驱逐舰
祖国蓝色国土的雄骏

我在舰长室凝眸
一幅醒目的海图
揪住我的视线
触痛我的心灵

那是一弯月牙儿形宝岛
宛如一弯深沉的眼睛
凝望着你,凝望着我
凝望着历史,凝望着苍穹

舰长日夜在这里凝眸
祖国日夜在这里凝眸

我知道，我们伟大的民族
正苦苦等待那个壮丽的黎明

2007年8月1日

渤海新区交响诗
——写在故乡的土地上

一

金秋时节
到处是醉人的芬芳
沿着古老的沧州道
寻觅林冲发配的踪迹
感叹岁月变迁的沧桑
如梦如幻
心驰神往
如醉如痴
翘首东望
回到我梦绕魂牵的故乡

跨越献县神秘的汉墓群
途经纪晓岚故里崔尔庄
闪过沧州铁狮子镇海吼
一瞥"文襄大公"南皮张

远古的先贤啊
近世的豪强
我们一辈一辈吃苦耐劳的祖宗
开荆莽为大道
拓荒野为息壤

这是我们世代耕耘的土地啊
这是我们繁衍生息的故乡啊
看吧——听吧——
迎着春风春雨春雷春光
这里奏响了翻天覆地的时代乐章

二

这里是九河下梢
这里是苦海沿边
这里是鸟不拉屎的穷乡僻壤

横空出世
赫然惊现
渤海湾腾起世纪的波浪
神话般的图腾从这里崛起——

崛起了崭新的——黄骅大港

石黄高速　坦荡而来
朔黄铁路　伸向西域大荒
沿海高速　编织南北的竖琴
海上巨轮　穿行于五洲大洋

位居渤海湾的穹顶处
面向欧亚腹地的路桥经济网
更有滩涂广袤的处女地
铺开得天独厚的生态发展屏障

谁说泥滩不能建港
精卫填海　矗起防淤堤墙
拓建了二十万吨深水航道
挺立起北方最便捷的枢纽大港

看！千轮竞渡
听！汽笛欢唱
黄骅港——渤海湾的一颗璀璨明珠
辉耀着燕赵大地
辉耀着四面八方

三

如同节日的欢畅
如同酒后的激扬
仿佛是梦非梦　恍兮惚兮
我漫步在故乡的大道上

新海路——大气而新颖
渤海路——开阔而宽广
傍晚举起天上的新月
清晨捧起初升的朝阳

此刻　我站在博海大桥上
一览黄骅新城万千气象
科技园　大学城　聚祥纳瑞
新民居　欢乐园　碧波荡漾

君不见　昔日雁过拔毛之地
今朝已　高楼林立　花海绿廊
君不见　昔日王肖庄子吃蛤蟆
今朝是　推窗眺望大海
　　　　阳台拥抱骄阳

苍茫的武帝台啊
竖起一个古老的感叹
荒寂的郛堤城啊
圈起一个久远的玄想

这不是蜃楼幻影
这不是梦中奇象
一个百万人口的黄骅新城
——将应运而生啊
渤海之滨——
铺开了云锦天章

四

这是我们的土地
流淌着温馨的娘娘河
这是我们的渤海滩
蜿蜒着宽阔的海岸线

那娘娘河畔的冬枣林啊
生长在有情有义的聚馆
如今聚来八方宾朋

向四海奉献着故乡的甘甜

那积淀了万年的贝壳堤啊
年年岁岁无人识见
如今引来天下高士
慕名一睹这世界奇观

更有我们的南大港湿地
那是一方原汁原味的天然
那是一湾故乡的护心宝镜
那是我们人类朋友鸟儿的乐园

大苇洼啊　无边无沿
你是那样浑茫那样深远
你蒸腾着朴厚的大美
你呼啸着野性的强悍

大苇洼啊　盖地铺天
你与一介草民　根脉相连
你的魂魄就是我的魂魄
你的肝胆就是我的肝胆

五

追着春风的脚步　　翻开泥土
我们播种希望和信念
应和秋风的召唤　　披荆斩棘
我们收获大地的恩典

这是一方盐碱的苦土
孕育了无数铁骨英男
这是一方英雄的土地
历经烈士鲜血的浸染

黄骅——一位英烈的名字
镌刻在辽远的渤海滩
黄骅——一个永恒的星座
化作渤海滩不灭的灯盏

饱经沧桑的故乡热土啊
孕育了多少仁人志士　　英烈先贤
在盐碱地的土房茅舍里
走出了"三星上将"——
张子江的侠肝义胆
走出了宁都霹雳——

赵博生的一往无前

我们血肉中的血肉
我们骨头里的骨头
一代一代　薪火相传
一茬一茬　树木参天

看！又走来了大洼之子吕振华
带着咱大洼人的实在和果敢
他用坚定不移的追求
完成了石破天惊的信念

振华啊　我们的好兄弟
我为你喝彩　为你礼赞
你在千顷大洼的芦苇方阵中
是一个奋勇当先迎风傲岸的标杆

六

渤海水啊　潮涨潮落
不息地拍打着醒来的海岸
渤海滩啊　车水马龙
升腾着开拓发展的世纪波澜

这是惊天的精卫填海——动地
这是动地的愚公移山——惊天
没有什么能拦住我们的去路
没有什么能阻挡我们的跨越

黄骅大港的奇迹
黄骅新城的梦幻
在这块英雄神奇的土地上
描绘出旷世的绚丽画卷

此刻我把一瓶海露牌纯净水
高高地、高高地举向蓝天
这是刚从苦咸海水中淡化而成的产品啊
这明澈晶莹的精灵
沁透了我的心田

我高举起这瓶海露
举起了茫茫大海的甘甜
举起了故乡特有的纯净
举起了新区循环经济的发展

我高高举起故乡的海露
也高高举起我衷心的祝愿

愿故乡迈开科技创新的步伐
愿巨变的渤海湾地绿天蓝

看！沧海横流　浪举千帆
听！汽笛高歌　大道如弦
渤海新区　我梦中的家园
正谱写着时代壮美的诗篇

2013 年 10 月 17 日草于石家庄

冬枣林

在我故乡的土地上
有个古老的村庄叫聚馆
好像从未聚集过达官贵人
却有一片冬枣林举世罕见

这是一片古老的生灵
历经悠悠岁月的烽烟
年轮里　凝固着燕王扫北的马蹄
树荫里　回荡着义和团当年的呐喊

这是一片神奇的冬枣林
叶茂花繁　铁枝虬盘
春天　捧出大地的绿意
深秋　高挂生命的灯盏

是我祖父的老祖父
根抵着厚土　头顶着苍天
树干上熔铸着风霜雨雪

叶脉里吸收着苦涩盐碱

是渤海滩上的林之神
是娘娘河畔的树之仙
我故乡神奇的冬枣林
酿造着世间最醇美的甘甜

百果之王

黄骅的原始冬枣林
生长于黄河故道上
凝聚了千年的日精月华
酿造了旷世的甘甜芳香

啊！我故乡的冬枣——百果之王

远去了秦皇汉武的龙旌凤辇
消失了品枣钦封的明妃娘娘
伏河沿儿流传着久远的传说
冬枣林浸润着历史的风霜

啊！我故乡的冬枣——百果之王

春夏　田野里弥漫着枣花的清气
秋冬　枣林里笼罩着宝石的霞光
如果把熟透的冬枣托在掌心

像托起了一粒渤海湾升起的朝阳

啊！我故乡的冬枣——百果之王

品尝一下黄骅的冬枣吧
一股奇异的感觉沁透心房
那是悠久的岁月的甘甜
那是醇厚的地母的芳香

啊！我故乡的冬枣——百果之王

2006 年 8 月 3 日

嫡祖树

岁月苍茫六百年,
张开双臂抱青天;
根扎盐碱退海地,
苦土结出一树丹。

国公树

峥嵘褶皱一身铁,
干有风骨枝有节;
敢把酷霜化甘露,
层林尽染夕阳血。

情人树

卿卿我我立天地，
相依相偎终缠绵；
喜尝一粒情人枣，
神采焕发梦也甜。

痛悼诗人贾漫

一

沧海横流赤子情，
酷暑三伏失漫公；
噩耗传来雷雨作，
诗星陨落天地惊。

二

贾家山子①三棵杨，
韩村城心荻子坑；
坑东坑西留童趣，
街北街南育诗情。

三

《春风出塞》千里月，

---
① 贾家山子，贾氏家族进祖坟。

《中流击水》太阳风；
贾漫文集六大卷，
大河上下传诗名。

四

少小离家老大回，
铭心刻骨故园情；
鹤发飘飘诵乡土；
留下悲歌慷慨声。

五

故乡亲友送贾漫，
点亮冬枣万盏灯；
唤起大洼千顷苇，
齐向北国三鞠躬！

迎春竹枝词（八首）
——仿清代乡贤王庆元①

喊娘

春打六九树挂霜，
游子过年急还乡；
村头下车奔老屋，
推门进院先喊娘。

家乡味

村村醉枣醉八方，
郑家烧饼百年香；
糟鱼虾酱海腥味，
面花最数羊二庄。

---

① 王庆元，盐山人，清道光六年进士，有《听槐堂诗集》行世，其诗清刚豪宕、不事雕琢。

祭灶

又是腊月二十三，
谷草齐备灶膛前；
灶王骑马上天去，
多嘴就用糖瓜粘。

望乡

扣村桥头望东南，
亦真亦幻曙色鲜；
朱胡二庄今何在？
海市蜃景琼楼间。

上坟

过年先去拜祖先，
添坟磕头放挂鞭；
奶奶爷爷睁眼看，
旁边高速可通天。

贴春联

大年三十红云闪,
村村寨寨贴春联;
上联下联讲辙韵,
家家门口皆诗篇。

怀古

武帝台倾埋荒草,
贾氏青萍剑气豪;
狐仙挂灯郛堤月,
旧城古槐举鹊巢。

家乡游

港口海曙云如绸,
大洼湿地风似酒;
横杆盛泰高尔夫,
购物当临信誉楼。

2013年岁尾草于石家庄

心灵大颂
——致赵贵德

序曲

梦幻的天幕徐徐启动
巨大的星群悬挂空中
垂下霜花的翎毛
展开火焰的卷宗
在金属的铁的韵律里
舒放春和景明的心灵大颂

第一乐章　《九歌》　太阳

噢嘀嘀　这是崇高的天穆之野
啊哈哈　这是辽旷的春台玄堂
乘凤车而巡周天
驾玉龙而观八方
登上太阳明亮的天国

蓦然回首望见故乡

立昆仑兮腾驾
心飞扬兮浩荡
满堂兮佳人
乐莫乐兮扶桑
奏《九歌》而舞《韶》兮
绚烂昭昭兮未央

亮起遏云的歌喉
挥洒彩虹的霓裳
咏《九歌》作长啸
开"九天"迎朝阳
九重天幕哟　九幅锦帐
九幅锦帐哟　九重辉煌

佩缤纷其繁饰兮
芳菲菲其弥章
看！升腾起来了　升腾起来了
九粒雄性的睾丸
九颗燃烧的太阳
在浩瀚的宇宙的子宫里
激荡着神圣而伟大的歌唱

第二乐章　铜月　天鼓

天如碧海
灿霞似血
星开繁花
镜磨铜月

这是无边无沿的荒宇
这是无始无终的穹野
朝发天河　驾八龙之婉婉兮
夕至西极　载云旗之委蛇
悲莫悲兮生别离
乐莫乐兮心相结

慈祥的母亲河畔——
凤凰台上谁吹箫
多情的姜女岛外——
沧海水涌浪涛咽

举头望星空——
烛影摇红女儿花
侧耳听关山——
六洲歌头　阳关三叠

鸣奏一千面天鼓
升起青铜的明月
铿钟摇瑟
敲亮玄堂邃宇
魂兮归来
呼唤圣灵集结

天鼓锵锵
铜月皎洁
人神合一
光风霁月

第三乐章　圣鸟　神雀

每一抹云霞都饱含着纯真
每一朵花朵都盛开着善念
每一颗星斗都闪烁着美意
每一片树叶都舒展着慧眼

东方的千古天宇
不朽的书经宝典
精卫还在填海
愚公还在移山

妈祖高举着灯盏
女娲炼石补天
老子骑青牛　西出函关

啊　漫天的圣鸟在腾舞
啊　成群的神雀在狂欢
驾龙车驶来西王母
乘祥云飞来伎乐天
百灵鸟翩翩鸣啭
丹顶鹤飘飘欲仙
俊鸟从混沌里再生
凤凰在圣焰中涅槃
美丽的天女在神曲里散花
高贵的龙马在圣歌中盘旋

自由自在的圆融
五彩斑斓的家园
心灵的大颂
生命的诗篇

尾声

梦幻的天幕悄悄落下

一切是那样静虚　平和
繁华　终被风吹雨打去
江山不老　岁月蹉跎
挽断白发三千丈啊
以观沧海　向天而歌：

"道生之　德蓄之
物形之　势成之
是以万物
莫不尊道而——贵——德。"

2017年2月7日于石家庄

散文卷。

老娘土

一

　　古老的退海地，海拔不足五米，深褐色的泥土里含有足够的碱质与盐分，老辈子人们称这儿为苦海沿边。我的老祖宗愣是牵儿带女在这儿扎根立村，一晃就是三百多个春秋。

　　千年万载雨水的冲刷、河流的淤积，为垦荒者及其子孙造就了赖以立足的农田、碱滩、草泽、大洼。这方土地荒瘠而繁茂，盐碱而肥沃，空旷而充实，酷烈而坚韧……

　　在我的诗歌里，我称这块地为渤海滩。

　　在我的灵魂中，我奉这方土为老娘土。

二

　　远远望去，我们村庄就像隆起的一座土堡。那土房都是泥土合着麦秸垒筑的，屋内常笼有一股麦草的清芬。

　　我生在父亲娶我母亲的那所土房里，那铺土炕上。父亲很早就从南坑挖来金黄色的细沙,那是一种阳光般润滑的土,在铁锅里爆热后,就铺在炕头上。那是我离开母亲的子宫后,抚托、依偎我的老娘土,它温热、柔和,任我拉撒。那热土的气息沁入我的肺腑,一生一世鼓荡着我的血脉。

三

多彩的田野,绿白相间的云彩地,是盐碱滩独特的地貌。实成地生长茁壮的高粱、黑豆、小麦、玉米;岗碱地长着蒿子、芦草、碱蓬棵、黄蓿菜;而油碱地只冒着一层雪白的盐花,偶尔有几墩红荆怒放,像一张大白脸上窜出的几缕胡须。

儿时,母亲常驮着我跪爬在田垄里拔草。头顶,不知有多少云雀在漫天云里不歇气地鸣啭。眼前常有青头螂大蚂蚱,哧喇喇在阳光里亮翅。那高高的田埂如同一条绿色的长凳,我常趴在上面看蛂蛂(蛛蛛)封窝,看蚂蚁搬家;困了,就躺在大碱蓬棵的阴凉里睡觉。有时,母亲会在草丛里捡到一两支长长的鹰翎,就精心地插到我的草帽上,我俨然成了一位英武的勇士,于是就呀呀吼叫着,开始在老碱土里摸爬滚打、摔打筋骨了。

我与地里的庄稼、野草一同拔节。

四

土地不仅仅给了我欢乐与温馨,同时也带给我揪心的灾难和苦痛。一场大水过后，母亲突然撒手死去；天地间一片空白。一堆碱土埋葬了母亲，母亲就融进了那无边无沿的厚土。我第一次体味了生命的苦涩。

离开母亲才感到孤单和孱弱。为了使我这根独苗能够成活健旺，按着家族祖传的习俗，父亲领我到野外一条地埂边，拜认一墩马莲为干娘。

那是一墩不知长了多少年的马莲，不知经过多少次车碾刀砍，依然根深叶茂。马莲叶像一条条碧绿的刀剑，柔韧而飘逸。每年到了麦子黄梢的季节，纯蓝的马莲花就开了，那是人世间最圣洁的颜色，田野也因它变得深情而美丽。

父亲在马莲墩前燃着三支香，烧了一沓纸钱，口中念着"马莲生，马莲长，认俺孩子做干娘"，然后，就叫我跪下磕头，说："从今往后，你就是它的干儿啦！"我望着马莲，轻声叫了声"干娘！"，心里仿佛有了神灵的依托。

在老家生活的岁月里，逢到什么年头，我也没忘了干娘，旱时我给它浇过水，涝时我给它培过土，离开家乡后像思念母亲一样思念它。在我出版的第一本诗集中，头一首诗就是献给干娘的。

马莲花、马莲花，此生此世的母亲花，永在我心里盛开着。有时我总觉自己的血液也是绿色的，因为里面浸透着马莲的汁液。

五

在土里刨食的人才亲近泥土。我父亲、我爷爷只要来到地里干活，就先把鞋子甩到地头。庄稼人粗手大脚，都是在泥土里磨就的。

我从小也喜欢光着脚丫子走路，下地割草放牛，总把鞋子拴在草筐上，或是挂在牛的犄角上。渤海滩全是沙碱土道，平缓绵软，老人们说，千年的大道走成河，那沟壑似的村路，全是车轧人走的。六十年代初，我辍学务农，第一次起五更去海堡推草籽，往返一百多里，光着脚在泥水里蹬踩，虽然起了两脚泡，但以后也结下了两脚老茧，再走什么路也不怵头了。

只要光着脚，贴着土地，就有灵性和力气，所有的庄稼活都不在话下，也从来不用人教，庄稼小子生来就有这种干活的天性。

我光脚锄地，头顶着火辣的太阳，脚下的土也是热乎乎的，此时才知道什么是"汗珠子砸脚面"了。

我光着脚耙地，脚踩着翻耕的潮土，用双脚感受大地的墒情，沿着一道一道的犁沟，有一股清气贯通全身。

我光着脚扬场，任麦子、玉米、高粱、黑豆埋没双脚，每粒粮食都争着来亲吻你的脚掌，来啃咬你的脚指头，让你痒滋滋地体味那来之不易的收成。

脚踏着泥土，度过了我血气方刚的年岁。也只有脚踏着泥土，身上才没有郁结的浊气。

铁血的喜峰口

时值冬初，天阴欲雪，黛色的燕山峰头与低垂的灰云重合相叠。潘家口水库深幽无波，像一面凝冻的大玻璃。

迁西县青年诗人汛涛找来当地船民及一艘机动舢板，陪我去寻访已被水库淹没的喜峰口——那是昔日长城线上的一处险关要塞。

舢板急速而行，在平漠的湖面划出一道蓝蓝的沟壑。四围山峰起伏如浪，仿佛航行在天海之中，我们不由得都大声呼喊起来，噢嗬嗬嗬——面对辽远和深邃，呼喊，是人的一种最本真的歌唱。

看！喜峰口。汛涛在船头指点着。

老远，我就望见了那蜿蜒山巅的长城，那古老燕山的脊骨。它庞大、雄伟、寂静，令人敬畏地矗立着。

舢板泊在临近长城的山根儿。汛涛指着深深的湖水说：下面就是喜峰口，明代建造的镇远楼及喜峰口八景均已湮没水底了。

真乃事过境迁、满自苍茫……

这里总是令人产生深深的幽思和冥想。

然而，湖水可以湮没那些古关险道，可以湮没那些陈年旧事，却永也湮没不了喜峰口三个大字在史册上的光辉。

1933年3月，这里的一场恶战，使喜峰口名震中外，实在让当时憋闷已久的中国人舒了口长气。

至此，我们不会忘记宋哲元将军和他的二十九军，他们以燕赵男儿的豪气，在喜峰口给气焰嚣张的日本侵略者以狠狠的痛击。

古老的长城砖石上也同样铭刻着赵登禹、王长海、佟泽光、王治邦等一长串爱国将士的名字。

历史不会忘记那一页，膀大腰圆的董升堂团长，临危受命，背插两把虎头刀，率领大刀队雪夜偷袭三家子、小喜峰口、前杖子的敌军，刀起头落，尸横遍野，一举收复喜峰口，击毙日军联队长横田大佐，缴获无数坦克、大炮、军马、弹药，并在日后的防御战中挫败日军无数次进攻，使日军难越雷池一步。

二十九军大刀队以古老的兵器抵御日军现代化装备，那真是一次民族意志和骨气的激扬。作曲家麦新蘸着激动的泪水谱写了《大刀进行曲》，一唱就是五十多年。如今，在我们共和国的军营里，官兵们只要唱起"大刀向——鬼子们的头上砍去"，就热血沸腾、气壮山河！

沿着铁石般的山脊，我登上喜峰口东山的城堞。

风剥雨蚀的长城，城垛上弹痕累累，城道上长满了荆棘蒿草，而瞭望塔还顽强不屈地站立在它的行程之上。

站在这里，我总是联想起宋哲元将军，并为他而骄傲。他的家乡乐陵，距我家不远，他的名字我从小就印在心里。因国破家亡之时他在喜峰口的壮举，故乡的土地和父老乡亲祖祖辈辈传颂着他的英名。

汛涛告诉我，宋哲元在海外的孙女，前年曾来喜峰口观瞻，她站在二十九军曾浴血拼杀的战场感慨万端，并将当年宋哲元指挥对日作战的一把军刀献给当地的博物馆。

经过历史风雨的冲洗，喜峰口，越发显示出它应有的风采，那是岁月的泥沙无法湮没的。

站在长城瞭望塔上，朔风呼啸，衰草萋萋，长城依然迈着古老的步伐伸向远方。而当年车水马龙的塞内外要冲喜峰口古镇，已化为清水一潭，当地成千上万的居民也早已含泪迁往四面八方。这沧桑变幻，不免令人为之一叹。

我突然发现，沿着水库的边沿，有很多干打垒似的建筑，上面有缕缕炊烟升起，并传来断续的鸡鸣狗吠之声。我以为那是外来打鱼人的临时窝棚。而汛涛却告诉我，那都是喜峰口迁走后又迁回来的村民。他们在外地住不惯，又都拔锅卷席回到老家故土沿水而居。我好奇地走到临近长城的一家住户察看，那窝棚由草垡子垒起，棚顶为塑料油毡，上面压着长城的砖石。主人闻声走出，那是一位四十岁上下的中年妇女，身材健壮，红光满面。她爽快地告诉我们，男人驾船串亲去了，大儿子已外出打工，还有两个孩子在几里外的邻村上学。他们没有户口，也没有土地，烧着山柴，吃着粗粮野菜，在这里一住就是七八年。

像这样的住户，水库边儿有几十、几百家。

他们日夜守望着自己失却的家园，守望着世代守望的喜峰口长城，似乎他们只有在这里才找到自己熟悉的语言和气息，不管日子多苦，也活得自在熨帖。

喜峰口长城脚下，凡是蓄有黑红泥土的石缝石坡，他们都开垦种上了土豆、南瓜和五谷杂粮。向日葵、玉蜀黍的秸秆还竖在沟坎里，在风中，那是一根根倔强的生命的旗帜。

雄关。碧水。窝棚……

大刀。热土。守望者……

铁血的喜峰口长城瞭望台，是巍巍燕山举起的一樽樽酒杯。

碧透的潘家口水库，是世代人民用血泪酿造的一湖历史的壮酒。

1995年2月8日

开采并淘出生命中的"贵金属"

诗是民族语言的最高形式,她凝聚着民族语言的全部优点和丰富性。黑格尔把诗列为所有艺术中最高级的艺术。中国有几千年的诗歌传统,几乎所有的人都曾受到诗歌的熏陶,包括那些不爱诗、不写诗或对诗冷眼相看的人。

中国新诗发展到今天,几度潮涨潮落。新时期以来,在文学复苏的田园里,诗,始终是破土开墒的犁尖,可以说是诗歌带动了中国文学的发展。诗,始终走在文学实验、探求的前列。正如波兰诗人安娜·斯沃尔所言:"诗人变成天线,获取世界上所有的声音,一种表达他自己的下意识和集体意识的媒介。"20世纪80年代前期、中期,中国诗坛诗潮迭起、星汉灿烂,为散文、小说等艺术门类的创作提供、开拓了思想文化背景。只是到了80年代末90年代初,受社会转型期商品大潮的冲击,新诗开始走向沉潜和困惑。市场经济和大众传媒的勃兴,使诗处于边缘化。新诗不景气,已是多数人的共识,确值得我们忧虑和反思。

我想,当前诗歌的萎缩,不能归咎于外在环境,更不能抱怨读者的疏远，主要还须从诗人的自身找原因。现在的诗人们，我认为是以三种形式存在着，一种是总在坚持写，诗作不少，诗集不少，讨论会不少，评介也不少，但无真正的好诗。在一些所谓的诗人心目中，诗是一种谋声名、谋实利、谋"特殊"的敲门砖。所以在当代，这些诗只能起到卡拉OK的作用。另一类诗人则过分依赖于实验，追求的也是效果，从而带上了行为色彩，语言狂欢、"解构"崇高、西词洋语、艰涩莫测；不亲近普通人，必然被读者视为怪诞。第三类诗人则完全陷入矛盾与痛苦中，他们在诗意与凡俗、现实与理想的夹缝中挣扎，他们在痛苦地思考。这些诗人写得很少，或者将诗情外化为其他形式的作品，但他们仍坚守着心灵的那方净土，"诗意地栖居"在大地上。我认为诗的振兴和希望寄托在这类人身上。

再一个原因是当代诗坛缺乏高屋建瓴、有骨气有血性的诗歌批评。司空见惯那些圈子内写圈子内评的廉价吹拍，而少有正直的有眼力的"希声大音"。我们热切呼唤的是勇于担待、富有担待意识的诗评家。

面对新诗不景气的现状，吕进先生提出："诗歌精神的现代化重铸、新诗诗体的重建以及诗人在文化转型期的重新定位是目前新诗拯衰起弊面临的三大课题。"而诗歌精神重铸离不开诗歌本土。诗，是民族性最强的文学样式，而诗歌的民族性和现代性并不矛盾。以诺贝尔文学奖获得者爱尔兰诗人希尼为例，他的名作《铁匠铺》《山楂灯》《香豌豆》《挖掘》等，其实是很地道的乡土诗。他生活在西方后工业资本主义社会，但作品辐射出很强的民族文化精神，这位爱尔兰诗人的笔一直是他的国家的良心。他说诗人应"开采并掏出埋葬在每个个体化生命基础上的自我的贵金属"。我想这"贵金属"，就是真实的人类激情，就是国家的良心，也是民族宝贵的诗歌精神。我觉得我们中国当代诗人艾青、牛汉、苏金伞、蔡其矫们的诗篇中就闪耀轰响着这种"贵金属"。现在我们也期待、呼唤中国诗坛新一代的诗人们，在中华民族进入伟大复兴时期，能写出东方美与现代美相和谐的含有"贵金属""重金属"的诗篇。

中国是诗歌的国度，中国人有喜爱诗歌欣赏诗歌的传统。儿童的启蒙教材就是诗歌。从家家户户贴的春联，到戏文、谚语、书法、绘画之中都能找到诗的存在。

只有那些经受住人民和时间考验的诗歌，那些富有血性、含有"贵金属"的诗歌，才具有文学的永恒品格，才是社会历史闪光的珠宝。

1998 年 10 月 31 日

五岳寨感怀

近日,携文友游五岳寨,意外得野石两枚,我珍爱至极。一枚置办公室内,一枚置家中书斋内。两石虽算不上精美,也不敢妄称奇雅,但也如诗如画,令人赞叹。每每观赏,就使我想起五岳寨的峰峦峡谷、绿树清流、郁郁芳气、荡荡爽风。

7月上旬的石家庄高温不降,热浪蒸腾。人们本能地渴望绿色和清幽。听说石家庄西北四十公里外,有一五岳寨,是发现不久的清凉消暑之地。于是,我与几位文朋诗友,相约赴山寨。

到达五岳寨已近黄昏,扑面而来的是沁人心脾的清凉。顿时,个个都从昏热中清醒过来,犹如从酷暑突然就走进清秋。我们都贪婪地享受着这浩浩荡荡的清凉。这里的空气掺杂着一股浓浓的苦蒿的气息,我想一定是大山的气息、林木的气息,是人类赖以生存的母亲的气息。人们一旦走进自然,就会被唤起人类那应有的天性。

晚上,我们坐在招待所的石阶上,这里是天然的"氧吧",

可看天上清亮的星斗，可闻远方幽沉的林涛。我们放肆地说笑，放松全身每一根关节，尽享五岳寨清凉的沐浴与太行山醇厚的抚摸。夜半，人们方回室内睡觉，而且是盖着棉被入睡。此刻，石家庄市内每家的空调、电扇肯定都在疯狂地工作呢。

五岳寨是天然的森林公园（森林覆盖率达98%），更有奇峰峡谷、潭瀑溪流，可谓步步为景。但紧紧吸引我目光的是那些花纹奇特、图像斑斓的野山石。

在去往通岳峡的途中，忽看到一个被当地山民遗弃了几代的大碾盘，苍黑色的盘面上镶嵌着乳白色的花纹，花团锦簇，若龙若凤，气象万千。听说石碾也是彩纹缭绕，可惜已滚落河谷不知去向。如果把那石碾找回来，这副石碾盘说不定会成为天下独一无二、意趣盎然的一个景点，望着这沧桑岁月、悠悠风烟，每位游人都会赞叹不已。

在浏览五岳寨的归途中，终于发现了一方河谷石。那是一块三角状的石头，顶端的云纹呈橘黄色，如夕照中的云霞，又如女娲炼石。下端的纹络呈淡青色，像是一群飞天在银河里游动，好个"夕阳中的飞天"。

接着沿慈河，在飞流急湍的支流中，我又幸运地寻得一方雪浪石。此石形大如斗，黛墨色，上镶有一条"几"字形乳白色纹带，恰似一条波涛滚滚的黄河，洋洋洒洒，一泻千里。这真是天工造化，大家见了纷纷称奇。诗人刘章马上为这块雪浪石命名为"黄河远上白云间"。

首次游五岳寨，我就有缘得奇石两方也算有幸有运。

兴奋之中，我常夜半醒来观石。那石，竟也在夜色里闪闪发光，若歌似诉，像是与我对语。每当我与它对晤，身心总会得到爽洁。

五岳寨，在灵寿县境内。灵寿乃战国时大将军乐毅的故乡，大文学家曹雪芹的先祖也曾在这里居住，可见这方水土人杰地灵、钟灵毓秀。我想，那石怎么会没有灵性呢？

一方河谷石，带着五岳寨的神韵。

一方雪浪石，凝着太行山的魂魄。

贵德之境

丁亥冬至，瑞雪初降，我与作家闻章赴北戴河，同访画家赵贵德。冬日之北戴河，天苍气润，地洁人稀，鸥鸟低旋，涛声依旧。贵德自卸任省美协主席后，在江南的黄山、雁荡之域游历数月，即回归故里，闭门谢客，力避社会喧嚣。在老虎石之北，鸽子窝之南，将一宾馆的旧饭厅改装成三百平方米的画室。于是，他背倚一坡青松，面朝浩浩大海，挥洒笔墨，恣肆汪洋，搅动千顷波澜。

这里，原本就是赵贵德的发祥地。他十七岁就操起画笔，开始在北戴河文化宫工作，由于经常与中央领导和国家文化院团接触，使他眼界大开，并受到得天独厚的文化熏陶。事业的不断进步，也使他在弱冠之年就被选调到市、省工作。沧海横流，弹指间，整整五十年过去了，"少小离家老大回"，也许是天意的安排，赵贵德又回到他少年起步的地方。在这里，他仿佛又找到一片心灵的牧场，找到了一个精神的释放点。

此时的赵贵德，白发苍髯，大袖飘飘，历经半个世纪的风雨磨砺、半个世纪的体悟沉淀，命运的坎坷、人生的苦痛，统统化作胸中的墨彩，凝于笔端。

艺术往往是痛苦的结晶。2006年，贵德经历过一段痛苦的心理煎熬之后，他的艺术得到一次凤凰涅槃似的升华再生。

于是，在那座宽阔的画室内，渤海的潮声被关之窗外，我和闻章一一领略品赏贵德的近作，那一幅幅卓然的画面，荡气回肠，令人为之一振，我们不由连连击节赞叹。

贵德以超凡的意志和心力，竟然打造出十几幅长八米、高三米的巨幅大幛，当轻轻展开这些画卷时，我似乎听到了万甲破阵、惊涛拍岸之声，倏然从座椅上站立起来。

看，那扑面而来的铁骑、雄骏、长天、阔野，仅仅用雄健、恢宏来形容是不够的。那是一种动人心魄的大气象、大气势，那是一脉"天地氤氲、万物化醇"的气韵。我脑海中立马跳出的诗句是"金戈铁马，气吞万里如虎"，是"天地有正气，杂然赋流形"。气，乃生命之本、万象之根，贵德展示的是雄浑浩然之气、苍厚正大之气，他与俗气、媚气、小家子气是绝缘的。我忽然感觉到，贵德特别注重强化的马头、马蹄，应是贵德艺术气场里的"气眼""气根"。那桀骜不驯的马头昂然奋立，目光如炬，为风之旋，为浪之涡；那俯冲的、放大的四蹄，撑开了四野，旋转着天地，如凌空之磐石，在擂击大地的胸膛，在夯锤苍穹的天壁。

看！那奔腾起伏的笔力，来不可止，去不可遏，闪躲腾挪，纵横跌宕。沿着那挥洒交错的线条，我们感受到一种使人无法平静的美情。只有把生命与笔墨熔铸在一起的人，才会把生命的诉求转化为笔底波澜；才会把胸中的块垒转化为宣纸上的黑白韬略。看那开合的云涛、驰骋的方阵、龙蛇腾舞的笔意，轻若流云，力可扛鼎，构筑出不可言状的体态骨架。"书法构成、书意表现"，赵贵德试图用这半生酝酿的八个大字，用笔墨线条的骨力，支撑起自己的品格，负载对命运的抗争，倾诉独自的心语，撞击生命的呐喊。

看！那画面上的流光溢彩，是民间的春联、年画？是家乡的剪纸、皮影？如飘动的彩虹，如跳跃的火焰。看那浑然天成的泼墨泼彩，如女娲烧炼的沸滚的五色彩石，如贝多芬激情的华彩乐章，轰鸣着，浸染着，盛开出五色粲然的生命之花。在贵德的墨彩里，闪耀着古彩陶、青铜器的鬼咒神符、锈彩铜釉，辐射着唐三彩、敦煌壁画的华滋美奂、玄光圣影。在苍茫混沌、古老悠远的气色中，他又用民间的大红大绿，点染出高华的中国精神色。

"真正的艺术家总是冒着危险去推倒一切既存的偏见，而表现他自己所想到的东西。"（罗丹语）贵德始终怀着对艺术的敬畏之心，清醒地、不懈地追求，去实现那个从少年时就立下的"苦难的抱负"，并以顽韧的毅力，日复一日、年复一年、不屈不挠地去抵达所追索的艺术的彼岸。然而，"痛则通"，半个世纪过去了，贵德在古稀之年，又跨到了一个生命的起点。他早已不满足所谓的形似，更不拘泥于琐屑的细节表现。当他面对一壁雪白的宣纸，登上升降梯，举起饱蘸墨彩的画笔，此刻，赵贵德宛如小泽征尔举起指挥棒，运千里春风，点万钧雷霆，鼓荡笔墨的音符，开始了一曲有声有色、壮丽恢宏的生命交响。

赵贵德的巨擘大画，依然以马为载体，承托着的却是一种人格力量、一种形而上的精神追求，呈现一股壮旺的生命元气，独与天地精神往还。贵德以势而造象，并以磅礴之气醒人耳目，这是他对中国画传统气脉的继承、对中国画现代表现的理解，所做出的可贵探求与拓展。同时，他以"跳出前人，分开左右"的魄力，创造出独异的艺术意象，创造出独异的高贵气质，创造出独异的灵动生命，创造出独异的凛然风骨。在这里，笔者不妨放言：贵德之大写意，乃旷世巨作。

伫立乡土，以观沧海，赵贵德不仅是一位高尚的文化守望者，也是一位高贵的爱的守望者，他不愧是燕赵男子汉中的真君子、伟丈夫！

一个伟大的艺术家，他的代表作品，必定是其自身品德的最后完成。贵德忠贞不渝，壮心不已，且看他的龙马游天，云蒸霞蔚，已跨入一个出神入化的大美境界。

2008年1月5日于石家庄

铁马冰河入梦来
——画家赵贵德印象

第一眼我就认定,他的马是"铁马"。一种渗透到骨子里的"铁质",四蹄踢踏出青铜之韵,长鬃飞扬出金属之声。面对着这样的"马",你不能不勃发出一种酒后的酣畅与快感,你不能不生发出一种狂野的诗性和美情。

去年盛夏,一个偶然的机会,我走访画家赵贵德,面对他的一幅幅近作,我感叹良久。

贵德从社会底层走出来,生命之根深扎在现实生活的沃土之中,是高天厚土赋予了他艺术的灵性。他七岁丧父,家境贫寒,只读了六年书就被迫辍学。他渴望,祈求,从小就立志做一位艺术家。他经常在秦皇岛电影院广告牌前,望着一幅幅广告画伫立良久,并一次次扒窗偷看人家绘画。当命运之神让他十七岁工作时就操起了画笔,他是那样地感恩那片天地,是那样虔诚地握紧手中的命运之笔。

苍茫的燕山,蜿蜒的长城,雄浑的山海关,浩渺的北戴河,这块山雄海阔的土地,给他的画笔注入了得天独厚的灵气，也是他艺术根脉不断延伸的圣壤。

20世纪50年代末60年代初，他曾有过成长中的辉煌期。他每天下乡作画，画了一摞又一摞的速写。《人民日报》《大公报》《河北日报》《天津日报》等大小报刊，几乎每天都发表他的画作。这些来自土地来自生活的素描、组画，大大磨砺了他的表现力和内在功力。

命运的砥砺，给了他顽韧、自信和不挠的骨气，冀东大地的燕山、塞风、古关、大海，为他的艺术生命涂上了浓重的底色。

观赏赵贵德的"铁马"系列，总感到他还有一条根扎得很深，那是一条无形的源于血脉的"祖"根，也是族根。

贵德是纯正的满族，属镶黄旗，祖父为清末二品官，其外祖父也做过四品官，后家族破败，他随父由京迁到秦皇岛。战乱中，贵德童年备尝生活的艰辛。但从艺术的人生来讲，民族的血缘是在任何情况下也割不断的。

现代科学使我们了解到基因的非凡意义。贵德80年代前画人物，80年代后开始画马，一旦找到了马，他就仿佛找到了寻求已久的精神依托，找到了令他热血激昂的一脉血缘的亲情，找到了一个点燃真性情的生命的火把。从此，他不顾一切地扑在了"马"上。

由画人到画马，由客观写实到主观写意，这是一次从描摹生活到张扬生命的跳跃，也是一次艺术升华的过程。实际上他为自己找到了一个雄浑的暗喻、一个洒脱博大的象征枣马，进而用它表现一种人类精神、一种回归精神家园的境界、一种世间大美的力量。

赵贵德亲近毛笔、宣纸，亲近汉字，他的书法别具一格，富有魅力。他的画作，让人感到他还有一条深深的根，那就是中华民族传统文化的根。

他推崇汉代石雕，又迷醉线条流畅健朗的汉简，对唐代的色彩也感念不已。

贵德的"铁马"系列，洋溢着浓郁的汉风唐韵，他用书法的线条构架出大汉的疆域风月，勾勒出盛唐的流光溢彩，格调浑朴、高古。书意运笔，大胆泼彩，注重主观意象营造，又适当吸收了西方现代绘画的扭曲和变形，使其画作更散射出独特的古典之美、浪漫之美、现代之美的异彩。

贵德作画注重张扬个性，并有意识与他人区别开来。他一直坚守自己的信条，读画不临画，读帖不临帖。石涛曾云："至人无法，非无法也，无法而法，乃为至法。"艺术是一种技巧，然而艺术家通过技巧表现着人生，流露出个性和人格。同是画马，前辈有徐悲鸿，同代有贾浩义，贵德的选择，在某种意义上也是一种欲独树一帜的"挑战"，他深知：无个性即无艺术。

赵贵德默默耕耘，潜心自己的追求，不媚俗，不浮躁，淡泊名利，持之以恒，二十年磨一"剑"，沉浸在他的"铁马"王国里。迄今，还未闻他搞过大型的画展，出过个人画集。然而在省五届文代会上，他水到渠成地被选为河北省美协主席，足见他的品格与魅力。

贵德画"铁马"，是主观精神的抒放，是直面人生、拥抱大自然的人格力量的再现，其内在的生命力和激情是显而易见的。贵德的马不但富有"铁质"，而且是动态的、强悍的、健美的、高傲的、素朴的、奋发的……在这样的铁马面前，你不由得就舒展腰肢想跨上马背来个"弯弓射大雕"；你不由得脑海里就腾现出"西北望，射天狼"的恢宏气象。

今年春节后的一个晚上，我与赵贵德进行过一次深谈。他黑发拂肩，面色黧黑，目光专注，指间香烟袅袅，俨然一蒙古大可汗，周围似乎弥漫着他铁马的鼻息。他很冷静地告诉我："对自己现有的作品还没有持续的兴奋点，只是希望在今后两三年能够画出史诗性的作品来。"我知道，他已块垒在胸，并积蓄了很久。为此，他每年在春节的三十晚上，都要打坐面壁三小时，那是一年的自省、悟道，是扪心叩问，冥思求索；然后他泼墨挥毫，画两幅画，写一幅字。一个画家对自己毕生追求的事业竟有着宗教式的虔敬，古今能有几人？

我当时看了贵德那两幅画，那一幅字。画有丈余，为两匹铁马；字大如斗，为"灵通八极"。此时，我真想洗耳恭听：赵贵德的铁马敲风，已跨过他希望的地平线，驰入一片草绿花红的大天地。

1997年春于石家庄

燕赵魂魄　铁马敲风
——记画家赵贵德

此马非凡马，
房星本是星。
向前敲瘦骨，
犹自带铜声。

——李贺《马诗（之一）》

引　言

从古至今，在人类与自然界各种动物的关系中，与马最为亲近。在漫长的历史长河中，可以说人与马是最亲密最特殊的战略伙伴关系，所以历代人们爱马、崇马、咏马、画马，从"天马行空""马到成功""人欢马叫""龙马精神"等成语中，可以看到马在人们心中的地位。

历朝历代的诗人、画家都留下了传诵百代的颂扬马的诗篇和画卷。我曾在古今中外浩瀚的诗集中挑选写马的诗，发现唯有中国的唐代最蔚为壮观，无论数量质量都无与伦比。大诗人李白、杜甫、岑参、王维都留下了咏马的绝唱。仅诗鬼李贺一人就留下了"马诗"二十三首之多，这位只活了二十六岁的青年诗人，对马的崇仰到了走火入魔的境地。这让我们从马的艺术形象上领略到雄强宏阔的大唐气象。

同样，自唐以来亦产生了韩干、李公麟、赵孟頫、徐悲鸿等画马的大家。无疑这些历史画卷和诗篇中的"马"，作为文化精神符号，已定格于那个时代。

到了20世纪80年代，中国新时期文化潮涌，从我们古老的燕赵大地上，又走出了一位独具风神以画马为载体的画家。他苦其心志，潜心探求，以崭新的形式与笔墨，迥异于历代画马大家，以慷慨雄放的燕赵气韵，横空出世。这位画家不是别人，乃赵贵德是也！

是的，我要引出的就是他——

一位从十几岁就操起画笔的拾荒少年。

一位只有小学文凭的省美术家协会主席。

一位诚厚的与我交往半生的诤友、兄长。

让我们去感知他的人生情感波澜。

让我们去感知他的生命艺术图腾。

镜头一：苦难　荒坟　大炕

1937年农历八月二十二日，赵贵德生于北京一正宗的八旗子弟之家。

那时国家正处于风雨飘摇之中，卢沟桥的炮声已使京城陷落。就在贵德降生前夕，日本鬼子的刺刀曾凶恶地对着母腹中的他，是母亲目光中的定力逼退了敌人的屠刀，使他免遭于难来到人世。

贵德祖上系清朝镶黄旗，祖父曾是光绪年间二品官，外祖父也官至四品，但到了此刻，早已家道破落，只靠变卖家产为生。父亲读过四书五经，从老子《道德经》中"道生之，德畜之，物形之，势成之，是以万物莫不尊道而贵德。道之尊，德之贵，夫莫之命而常自然"一大段论述中，提取了儿子的名字——贵德。这也是父亲留给赵贵德唯一的遗产。

接着是一次又一次的举家逃难。母亲怀里抱着贵德，手牵着六岁的姐姐，父亲背着行囊，随着亲眷从京城逃到迁安，战火就在身边燃烧蔓延。几经磨难，最后，他们乘上一艘船，要逃到滦县去。未走多远，岸边就有追兵赶到，追兵哗啦哗啦拉着枪栓高喊："船上是什么人？"又是临危不惧的母亲，毅然把怀里的贵德高高举起，证明这是一群手无寸铁的百姓和婴儿。贵德，"道之尊，德之贵"莫非是《道德经》上的文字起了作用，让人们又一次脱险？

1942年，贵德一家逃难到山海关。

1946年，五十岁的父亲在贫病交加中去世。此时贵德第一次面对亲人的死亡，为了逃避这个事实，他竟然离家出走一天。

没钱买棺木，只好用一领破席卷起父亲，卷起这个昔日的"贝勒爷"，葬于山海关西关外一乱葬岗内。

多年之后，贵德曾多次到这处荒坟野丘凭吊父亲，但父亲的尸骨早已不知去向。2000年,他又偕妻子赵荣来此祭奠,两人竟同时出现迷离的错觉,眼前呈现出一座街巷整齐的村落,有骡马鸡犬往返,但就不见人的踪迹。离奇,贵德至今也解不开这个谜。

同年,因生活逼迫,十五岁的姐姐出嫁。当贵德听到那红白喜丧通用的唢呐声时,他痛不欲生。

伴随着贵德的还有饥饿。他等待着母亲回来捎回一块人家喂牲口的带绿毛的花生饼,更盼望何时能吃上一块窝窝头。当时,母亲给人家当"老妈子"挣不了几个大子儿,但毅然叫贵德上学。因交不上学费,他先后换过无数个学校。1948年,他们搬到秦皇岛,贵德才进入不收学费的柴禾市学校。贵德是何等珍惜这段时日,每天接过母亲给的几角吃饭钱,省了又省,再去买点儿纸墨。那时他已深深爱上了美术,几乎所有课本的空白处,他都画上了画。学校的黑板报他都承包了,书写、插图使他喜不自胜。当时秦皇岛还不大,但有文化馆、图书室,有一些画报画刊,这让贵德如鱼得水,眼界大开。

当时,最让贵德难以忍受的是严寒的冬天。母亲打工回不了家,他难以忍受隆冬刺骨的冰冷,就用麻绳把在垃圾里捡来的破棉花套子缠到腿上。真是天无绝人之路,最后他终于在煤厂大房子找到了一个栖身处。那是码头工人们的一处下班后的歇息屋,有一铺大炕,屋内还生着火炉。傍晚,他找了个旮旯猫进去,觉得非常暖和,工人们还是热情地接纳了这个野小子,并让出一个暖和的地方给他。

就是煤厂大房子的这铺大火炕,叫赵贵德终生难忘,始终温暖着他的童年,激发着他拼搏的血气,冥冥中,那铺大炕成为他艺术起航的一艘诺亚方舟!

镜头二:大情 大悲 大美

从某种意义上说,诗人最好的诗是他心中的隐私,画家最美的画是他心中的隐痛。当我把这个观念说给贵德时,贵德的眼里饱含泪水。

"是的。"他说,"我的画就是情感的郁结,情绪的爆发,情感的宣泄,当我挥起笔,恨不得翻天覆地,把墨彩狠狠地摔在纸上……"

雨果在《悲惨世界》中这样写道:"世间有一种比海洋更大的景象,那便是天空;还有一种比天空更大的景象,那便是内心的活动。"我想,贵德的内心深处,肯定是一片波澜壮阔的海洋。他画中的骏马,就从这里腾飞。

在这里,我不得不触及贵德老兄心中的隐痛。我不揣冒昧地断言,贵德最初的骏马,也就是他美丽可爱的女儿的化身,那是他永恒的爱,永远的痛……

1946年,父亲去世,给童年的贵德留下第一个痛点。

1976年,先是母亲去世,接着十二岁的女儿在唐山大地震中逝去。那是他心尖宝贝般的女儿啊,这让中年的赵贵德昏天黑地,如临世界的末日。

2006年,相濡以沫的发妻赵荣患病突然离去,这命运之霜让步入老境的赵贵德须发皆白。

纵观贵德的生命轨迹，三个带"6"字的年头，并未叫他六六大顺，反而都是他生命的痛点。

难忘母亲，在贵德上学的第一天，让他穿上了一件用旧被里染就做成的新衣，使他第一次望见了星星，发现了露珠，感觉到世界的美丽。

难忘妻子，在新婚之夜，在那个极度困难的年代，她把剩下的唯一一个糖块，咬下一大半送到他嘴里，让他一生都甜美无比。

难忘女儿，那童真的呼喊，那美丽可爱的笑容，那是他梦中的花朵、艺术的天使啊！

苦难是艺术的底色，真正的艺术创作就是迫于内心的强烈欲望，那是艺术家希望自己的灵魂从不胜负荷的重压中解脱出来。

朱光潜说，愁苦之音以华贵出之。

吴冠中说，内心悲怆的画家画出来的画面总是美丽的。

安格尔说，艺术的生命就是深刻的思维和崇高的激情，有了思维和艺术，人就是高贵的芦苇。

此刻，我仿佛才读懂赵贵德那本 2008 年由人民美术出版社出版的"大红袍"名家画集中的某些画作，那一幅幅向空而嘶的铁马，是向天泣血的嘶鸣！是透抵苍茫的天问！是一泻千里的呐喊！写到这里，我的笔下也即兴流淌出几行诗句：

在温柔的富贵乡里

只会生长娇艳的妩媚

在苦难的泥土里

才能涅槃出佛陀的大美

镜头三：小学生登上大学讲堂

1953年，赵贵德以各科甲等的成绩在秦皇岛第六小学毕业。这是他一生中唯一的学历。那张小学毕业证书，他珍存至今，仿佛那是上帝发给他的一张向命运挑战的通行证，也是一张自强不息的宣言书。

所以，他一生总是以小学生的姿态去学习，去工作，去画画，他总是站在最低处不断充实自己，托起心灵，瞭望着最远方。

贵德小学毕业后没有再升学，原因是他不想让已经弯了腰的母亲供养自己，他要找份工作养活弯了腰的母亲。他决定了的事，就是班主任老师劝说也不行。母亲说他属牛，头顶有两个旋儿，一头又犟又倔的牛。

贵德在学校是出了名的小画家，他的画获得过全市小学美术一等奖。他读五年级时就写过一篇作文，题目是《长大要当大艺术家》，并用母亲给的零用钱买了一本王朝闻的《新艺术创作论》，早早地在心底里埋下理想的种子。

那时，贵德天天在文化宫扒着窗口偷看人家画广告画，让人家轰走了还来扒。扒了轰，轰了扒，感动了画广告的人，干脆开门把贵德叫到屋里看他画。贵德觉得真是太荣幸了，他一边看画一边帮着洗笔刷盘搞卫生。这样交往一段时间，主人发现贵德是个有美术天赋的执着少年，决定在文化部门给贵德找份工作，这无疑是喜从天降，贵德一下子掉了泪，他永远也不忘这位有知遇之恩的兄长，他的名字叫聂斌。

1954年春，赵贵德赴北戴河文化宫上班。

母亲特意用老粗布为他做了一床被，第一次坐上通往北戴河的汽车，他的感觉像是乘船，外面是波浪起伏的蓝色海浪，掠过一幢幢的白墙壁的红顶房，从秦皇岛到北戴河文化宫的这条路，仿佛是通向天堂。

很快，十七岁的赵贵德就熟悉了文化宫的工作，一手扫把，一手画笔，并以一张出色的广告画，一跃成为一位专业的美工。

这时，命运已向他打开了一扇通往未来的大门。

在北戴河文化宫，不但暑期能亲身接触到国家的最高领导层，也能观赏到中国当代最高端的文化艺术，诸如京剧四大名旦、名生中的诸多大师及赵丹、白杨、侯宝林、新凤霞等大艺术家都在文化宫为中央领导做过演出。文化宫内到处是赵贵德的广告画、美术字，无意中也给贵德搞了次特殊书画展。有一次周恩来总理就站在贵德的广告画前驻足微笑。

北戴河，成为贵德艺术的发祥地。

工作之余，他拼命地学习、创作，相继在《漫画》等杂志发表了几十幅画作，用贵德自己的话说，是自己创造了自己。

三年后，贵德被调至《秦皇岛日报》做美编，几乎天天作画。他的创作也一发不可收，《河北日报》《天津日报》《中国青年报》《人民日报》《大公报》……几乎天天从各地的报刊上都能见到赵贵德的名字。

又是三年后，贵德调任《唐山日报》美编。这位未经过美术专业训练，也未曾经过名师教导的赵贵德，已引起省内外业内人士广泛的注意。

就在1960年隆冬，当时的河北艺术师范学院（现天津美术学院）专门派人请他去为师生做学术报告。时年二十三岁的赵贵德，毅然应邀，穿了未婚妻赵荣的一件新棉大衣，赵荣又精心为他买了一条花格围巾和一副线手套，他俨然一位新郎官，走进天津卫这所唯一的艺术院校。

学院的大礼堂座无虚席，除学生外，第一排还坐着贵德仰慕已久的孙其峰、萧朗、张其翼、穆家琪等老教授、老画家。

赵贵德走上了大学讲台，他的勇气来自自信、自强、自尊。他开始有点儿紧张，因为他讲的是他熟悉的生活及独特的体会，慢慢他就放开了，竟滔滔不绝地讲了三个小时。讲完后学院党委书记高镜明上台致辞，他说："我们河北艺师的学生们加起来，还不如一个赵贵德！"

当时，听了这句话，赵贵德觉得有些震惊，继而又觉这是对他的棒喝，他只能使上一百分、二百分的气力走下去。

小学生走上了大学讲堂，踏着自信，迈着他"旗人"的四方步。

镜头四：速写！速写！"盘丝洞"

速写，可能是一个画家应具的技能。

速写，也验证一个画家的天赋和功力。

赵贵德甚至还不知什么叫速写时，就拿起笔和本，走到哪里都离不开画画。哪怕只是握着一支小小铅笔头，涂抹出自己想画的图像，获得一种莫名的愉悦，于他也是完成了一个属于他的世界，他享受这自我创造的快慰。

确切地说，从20世纪50年代中期起，贵德就把速写视为每日的必修课，视为生命中不可缺失的部件，笔和本是他的贴身武器，犹如猎人与猎枪、骑士与良骥，无论他到天南地北、高山草原、域外边塞、体坛剧场……他从来不用功能齐备的相机，而是用酣畅淋漓的线条，编织出形形色色、大千世界的图像。

吴冠中说，西方绘画是团块结构，中国绘画是线的组织。

赵贵德的速写，全部是以线完成。线的独立审美，线的鲜明表现力，或柔韧，或遒劲，或缠绵如柳丝，或疾风扫落叶，荡漾着心的韵律，抒放着情的思绪。这线是民族的线、飞动的线、交响的线，这线高奏着"天行健，君子以自强不息"。

赵贵德这样阐述他的速写观："速写首先是绘画领域中一门有灵性的独立艺术，它有着中国文化的深层内涵。它是人的心性、天性和神性的最有感染力和最为美妙的语言形式。我一直以为，速写是画家艺术营养的必修课，因为它在艺术绘画创作中最富有浪漫情怀，也最有意象意味，亦最富有自由精神，借此可以抒发情感，可以寄托心志，可以营养心灵。"

如同大画家叶浅予、黄胄、吴冠中一样，赵贵德如醉如痴地醉心于速写中的线，那是一条贯通心神的气韵线，生也是它，死也是它，是画家的生命线。这条线的灵动，决定着画家的灵动；这条线的自由，决定着画家的自由；这条线的深度，决定着画家的深度。

赵贵德伴随着生命历程，用心力锻造着这条线，正如黄宾虹所言："坚持雅操，抱道自高，士君子砥砺姱修，正可于错节盘根之下，因受磨砻而成器。"

速写，是赵贵德艺术的开路先锋，也是他的艺术生命之桨。

积六十年一个甲子的速写生涯，赵贵德的书房里，大大小小各式各样的速写本，已成排、成队、成堆、成垛，囤聚成一个岁月的城堡、线条的营垒，成为贵德的一个艺术的"盘丝洞"。这里面到底囊括着多少幅速写？恐怕是难以用数字来计算。如果把这些难以计算的速写中的线条连接起来，会有多长呢？我想象，起码能绕地球赤道好几圈，如果再加上贵德的神意，肯定会放逸到月亮的广寒宫去，嫦娥会用这线织成云锦天章……

镜头五：寻觅　顿悟　飞跃

1961年8月，二十四岁的赵贵德调至《河北日报》任美编。他用勤奋的业绩完成了工作的"三级跳"。

当时的省会在天津,也云集着大批文学艺术的精英,无疑,天津这座"大舞台",又成了赵贵德的新起点。

大凡艺术家一生都在寻寻觅觅,期望找到一个最合适搁置自己涌泉般思想与情感的蓬莱仙境。赵贵德来到天津的第一个顿悟,就是改画国画。

首先,是俯下身子学习。他有幸结识了百花文艺出版社的张德育,这位天才画家曾为《苦菜花》《迎春花》《播火记》《铁木前传》等小说做过精美插图,至今,这些小说插图也不失为经典。当时赵贵德三天两头就登门拜访求教,他穷追不舍瞄上张德育,是瞄上了一个绘画高度。同时,他也经常与于化鲤、邵文锦、张鸾、杜滋龄等不同风格的画家学习、交流,获益良多。

其次,贵德又转而崇尚石鲁。当时陕西的画家赵望云、石鲁、何海霞、方济众等在北京搞了一次画展,赵贵德值完夜班,连续去看了三天。其中,石鲁的画给他以强烈的震撼,他的直面现实和人生的画作,别开生面,意味无穷,辐射着强烈的时代感,让人看到了中国画的生气和生机。赵贵德敏锐地感觉到这是中国画新传统的典范,是推动中国画创新发展的一面旗帜。于是他决定落点,全身心扑到中国画上。这也使他在创作道路上有了新的感悟:个人的创作,应系予祖国命运,探索割不断民族传统,叛逆是生存的挣扎,传统的发扬。

西方一位哲人有过这样的论断:艺术有两路,大路艺术撼人，小路艺术娱人。

赵贵德，孜孜以求的正是撼人的大路艺术。他内心积蕴着过多的情感，大自然蓬勃的生命力时时刻刻激发着他，想象力庸常的表现手法和司空见惯的艺术形象无法实现他的理想。他渴望创新、突破，冲破旧有思维模式的牢笼。

这是一段艰难的反复漫长的郁闷积蕴期，仿佛浓黑的积雨云层等待着一声破晓的雷鸣闪电。

赵贵德丝毫没有懈怠，即便是在十年"文化大革命"中，也贴身隐藏着他的画笔，枕头底下压着一册"黑驴贩子"黄胄的画册。

直到新时期以降，20世纪80年代初，文学和美术成为当代中国思想解放的先导，已到中年的赵贵德又一次顿悟，毅然放下了他经营多年的人物画，改为画马。

是夜空中闪耀的一星萤火？

是春云里爆出的一声蛰雷？

是它——马！赵贵德捕捉到一个艺术的象征。

只有它——马！才能牵引出赵贵德胸中情感的波澜。

由画人到画马，是赵贵德由客观写实到主观写意的又一次飞跃！

镜头六：三十年锤炼了二十四字箴言

世间，没有一条道路是重复的，没有一个人是重样的，好的作家都是孤本，那么好的画家，他的作品绝不能似曾相识。

哲学的深度是哲学。

诗歌的深度永远是诗。

那中国画的深度呢？应该是笔墨。

赵贵德在艺术道路上潜心追求，艰难跋涉，他用了二十年画人物，迄今，画马又经过了整整三十个寒暑，真是峰峦叠嶂、水路兼程，没有一天的满足和歇息，永远走在登顶的路上。当他行进到一个山头驿站，坐下来打量眼前的风光时，这位年过七旬的"画"马人，吸着香烟，吐出了画马非画马的"二十四字箴言"：

跳出前人，分开左右！

书法构成，书意表现！

以马造势，以势造象！

二十四个字，沁泪含血，是在赵贵德心海中孕育多年的珠贝，一经采出，熠熠生辉，成为观照其艺术人生的法宝。

二十四个字，赵贵德历经折腾，千辛万苦方可找到，结晶出中国画向前拓展延伸的文化元素，树立起前行的路标，建立起属于自己的文化秩序。

"跳出前人，分开左右。"作为警示，不可重蹈前人及今人的覆辙，比如，前辈徐悲鸿的马已成为当代艺术的经典，必须望而却步，重开新路。同代，已崛起了画马的老甲（贾浩义），更应绕开他，另辟蹊径。

"书法构成，书意表现。"无论内涵多么丰富的作品，都必须找到一种引人入胜的形式，那条中国画中传统的书法线条，可以让艺术的棋局满盘皆活，绘画之门道在于形式构成中。

"以马造势，以势造象。"这是"画马非画马"的精神主旨，苏东坡早在九百年前就在《论画》中主张"凝神""兴会""画马而忘心于马"。在这里，赵贵德与东坡居士的论点恰好暗合，"造势"以"凝神"，"造象"而"兴会"，通过视觉感知造化的精神图腾"而忘心于马"。

鲁迅先生说："非有天马行空似的大精神，即无大艺术的产生。"

赵贵德非常渴望创造大美、壮美和雄浑之美的艺术，并体悟到中国画的意象系"中得心源"的神象。他的画马"二十四字箴言"，亦来自长期艺术实践的哲思，来自从客观写实到主观表现的精神升华。正是由"画马非画马"的意念转换，才使他获得了得意忘形、大黑大白、大起大落、逸兴遄飞的笔墨组合，营造出万甲破阵的恢宏气象，轰响起排山倒海的黄钟大吕之音……

镜头七：大野之气　王者之气

过了古稀之年的赵贵德，白发苍髯、神闲气定，孤云傲鹤，独往独来。他的艺术，亦老愈弥坚，气象宏阔，隽骨天成，卓尔不群，达到一个新的境界。

2008年，人民美术出版社出版了"大红袍"丛书，其中，《中国现当代名家画集：赵贵德》一卷，收录赵贵德八十幅新作。这些画作几乎都是三米乘十米的巨幅大幛，场面之恢宏，笔墨之壮美，令人赞叹，可以用"神属冥芒，超豁高雄，有奔胜大势，恨不尽有激扬之态"（顾恺之语）来概括。

2010年，赵贵德捐赠给河北省博物馆二十幅新作。依然是画马，但面貌一新。其线条屈铁盘金，更加率意、精炼，其墨韵气脉跌宕，更加野逸清旷。此时的赵贵德用简约、老辣、空灵的笔墨语言，彰显出一片澄明的笔墨天地，大道至简，神完气足，辐射出一股撼人心魄的气韵。

何为气韵？唐人云，盖气者，有笔气、墨气、色气，有气势、有气度、有生机，生者生生不穷深远难尽，动者动而不板活泼迎人。明代董玄宰又将苍苍茫茫之气概，视作画中之气韵，苍茫当是田野间所流露若有若无之色，即画中所流露不可捉摸之韵味。

中国最早的画论家谢赫，也把"气韵生动"置于"六品画法"之首。宋人郭若虚更推而言之：气韵有无，最关人品，其人品高，气韵尚高。

赵贵德是最注重用心力铸造气韵的画家。他的画中，也弥漫着属于他的大野之气、王者之气。

赵贵德的大野之气，来自哪里？

来自大地，来自民间，来自剪纸，来自皮影，来自红春联，来自泥娃娃，来自炕头的年画连年有余……

赵贵德的王者之气，出自何方？

来自汉雕，来自唐三彩，来自皇天后土，来自文脉古根，来自敦煌飞天，来自千手千眼观音……

正是这不同寻常的大野之气、王者之气，使贵德笔力奋疾，境与性会，锻铸着中国画中可贵的民族气质和民族精神。

贵德的可贵是他对自己的苛求、自省意识，是他对艺术生命的求索、担当意识。他始终在追问艺术家的责任和使命是什么。艺术家应该干什么，干的是什么，必须要清楚。艺术家必须完成一个生命过程，将生命交给艺术。

人类史从一定角度讲也是人类审美史。艺术的核心是"美"，"美"是生命最大的本真，是通向人类最终目标的最高境界。

在贵德心目中，人类史上有三件艺术作品难以逾越：

一为敦煌壁画飞天，辐射着的精神是：自由！

二为雕塑千手千眼菩萨，辐射着的精神是：大爱！

三为年画连年有余，辐射着的精神是：幸福！

自由、大爱、幸福，这是人类追求的终极目标，这些不朽的艺术，世代教化着生民，温暖着百姓。

"大乐与天地同和，大礼与天地同节。"

以艺术激发人性美，提升人的品格灵魂，直抵艺术之命门。

在艺术心路、天路、神路上跋涉的赵贵德，在"山重水复疑无路"时，就咬咬牙，跺跺脚，于是"柳暗花明又一村"，一个新的起点又来了。他想再用十年，完成自己的生命大图腾、大舞蹈。

用自己的一生，以生命铸造神圣祖国灵魂的形象，铸造故乡热土的燕赵魂魄，是艺术赤子赵贵德追求的北斗星。

尾　声

赵贵德，一位一辈子自称小学生的大画家，曾担任过九年省美术家协会主席，有六十年的丹青生涯，依然随身带着本与笔，天天写着画着。他常穿着黑色上衣、蓝色牛仔裤，依然雄心勃勃，做梦也构思着他的大舞蹈、大图腾，并联系着会访"舞蹈天后"杨丽萍……

赵贵德，一位满族镶黄旗后裔，爱吃粽子和馄饨，爱听京剧和流行音乐，喜欢结交诗人和作家。重友情，更重亲情和爱情。他的枕边，始终放着爱人一沓不同时期的照片，并时常给天国的她寄送短信。他还拥有一件棉布马甲，竟然穿了二十多个春秋，上面缀满不同颜色、大小不一、错落有致的补丁。那是他同甘共苦、已年过八旬的姐姐，戴着老花镜，多年来一针一线补上去的。贵德穿在身上遮风挡雨，舒筋活血，成为一件金不换的黄金甲。

这正是：

身披黄金甲，
壮哉赵贵德；
云龙御八荒，
旷世铁马歌。

2013年1月3—6日于石家庄

大处落墨,大匠运斤
——潘学聪其人其书

我与潘学聪都是沧州人,都说着一口地道的老家话,那大运河之东盐碱地的乡音,使我们二十年前就一见如故。那是20世纪80年代初,学聪大学毕业参加工作不久,因痴迷书法,常来我工作的省文联拜师访友。转眼之间,当年的小潘也到了知天命之年,而他的书法艺术,也日经磨砺更见风骨,成为河北书坛一位卓尔不群的书家。

学聪出身农家,从小随其兄长研习书法。生他养他的那方乡土,虽地碱水咸,却居燕南齐北的渤海之滨,崇文尚武,民风强悍,地灵人杰,古风悠悠。近现代闻名遐迩的文擘巨子张之洞、张之万、王蒙等一代鸿儒,均系他引以为傲的南皮同乡。独异的地域环境,习文演武的古老风俗,应该是潘学聪书法艺术的书之根、法之脉。迄今,沧州的武术和书法依然是故乡的两朵文化奇葩。书法与武术,两种一静一动之运动,在清代的包世臣已经体察到了两者的脉通,"精、气、神合一,手、眼、心一致",写出一幅好字,打成一套好拳。无怪乎中央电视台书法大赛或武术大赛中，拿金牌者，尽沧州人也，其中的妙理令人深思。

　　学聪的书法，有故乡水土赋予的气脉，有悠久书法经典原有碑帖的浸润，更有名师耳濡目染的熏陶。学聪在河北大学读书时，幸运地遇到两位心仪已久的老师，一位是教他古代汉语的黄绮先生，一位是教他古典文学的熊任望先生。风高德厚，师道尊严，二位老师的博学、书品、人品，成为他心中耸立的楷模。

　　一提到黄绮先生，学聪就双目生辉。先生的风度、风范、风骨，令人钦敬。黄先生雄博倜傥，孤傲率真，书生意气，博爱大度。他将自己的书画和收藏约二百幅精品，毅然捐献给国家。当山东一老农，为儿子上高中特地登门求字时，黄先生也当即相赠。但黄老对那些摇唇鼓舌、投机钻营者从不留情面。黄先生的身教言传，使学聪铭心刻骨，终生受用。先生对他书法的指导，也是循循善诱，强调一个"悟"字，追求一种精神。黄先生告诉他，学习书法艺术，要求形神兼备，临帖，不但是对书法表象的追摹，更重要的是探求和领会古人的气质和笔意，甚至可以领略到书家本人人格的自尊、自重和自强的严整态度，以及他们对国家对民族所担负的重任。所谓书魂，即书法的精、气、神，乃是一幅作品最本质最精粹的东西。有一次，学聪拿一幅草书求教黄老，黄老看后不温不火地教诲他："线条之间不要粘连。运笔如蛇走草丛，若即若离；如鸟飞树林，碰不到树叶。笔莫飘。"更使学聪心灵震撼的是，后来他几次去拜望黄老，都见黄老独坐书房静思。他已摒弃了世间任何喧噪，如仙人悟道，老僧坐禅。如他书写的"鹰"字，独立苍茫；如他书写的"鹤"字，傲视大荒。那是生命中一种大孤独、大清静，也是他书艺的大境界。

如果说黄先生授予潘学聪书法的精神，那他另一位老师熊任望先生，则授予他书法的气度。那是一种文人的谦和之气、柔韧之气、正大光明之气。只有在熊先生作书时，才展示出老先生那种静中飞扬的文化魅力。熊先生作草书，在蓄势待发中，摩拳擦掌，常关起门来赤膊上阵。四面出锋，魏碑入草，全国独此一家。

黄、熊两位大教授、大书家，对学聪的影响是深远的，他们的道德、文章、理念、境界，始终陶冶着他，约束着他，使他在从政的生涯中，常有一个平和的心态。面对官场的上上下下、功名利禄，眼见自己的下级或同事先后提拔、升迁，他没有失落。是书法的境界，使他宠辱不惊，得失不计；使他生活充实，善待别人。

学聪有着沧州人特有的厚道和顽韧，对书法艺术的探求，他始终如一，锲而不舍。书法成为他生命中一强大的精神支柱。仿佛他与书法有着与生俱来的缘分，书法奇异的艺术魅力，时时感召着他。几十年来，他真诚地对待书法，书法也给予他真诚的回报。

迄今，学聪已出版三部书法专集，多幅作品被海内外博物馆收藏。学聪做人老实，但他的书法却不循规蹈矩，大不老实。打开学聪书法集，方见他性情的挥洒、心底的波澜。学聪的书法脱胎于黄绮书意，但他能放开手脚，大处落墨，毫端屈铁盘丝，舒逸遒劲，可看到大运河的悠远、平原枣树的筋骨、盐碱地红荆的扭结。学聪的草书，更爽人眼目。打开他的长卷《赤壁赋》，学聪如大匠运斤，举重若轻，笔走龙蛇，满纸云烟，似闻南皮的风秧歌、武落子，如见沧州武术的青萍剑、形意拳。铁狮子的苍涩旷朴，黑龙港的大道低回，乃潘学聪书法之味也。

中国书法，有着其他艺术门类难以比拟的丰富蕴藏，论述之广博，感悟之玄妙，皆可谓民族艺术精神和传统人文气象的最高体现。学聪在书海遨游几十载，深谙此道，他始终谦逊好学，不事张扬，并以恩师黄绮先生的"观、临、养、悟、创"书中五要为本，体道游心，大美无言。学聪正值盛年，相信他会在书海中冲浪，大处落墨，大匠运斤，书写出一路古沧州大运河畔的"放风筝""大秧歌"。

2005 年 7 月 22 日

"变形金刚"的希声大音
——画坛怪杰朱六成印象

那还是前些年北京举办亚运会期间,我从报刊、电视上熟悉了朱六成的名字。因他献给亚运会一幅《亚洲雄风》的大型画卷,有十几米长、好几米宽,画面是一头威猛的雄狮,很是磅礴、壮观。令人惊叹的是,作者哪来这么股邪劲儿,竟干出这么大的活儿!

后来,诗人边国政向我引荐了这位"石门怪杰"。那是在东里村朱六成的老宅,三间北屋是他的画室兼卧室,墙上悬满他的丈二大画。一看他的画就很"各色",没有一般画家的山水花鸟,尽是大神、大佛、大兽,首先给观赏者以强烈的视觉冲击,令人瞠目咋舌:啊哈,怎么竟有这等画!

当时,我对他那几幅大作的感觉是:神非神,佛非佛,兽非兽,每幅画都笼罩着浓浓的人气,那是"人神合一""人佛合一""人兽合一"的一曲曲无声的圣歌。虽然笔粗色犷,但那正是朱六成创作时"得失两忘,无法生万法"的形态。显而易见,他没有师从和依傍任何画派,也没有任何清规戒律的束缚，而是纯合自然、乱头粗服，挥洒袒呈出的自我心像。

　　他画的关公，绝非一般意义的神，而是出自六成心中的造像：赤色脸膛透着忠义，黑色长髯飘洒着刚毅，一双凤眼睥睨着邪恶，辐射着英风正气。而关公的头顶和两肩却燃着三支金色的蜡烛，那温柔、圣洁的烛光，是朱六成心中的神圣之光、祥瑞之光、亲和之光，也是燃烧自己照亮别人的肝胆相照之光。

　　他画的雄狮，更是世间威仪、强悍、野性、刚烈、信义、旷达的象征。他非常注重从细节入手描绘突现雄狮的神采，如眼神的高傲、胡须的劲拔、阔口的狰厉、利爪的锋韧……在创作中，朱六成又随心所欲，大胆发挥其主观想象，他画的狮子，有的红发飞扬四射，有的口中端坐一尊菩萨佛像，有的四蹄幻化成变形的狮头，总给人以雄奇、宏阔并威仪四面八方的震慑力。

　　他画的大佛，也是一种大慈、大善、大慧、大度、大灵、大朴的象征。朱六成笔下的达摩图，如横空出世的陡岭，丑陋、稚拙、愚钝，置于浩茫的宇宙之中，视日月如弹丸。也只有朱六成敢于这样架构，在大空茫、大丑拙中营造形而上的生命韵致。

　　从朱六成的画作中完全可以读出朱六成的性情，他的画品完全是他人品的再现。

　　六成出生于普通农家。父亲当过车把式，搬运工。母亲四十二岁生下他，按乡俗撞街起名，正逢一河南逃荒老人，就为他起了个亦俗亦雅的名字六成。正是这种来自泥土的普通生活，才使他永远带有可贵的平民意识和民间情怀。

六成毕业于天津音乐学院附中，一副奔放爽朗的嗓门儿一度使他成为省歌舞剧院的主角。遗憾的是，他刚展露才华，就突患喉疾，不得不离开他热爱的舞台。正是这莫测的困扰，才使他重新寻找到实现自我价值的又一载体——绘画。当他拿起画笔，仿佛操起了命运之桨，他全身心地投入，潜心钻研，一腔热血倾于笔端。他将自己的画案作为人生的又一舞台，每幅画都是他无声的乐章、生命的歌吟。

六成醉心于绘画中，在阴暗潮湿的画室中宵衣旰食，一画就是几个小时、十几个小时。为赶绘一幅大型画作，他曾近一个月囿于一室。正当他的创作向新的制高点冲刺时，莫测的厄运又一次给他严酷的磨砺。因风湿、过度劳累，他的腿骨、股骨、腰椎间盘连续做了三个大手术，他承受了常人难以承受的大苦痛，形体像是重新被组装了一次，他成了名副其实的一尊"变形金刚"。

然而，朱六成就是朱六成，磨难只能使他的精神更加顽韧、硬朗。他依然喝酒会友，依然在酒酣耳热之际高歌一曲《拉兹之歌》《草原之歌》，依然乘兴偕夫人翩翩起舞，依然我行我素，伫立画案前挥洒自如……

去年，我有机会又去造访六成，有幸观赏到他的几幅新作，感到六成又在探求新的境界。他的一幅《慈美图》清朗而典雅，画面系一印度佛家丽女，美而不媚，艳而不俗，确乎慈而美。他的另一大作《大千世界图》更是令人刮目相看。此画长 7.5 米，高 2.6 米，绘有各种动物、昆虫、飞禽、林木。狮、虎、熊、豹、凤、鹿、龙、蛇，神、佛、魔、怪同居一片天地；风和云舒，水流花开，意与景合，心与天游，散发着慈善、美丽、自由、和平、幸福、圆融的清馨之气，呈现出一派瑰丽辉煌的大同之境。这亦是朱六成心中的理想图。

近日，我同著名画家赵贵德先生谈论起朱六成的创作，赵先生欣然一笑，说出了八个字："无拘无束，无法无天。"我亦用八个字评介六成："变形金刚，希声大音。"

2000 年元宵节

诗品书品相映辉

在历史的关键时刻，往往文学是思想解放的先导，而诗更是冲在最前列的先锋。旭宇是河北诗坛上早醒的诗人之一。还是20世纪70年代，旭宇就因在人民文学出版社出版了印数数万册的诗集《军垦新曲》，而诗名远播。1981年他又出版了"文革"后的第一本诗集《醒来的歌声》。他用隽永、飘逸的诗行，抒发从严冬醒来的心音，色彩明丽，春意盎然，并用"韵律的长鞭"挞伐"角落里的残雪"，一首悼念张志新的《启明星》，如今读来还回肠荡气，诗人的凛然正气力透纸背。旭宇的作品本来以清新秀逸见长，这是他少有的发出痛心疾首、有着血泪呼号的诗篇。全篇充满刚毅尖锐的拷问，只有诗人为正义而歌时，才显示出这种忘我的胆识和无畏的血性。

旭宇也是一位善于把握自己、把握命运的智者。他不吸烟、不饮酒，素食淡饭，宁静超然。酒吧茶肆，不见他的身影；舞榭歌台，找不到他的足迹。他的办公桌上，比他人多的是文房四宝和一缕淡淡的墨香。1983年，旭宇任河北民间文学研究会主席。面对刚刚萌芽的文化市场，旭宇果断地创办了《民间故事选刊》，这是一份面向大众又不失大雅的通俗刊物，发行量一路飙升，成为长期为河北省文联赢得双重效益的文化产业刊物。两年之后，他又毅然离开经济效益丰厚的单位，回归诗坛，担任《诗神》月刊主编。旭宇很会当头儿，抓大放小，民主办刊，上下一致，宽松和谐。这期间，《诗神》发行量也突破了三万份，成为当代中国诗坛主力诗刊之一。同时，旭宇的书法，也潜移默化，横空出世，并于1990年在河北省博物馆举办了首次大型书法个展。几年后，旭宇当选为河北省书法家协会主席，不久又当选为中国书法家协会副主席。不经意间，旭宇完成了几多角色的转换，使他生命的历程精彩纷呈。

旭宇的书法，是他诗情的外延，是诗人性情的流露和挥洒。内蒙古诗人贾漫看完旭宇的书法集，用一个字评价：美。是线条之美？布局之美？意象之美？诗情之美？仿佛是，又不尽然。

艺术，是人性的流露。打开旭宇书法集，可以领略到他的平和简静，遒丽朴逸。他书写的文本，没有惊雷电闪，猛禽大兽；不见豪风壮雨，江海腾嚣；他书写的主体意象是：爽月清风，秋水寒波，淡烟微雨，孤云野鹤，太华虚境，瑶台林壑，天地无极，怀仁养德……

书法的本质是意象，而旭宇书法意象的核心是：清、静、和。一缕太虚清气，一抹太极静气，一股太真和气。这清、静、和的和谐之美、中和之美，完全是中国传统文化儒、释、道结合的产物，也是中国文化特有的一种禅意。旭宇的书法，总让人联想到初春的原野、习习的微风、竞势而出的初篁新蒲、古拙苍朴的幽松虬柏。他用书法探求着充满佛道意味的幽玄空灵："心斋""素心""坐忘"以达到"以物观物"。旭宇书法作品中所呈现出的淡泊宁静、潇洒自如的清逸之气，乃是旭宇文化修养、禅家心灵的自然流露。

旭宇的书法，弥漫着特有的文化气。他的书作洒脱清丽，风骨洒然，书卷之气溢于行间。这是旭宇所独具的修养和气质决定的。近些年，旭宇潜心变法，就是以这种"心法无形，通贯十方"的超越凡俗的眼光，书写出一批飘然宕逸、清雅高古的作品。

旭宇对中国文化经典著作情有独钟，他从读大学时就迷于老子思想，从儿时起就受惠于《六祖坛经》，到了花甲之年，更使他心境开阔静虚，回归无邪的天真，回归无尘的自然。

旭宇始终注重品德的修养，不断地调整完善自己。他说人生最大的快慰是在先贤圣哲的境界中有所得、有所悟。人生最大的享受，是在与先贤圣哲的心灵对话中，得到的那份精神馈赠和灵风慧雨后的清爽。

左肩是诗歌的太阳
右肩是书法的月亮
灵魂的全天候照耀
生命在宣纸的积雪中

生长汉字的魔方

这是旭宇的自题诗,一个诗人、书法家的情态跃然纸上。

2006年5月7日于石家庄

旭宇的大雅美石

大宇宙在其诞生的瞬间，即形成了自然运转的轨道、秩序、节奏和韵律。石头是地球形成的最原始材料，它也有它的个性和自我，石头是历史，是时空，浓缩记载着宇宙自然形成的各种活动。

中国人对石头的欣赏和发现已有数千年的历史，从陶渊明以醒石为床，到米元章整冠拜石，并独创品评石头以"瘦、皱、透、秀"为尊，把文玩清供的赏石艺术，推至"天人合一""回归自然"的境界，凝练出东方独异的丰富圆融的生活美学。

当代中国，自"文革"后、新时期以降，玩石藏石亦蔚然成风。尤其是一批文人雅士的加入和倡导，使传统的赏石文化得以复兴和发展。

诗人、书法家旭宇，乃当今燕赵文玩大家也。他不但精于古玉、书画、陶瓷、古籍善本的鉴赏与收藏，对自然奇石的品鉴和赏识也应是石门之翘楚。

应该说，旭宇兄是我爱石藏石的诱导者和引路人。早在20世纪80年代，旭宇已为石家庄最早的玩石者之一，并将其堂奥介绍给我，拉我下水并深陷其中；他却若即若离，在几门相融的艺术中独善其身。

旭宇是一位真正懂得石头的爱石者，也是极早意识到将传统石艺转化为具有时代风格者。他开宗明义，认为文案清供是雅石（或观赏石）之核心与灵魂，是赏石活动中最具文化内涵之所在。

按照这一赏石尺度，旭宇除在自己的庭院里摆放着几方磅礴的院景石外，室内置放的均为可以搬动、把玩的文案清供石。旭宇选石、玩石有他自己的审美个性，他以诗人、书法家的眼光，注重神性的造型、诗性的画面、灵性的结构，发扬光大了米元章经典的鉴石三原则。其实，"瘦、皱、透"三字，已道破了中国艺术精奥所出的妙处，旭宇是深谙此道的。浓焦枯淡、计白当黑，书之道也、诗之道也、石之道也，都融通于那条无名之玄妙大道也。

旭宇注重追求人生与艺术的精致，他的石品与书品一样，都是优雅的、高古的、逸美的。在我的眼中，旭宇的清供石玩，均是他超然物外的变形书法，在形、质变化的小世界中，我们看到的不再是方寸之石，而是一支天地之骨所撑开的舒放的大自然的音符。

英国诗人威廉·布莱克有两句名诗："从一粒细沙观看世界，从一柔野花想象天堂。"这是诗人对大自然的理解和礼赞。同样，诗人旭宇快乐藏石，他要与朋友们同享这仁者乐山之乐，于是精选了五十枚美石，邀省内外五十位诗友，以诗咏石，集而成书，名曰《江山多娇》。石中天地，尺寸千里，旭宇兄崇尚自然，爱石、爱国、爱诗、爱友之心可鉴也。

2011 年 5 月 1 日于石家庄

空镜子（配石）
◇刘小放

空镜子——
这名字是郁葱起的
圆圆的一面镜子
空镜如月
空空无也
可以望穿长天秋水
可以望穿来世往生

空镜子——
这石头是刘小放捡的
他将这一枚
太行深山的冰轮
赠送给诗兄老友
让旭宇的天空
升起朋友的明月

2011 年 5 月 1 日于石家庄

漫读旭宇

一

掐指算来,我与旭宇相识、交往已整整三十年矣。从风华正茂的而立之年,到两鬓染霜的花甲之际,寒来暑往,春华秋实,在同辈文友中,算是少有的老同事、老搭档了。现在,除了平时在电话中互道问候,见了面更是谈笑风生,思绪滔滔,说古论今,口无遮拦。只有在老友中,才焕发出这种晴空万里的意绪与情致,真乃人生之至乐也。

乙酉农历八月初十,一个风和气爽的下午,我与旭宇再次相约,清茶一杯,相对而坐,天南地北,老家故土,从诗、书、画到儒、释、道,开怀畅述,漫无边际,说到尽兴处,就抚椅大笑。在这样的交谈中,旭宇兴致勃发,妙语连连,令我惊讶他的灵悟和睿智。不觉间竟夜幕垂空,三个小时过去了。

归来,乘兴展读《当代书法家精品集——旭宇卷》,开卷首页,一朱红对联赫然入目:"草堂主人抱龙德,石经真迹在鸿都。"两行魏碑行书，古朴庄重，独具风神。草堂之清境，石经之玄关，鸿都之妙门，龙德之静虚，此对联乃全书之书眼也。

此刻，仿佛轻烟袅袅，随之飘来，旭宇书案上那座乾隆十八年的铜磬之声……

那清越的磬音，仿佛已逾越千年。

面对旭宇，我一路读来。

二

首先，旭宇应是河北诗坛上一位早醒的诗人。

还是20世纪70年代中期，我在老文联平房院中，见到了旭宇，那时他刚从建设兵团转业，身着褪色的军装，背头、眼镜、眉浓、鼻阔，唐山呔腔，声高音亮，如果他留了胡须，拿了烟斗，就很似儒雅风范的闻一多了。那时，旭宇因在人民文学出版社出版了印数数万册的诗集《军垦新曲》而诗名远播。当时河北的诗歌作者，还大都写着传统的古典加民歌体，而旭宇已率先写起意象朦胧的自由诗了。无疑，他的求新精神也给了我很深的启迪。

不久，我也转业到省文联为《长城》编辑，半年后，旭宇也调《长城》任诗歌组长。我们在同一间屋办公，在一起探讨、切磋诗艺。《长城》也成为新时期诗歌冲破思想禁锢的前沿阵地，成为河北文学复苏的重要平台。

在历史的关键时刻，往往文学是思想解放的先导，而诗更是冲在最前列的先锋和直面社会现实的尖刀。旭宇思维敏捷，观念新锐，他力争的每期二十页的诗歌页码，大胆推出著名诗人严阵的《花海》五十首，及北岛、顾城、曲有源等有着思想锋芒的先锋诗作，使《长城》成为当时发表诗歌新锐作品的重要期刊。在旭宇的策划下，又首次在廊坊召开了河北青年诗人笔会，用三十个页码，推出了在全国有重大影响的张学梦、边国政、姚振函、何香久、郁葱、王俭庭、白德成、姜强国、王树壮等十一位青年诗人的特辑，并在廊坊师专召开了大型诗歌朗诵会。那是一个崇尚文学、崇尚诗的年代，《长城》的发行量达到了九万份之多。旭宇每当与我谈到这些，还是津津乐道，往日愉快的合作，已变成今天欣慰的怀想。

  同时，那也是我们创作勤奋并取得丰硕成果的一个时期。旭宇于1981年出版了"文革"后的第一本诗集《醒来的歌声》，他用隽永、飘逸的诗行，抒发从严冬醒来的心音，色彩明丽，春意盎然，并用"韵律的长鞭"挞伐"角落里的残雪"，一首悼念张志新同志的《启明星》，如今读来还回肠荡气，诗人的凛然正气力透纸背，旭宇的作品本来以清新秀逸见长，这是他少有的发出痛心疾首、有着血泪呼号的诗篇：

  …………
  喷迸吧，你窦娥的三尺血练，
  痛心吧，你比干的不死的心脏，
  历史在此刻呀，也要痛哭流涕，

他痛苦的记忆里，竟增写了这罪恶的一章。

⋯⋯⋯⋯⋯

全篇充满刚毅尖锐、拷问现实的诗句，只有诗人为正义而歌时，才显示出这种忘我的胆识和无畏的血性。

三

旭宇是一位善于把握自己、把握命运的智者。

他不吸烟、不饮酒，素食淡饭，宁静超然。酒吧茶肆，不见他的身影；舞榭歌台，找不到他的足迹。

他的办公桌上，比他人多的是文房四宝，还有一缕淡淡的墨香。20世纪80年代初，都知道旭宇毛笔字写得好，谁也不在意，人们关注的还是他的诗。只有《河北文学》的老美编张庚经常找旭宇题写刊头，并按美术作品付酬。这也使我对他的字刮目相看。须知，那时几元钱就能得到田辛甫的一幅"葫芦"，赵信芳的几尾"大鱼"。

1983年，旭宇荣任河北民间文学研究会主席。面对刚刚萌芽的文化市场，旭宇抓住难得的机遇，果断地创办了《民间故事选刊》，这是一份面向大众又不失大雅的通俗刊物，发行量一路飙升，成为长期为河北省文联赢得双重效益的文化产业刊物。在旭宇从文从政的历程中，这也应当算是他的得意之笔，但他从未为此有过丝毫的得意。两年之后，正值《民间故事选刊》方兴未艾之际，他又一次把握住自己，毅然离开经济效益丰厚的单位，回归诗坛，去担任《诗神》

月刊主编。

这样，我作为副主编，又与旭宇成了合作伙伴、办刊搭档，这也是我编辑生涯中最愉快的时期。旭宇很会当头儿，抓大放小，民主办刊，上下一致，宽松和谐。旭宇除了制定编辑方略，终审签发，剩下就是看书写字了。这期间，《诗神》推出了伊蕾、西川、大解、海子等一大批省内外青年诗人的力作，发行量也突破了三万份，成为当代中国诗坛主力诗刊之一，那也是《诗神》创刊以来的黄金时期。同时，旭宇的书法也潜移默化，横空出世，"羽化而登仙"，并于1990年在河北省博物馆举办了首次大型书法个展。作为诗人、编辑家，继而书法家，似乎旭宇完成了艺术生命的鼎立三足，并展开了诗歌、书法艺术飞翔的双翼。

几年后，旭宇当选为河北省书法家协会主席，不久又当选为中国书法家协会副主席。

不经意间，旭宇完成了几多角色的转换，使他生命的历程精彩纷呈。

四

旭宇是一位轻松自在者。

无论工作多忙，事情多杂，从未见他忙忙碌碌的身影，总是一副信马由缰、从容不迫的样子。是的，完成一切都是在不经意间。这不经意就是不刻意追求，不死乞白赖，不声嘶力竭，不头悬梁锥刺股，更不殚精竭虑、宵衣旰食。

在我心目中，旭宇是个"大聪"，好像他干什么都不使傻力气。写诗，有感而发，从来不"为赋新诗强说愁"；写字，是性情的挥洒，也未见他神经兮兮痴迷哪家碑帖，更没见他写秃了几捆毛笔，写干了几缸墨汁。在外人看来，这一切，旭宇似乎都在不经意间"玩儿似的"过来了。实际上，他在背后流了多少汗水，费了多少心血，难以测知。但据我感观，旭宇用了两个字：巧、悟。没有巧，四两何能拨千斤？没有悟，何以"神妙独到秋毫巅"？用陈传席的话说："凡一艺之成，莫不神于好，精于勤，成于悟。"好之爱之是学习书法的基础，不勤，则不精，而无悟，则不成。

　　旭宇出身并非名门望族，而是京东玉田县一普通农家。由于父亲通文墨，才使他从小研习书法，并受当地教书老先生的熏陶。而故乡独特丰美的水土，才真正孕育涵养了旭宇的性灵。

　　旭宇的老家刘家胡同，北距燕山六十里，村前清亮甘甜的还乡河，从东北向西南静静流去。河滩上绿草铺地，芦苇丛生，柳、榆、槐、杨，绿树成荫，在河岸远眺，常见数点白帆通往天津。儿时的旭宇常到河里洗澡，河底的细沙柔软温爽，脚底下常踩上硬邦邦的乌龟。母亲就担了还乡河的水做饭熬粥，饭熟了就在自家院子里喊他回家，他就是在河心里、河对岸，也能听见母亲的呼唤。

　　虽然日子清苦，但那是个如诗如歌的童年，一个多梦的童年。而他的梦总是飞翔的，不是蝴蝶那样翩翩，而是像海鸥似的在云海间翱翔。他常凝望村北的燕山，常把燕山望成一脊黧黑的马背，并想骑上去跑一跑……

古老的燕山之下，清新的还乡河两岸，灵气蒸腾，文脉悠悠，从古至今，孕育了鲜于枢、曹雪芹、管桦、李瑛、陈大远、从维熙及张爱玲等文擘巨子，文化才俊，他们都是这一方水土的精灵。无疑，旭宇也系这方水土的精、气、神。

2004年盛夏，当旭宇将自己百余幅书法精品力作献给故乡，那是对母亲土地的感恩，是对燕山还乡河的回报，是那个小时候想骑上燕山遨游的还乡河之子的精神回归。

五

旭宇的书法，是他诗情的外延，是诗人性情的流露和挥洒。

内蒙古诗人、我的同乡贾漫看完旭宇的书法集，用一个字评价：美。

是线条之美？布局之美？意象之美？诗情之美？仿佛是，又不尽然。

大美无声，大美无言也。

艺术，是人性的流露。打开旭宇书法集，可以领略到他的平和简静，遒丽朴逸。他书写的文本，没有惊雷电闪，猛禽大兽；不见豪风壮雨，江海腾嚣；他书写的主体意象是爽月清风，秋水寒波，淡烟微雨，孤云野鹤，太华虚境，瑶台林壑，天地无极，怀仁养德……

书法的本质是意象，而旭宇书法意象的核心是清、静、和。一缕太虚清气，一抹太极静气，一股太真和气。这清、静、和的和谐之美、中和之美，完全是中国传统文化儒、释、道结合的产物，也是中国文化特有的一种禅意，这种禅意在中国传统文化的许多领域里（文学、绘画、书法、音乐、建筑等），都形成了特有的文化积淀，开辟了独特的审美天地。

旭宇的书法，既有魏晋风韵，更含有一种超逸、沉凝、旷远的禅家气象，总让人联想到初春的原野、习习的微风，竞势而出的初篁新蒲，古拙苍朴的幽松虬柏。他用书法实践着道家的也是禅宗的主张："心斋""素心""坐忘"，以达到"以物观物"。旭宇书法作品中所呈现出的淡泊宁静，潇洒自如的清逸之气，乃是旭宇文化修养、禅家心灵的自然流露。

六

旭宇的书法，弥漫着特有的文化气。他的书作天机流露，洒脱清丽，诗人风骨，书卷之气，溢于行间。这是旭宇所独具的修养和气质决定的。书法艺术的创作，是人的本质力量丰富性的展示，也以最充分最实在的展示人的本质力量丰富性为美。应当说，书法是写心的艺术。近些年，旭宇潜心变法，就是以这种"心法无形，通贯十方"的超越凡俗的眼光，书写出一批飘然宕逸、清雅高古的作品。

旭宇对中国文化经典著作情有独钟，他从读大学时就迷于老子思想，从儿时起就受惠于《六祖坛经》，到了花甲之年，更使他心境开阔静虚，回归无邪的天真，回归无尘的自然。

旭宇有着一个文化人特有的情趣雅好，很早他就是个独具眼力的收藏家。他收藏的古玉、古瓷、古字画，品位很高。中国作协书记处书记、诗人高洪波也是"玩玉"高手，每次来石，都要与旭宇见上一面，既赏"珍玩"又兼及"论道"，文来墨往，留下了文友间开心快意的美谈。

旭宇重友情，朋友有事需要帮忙，他二话不说，立马就办。他有事麻烦了朋友，总念念不忘。1980年暑期，我们在北戴河开诗会，傍晚旭宇有急事须回石家庄，因那时交通不便，我用自行车把他送到了火车站。几十年过去了，早已风影无痕，然而旭宇竟在一天跟我提起，说那十几里夜路老忘不了，那是老友的情分啊。

旭宇宽以待人，从不斤斤计较，在我与他共事的多年里，他是一位有修养的兄长的形象。他心细，善察人之微；他仗义，愿解人之难。不论何时，他都有着真挚的诗人情怀。不久前，当他闻讯省作协成立了诗歌艺术委员会，就高兴地给我打电话，表示全力支持，并亲自联系筹办了河北第一届端阳诗会。

旭宇始终注重品德的修养，不断地调整完善自己。他说人生最大的快慰是在先贤圣哲的境界中有所得、有所悟；人生最大的享受，是在与先贤圣哲的心灵对话中，得到的那份精神馈赠和灵风慧雨后的清爽。大凡能成为圣贤者，都是奉献者，把一生体验最深的东西奉献出来，如西方的丹柯，高举起自己的心。

左肩是诗歌的太阳

右肩是书法的月亮
灵魂的全天候照耀
生命在宣纸的积雪中
生长汉字的魔方

这是旭宇的自题诗,一个诗人、书法家的情态跃然纸上。可以想见,旭宇每落笔之时,必明窗净几,焚香左右,精笔妙墨,盥手涤砚。此刻,他书案上那座乾隆十八年的铜磬,微微响起……

那清越的磬声,仿佛逾越千年……
在这磬声中,老子骑青牛而来,西出函谷……
在这磬声中,仿佛传来六祖慧能的偈语:
菩提本无树,
明镜亦非台,
本来无一物,
何处惹尘埃?

2005 年 10 月 12 日于石家庄

尧山之子尧山壁

一提尧山壁，可以说河北文学界老少几代无人不知无人不晓。他是地地道道的省文联、省作协的元老。从20世纪的"十七年""文革"到新时期的各个阶段，历经半个多世纪的文学风雨、潮涨潮落，尧山壁始终立于激流之中，他不但是一位辛勤的文学的耕耘者，也是河北文学园地里的一位辛勤园丁。

山壁原名秦陶彬，邢台市隆尧县南汪淀村人。隆尧之尧山，原为尧的封地，故成为历代之圣山。当年孔子周游列国，为朝拜尧山过泜河，湿了书简，曾在尧山西南晒书，阳光下，周围竟闪耀着五色斑斓的尧山彩玉石子。少年秦陶彬迷醉于这一奇丽意象，想让自己也成为伴孔子晒书的一枚璧石，于是为自己起笔名为尧山璧。在阶级斗争的年代，为了避讳尊贵之嫌，他又将玉璧改为土壁，即尧山壁之谓也。

山壁生于普通农家，父亲参加滏西抗日游击队壮烈牺牲，二十六岁的母亲带着他与姐姐耕织度日。在艰难困苦的岁月中，山壁读完了初中、高中、大学。他在邢台读中学六年，从老家到学校九十里土路，不知走了多少个来回，练就了他一双四十六码的大脚板，也圆了一位乡间伟大母亲的梦。

山壁从20世纪50年代末60年代初开始在各地报刊发表诗歌作品，后来被调到省文联从事专业创作。他与刘章、浪波、王洪涛等一起成为当年河北最具影响力的青年诗人。

山壁的诗作，鲜活、生动，富想象，善比兴，在民歌民谣中汲取营养，创造了一种自由体加民歌风的诗体，明快而浓郁地表现生活，留下了独特的时代的烙印。大诗人臧克家、郭小川对山壁的诗作称誉有加，说山壁的诗来自土地深处，是民间新文学写作的奇葩。我想这些评说可以帮助我们重新解读山壁的早期诗作。

新时期以降，山壁华丽转身，主要精力放在散文创作上，相继写出了《母亲的河》《理发的悲喜剧》等名篇佳作，造就了山壁文学创作的又一高峰。山壁的散文依然来自生活的深厚积淀，流淌着情感的生命的汁液。再加上深厚的文学功底，山壁营造了自然天成、活脱睿智、境界通达的独特韵致。

除勤奋的创作外，山壁亦是一位出色的文学组织者、活动家。从20世纪80年代以来至90年代中后期，他一直是省作协的领导者，脚踏实地做了一些事，令人难忘。首先值得一提的是，从1984年始，山壁亲自奔波沟通，相继与廊坊师范学院、河北师范大学、河北大学合办了四期作家大专班，使一百七十余位来自不同行业的文学作者，进入大学深造、学习并取得毕业文凭，给不少人解决了"农转非""转干"的难题。这几期大专班的学员后来都成为河北各地市文学创作的中坚、文联作协的骨干领导。在同一时期，山壁又在省作协创办了文学院及作家企业家联谊会，这在全国文学界也是首创，系开先河者。当时省作协在省文联内未分设，受各种条件的制约，但小作协办大事，创办作家大专班及文学院，都是山壁主持作协工作的得意之笔，功不可没。

山壁性情温和，没有架子，又下得了辛苦。当年，他有事没事就往基层跑，广结善缘。于是，各地的业余作者出书，纷纷请他写序，他不分厚薄远近，有求必应，都认真对待。那些年，他为朋友们写序算起来也有百篇之多。这种事，换了谁都没有这份耐心，而他无怨无悔。山壁爱才惜才，为留住作家杨显惠，他几下津门与大清河盐场协调，但还是未留住人。后来杨显惠见了河北作家，提起山壁，总是感念不已。

早在1966年"文革"前期，我就结识了已成名的青年诗人尧山壁，那时我是他的"粉丝"，见他高高的身量、大大的眼睛，一头浓发，大袖飘飘，俨然一位帅哥。再后来，我竟有缘和他到了同一单位工作，成了朋友加同事。在我的心目中，山壁是温厚的兄长，什么事都谦让着我。他心量大，能搁事，从容淡定，宠辱不惊。山壁虽性情随和，但他骨子里却很倔强坚毅，断不了也"犯上作乱"。记得

20世纪90年代，上级曾命他为一强势的省委书记写文章，他断然拒绝。后来他写了一篇随笔，追述此事，题目是"莫为腐败当保镖"。北京的老诗人邵燕祥读后来函，称其文中有骨。

山壁是真正的尧山之子，永不丢弃其草根本色。他从不追求吃喝穿戴，也不奢求什么名车豪宅，布衣粗饭，我行我素。他在日常生活中也是大大咧咧，不拘小节，上衣经常系错了纽扣，夏天在办公室午睡，就见他枕着书本，盖着报纸，打着呼噜，这已在友人中传为佳话。山壁天性聪慧，不善言辞，但喜唱京剧青衣旦角，他说自己爱唱不爱说，他的一曲《苏三起解》，能让所有的听众为之倾倒。

尧山壁，一位跋山涉水、吃苦耐劳的文学的三峰骆驼，一峰为诗歌，一峰为散文，一峰为评论。他总是永不停歇地奔波着，探寻着。头上，高悬着一轮文学的太阳，很远，就能听见他踢踢踏踏的脚步声。他的身边，闪耀着五色的尧山的彩石……

2012年9月22日于石家庄

铁扬先生

我是最先认识了作家铁凝，才结识了画家铁扬先生。

20世纪80年代，我与铁凝是同一单位里的同事，到了90年代，为谋划作家协会独立分设的一些事，经常去铁凝家，也就熟悉了铁扬先生。

那时的铁扬先生，是河北画院的专业画家，在室内画画总是戴着围裙，出门戴着鸭舌帽，脖子上常挂着长长的圈巾。在我的心目中，铁扬老师是一位老派艺术家，他十五岁就参加工作，算是新中国成立前参加工作的"老革命"了。

去铁凝家，才知道铁扬老师喜欢收藏老古董，而且与众不同。那时，他的客厅里，放着一具从深山区淘来的老饸饹床子，还立着一个镶着铁钉的老车轮，墙角里放着磁州窑的老酒缸。在阳台上，我记得还见到一具古老而考究的马鞍。当时，铁扬老师还收藏了一系列不同年代的油灯碗儿；如今，老画家竟然又有不同凡响的收藏，那是几十枚菱形的硬木，中间有穿绳的圆洞，这称为"梠子"的物件，是过去山民捆柴草时勒紧绳子的用具。我跟铁扬先生说，这每枚"梮子"里，都藏着一个鲜为人知的故事啊。

21世纪以降，我退休赋闲，经常与省内几位老画家交往"雅集"，不经意间就联系上了铁扬老师，他与另外两位画家（赵贵德、李明久）被尊称为燕赵画坛的"吉祥三宝"。铁扬老师虽然以画名世，然而在他古稀之年亮出他的又一"杀手锏"——在省内外报刊发表散文、小说数十篇，令人为之一振。2015年春，人民文学出版社出版了铁扬散文集《母亲的大碗》。这本书，装帧素朴别致，并配有作者别具风味的插图，真称得上一本可读可藏的书，令文艺界的新老朋友赞叹不已。我去北京，见到了作家高洪波，他一再提到，铁扬先生的散文老到、地道、精到，真好！

读《母亲的大碗》，首先让我感受到，那只大碗里蒸腾着一种久违的醇厚气息，那是平原热土的气息，那是一个村庄岁月深处的气息。铁扬先生所描绘的笨花村的饮食男女，那真称得上是"人物"，从《美的故事》里的美，到《团子姐》《丑婶子》《梦字兄弟》《伟人马海旗》等作品中的人，无不鲜活灵动，生生不息的乡亲演绎着人世间的悲喜剧。

读《母亲的大碗》，也令我感受到，那只大碗里鸣响着一种久远而亲近的音韵，那是真正接地气的"岁月如歌"：那是棉花地里串窝棚的糖担儿的脚步声，那是麦收时"打场上供"的鸟叫声；那是在房顶上投芝麻的"砰砰"声和换香油的铜锣声；那是大车赶进了门洞，轧过"过门石"，

"咯噔噔"一声轰响。

这过门石上发出的"咯噔"声,那是历史的回声,人们再也听不到了。

是的,《母亲的大碗》里,盛着厚重的生活,盛着岁月的音响,那是文学,是笨花村(停住头村)的心灵史。

铁扬先生优雅的独具风神的文字来自他多方面的深厚的艺术修养。这也使铁扬先生的绘画,洋溢着浓郁的文学气息。

铁扬先生生于古老的赵州停住头村,离名传天下的赵州大石桥不远。家族的兴衰丰富了他的阅历,童年的乡村生活,亦成为铁扬文学艺术"取之不尽,用之不竭"的深厚根脉。

铁扬先生饱含深情地描绘着乡土的太行山、拒马河、玉米地、赵州梨花、土炕、红柜……

铁扬先生的画,能让人一看再看,总觉得在他的画面里,隐含着一个美妙的故事,或是一段生命的秘史,或是一个遥远的寓言。这种绘画的文学叙事,鲜活而厚重,为一般人所不能为。

铁扬先生的"炕·玉米地·红柜"系列作品,来自北方的大地深处,来自生活的根柢,是一曲幽沉明丽的自然的箫声、生命的吟唱。

土炕、红柜,已经成为不太遥远的历史符号了,曾经承载过北方生民的欢天喜地,演绎过农业文明的悲怆活剧。一铺土炕,繁衍着祖祖辈辈轮回的生命;一副红柜,呈现着世世代代岁月的包浆。铁扬先生选取这一草根草民的生存"圣地",礼赞生命的本真,张扬生命的黄金。

铁扬先生走遍天下,阅历丰富,也是一位十几岁就走出家门的革命者。他总是以新的理念和视角进行艺术创作,而他的探求与创新又具有乡土性、民族性和时代性。

铁扬笔下的《赵州梨花》,是大片的云朵、棉絮,是激越的跳跃的音符,铁色的枝干、古铜的土地,构成了茁壮而厚重的生命图腾。

铁扬笔下的《太行山》,浑茫博大,五彩斑斓,是云霞、河流、村庄、山脉的意象叠加,如梦如幻,无边无沿。

铁扬笔下的《炕——铺被》,展示了一种神圣的地母的温馨和生活的鲜丽。铁扬先生敏锐地捕捉到"土炕"这一艺术的"圣殿",并施以浓墨重彩。炕上的女人靓丽而温馨,仿佛沐浴着高贵的圣光;铺开的火红的被面,仿佛是展开的一面生命的旗帜。

铁扬先生用通感的、超验的感觉,创造着属于自己的形式语言,创造着红草垛、铁匠山、秋之韵,创造着中国乡土多彩的意象神韵,这意境应该是一种大美。

我的同事铁凝

中国作家协会副主席铁凝,是蜚声海内外的知名作家,也是我所供职的河北作协主席。我与铁凝共居一城,并在同一部门工作了近二十载,用她的话说,我们是老同事了。

铁凝身材匀称、清爽干练,什么时候见她都生气勃勃、精精神神的,脸上永远洋溢着春天的明媚和晴朗,从没有沉重和忧郁。要问她怎么修炼的这股精神,她坦然一乐:干吗要阴沉着脸让别人难受,要把轻松愉快的情绪带给别人,也让自己永远健康着愉快着。她的这种"愉快精神"常感染着机关里的同事们。

铁凝天生了一双乌亮的眼睛,一双出奇精神的眼睛,闪现着她的聪慧与才智,也闪现着她心灵的深邃与美丽。有一年,作家谌容和铁凝去南方领文学奖,同住一室,她总是望着铁凝的眼睛,端详了又端详,以为她像女演员似的安装了长长的假眼睫毛。她亲自看着铁凝在盥洗室洗脸并验证一切为真时,不由赞叹不已,连连称奇。

铁凝的眼睛也确非同一般,她善于在凡俗的生活中,发现新，发现美，那是文学之新、文学之美。铁凝高中毕业后就下乡插队，华北平原朴厚的土地给了她文学的气度和情感的美质。铁凝虽然生在大城市，但她非常热爱亲近燕赵大地的土地和农民，后来她写了一系列反映平原、山区的小说、散文，也是她文学中最为苍朴醇厚的部分。

20世纪80年代初，她的短篇小说《哦，香雪》使她一举成名。这是一篇经得起时间检验、富有诗性的纯净的小说。老编辑家崔道怡在一次文学会议上真诚地说："新时期以来，我可以选出十篇我最喜欢的短篇小说，在这十篇中要让我再选出最喜欢的一篇，那我就选《哦，香雪》。"

从80年代以来，铁凝始终保持着旺盛的创作势头，几乎每年都有力作问世，曾三次获得全国短篇、中篇小说奖，连续两届获得鲁迅文学奖，作品已用十几种文字译介到国外。迄今，已出版《铁凝文集》五卷，长篇小说三部，中短篇小说及散文集二十余部。无疑，铁凝已成为中国当代最有影响、最有活力、最受广大读者喜爱的作家之一。

铁凝对文学是执着的、敬畏的。她始终不脱离生活、不脱离现实，始终脚踏着泥土。她的眼睛既关注着都市，也注视着山野。她几乎每年都去挂过职的太行深山区，看看那里的干部百姓，呼吸一下民间的气息。她的眼睛总能在时代的变迁中发现那些迷人的"秀色"。

近年来，铁凝身为作协的领导，她很难一门心思地写作了。除了开会、应酬之外，要为作协办事，而且办大事。在新中国成立五十周年前夕，庄重的河北文学馆、河北文学院落成了,那是燕赵大地上独有的一个文化亮点,也是一座文学的丰碑。为了这一文学的建筑,铁凝上下奔波,其艰辛可想而知。现在铁凝也自豪地说:"这座工程,比我的创作还要重要。"可以无愧地说,在河北的文学发展史上,铁凝作了特殊的贡献。

铁凝性情随和、心地善良,从来不摆名人架子,有乡下的文学青年来求见,她总是热情接待,有时还将签名书相赠。铁凝重情义,文友有困难,她总是千方百计给予帮助。作家贾大山英年早逝,铁凝亲自筹划,出版了《贾大山小说集》,并写了感人的序言。一位评论家的孩子患重病住院,铁凝把一笔数目不菲的稿费交给我,让我转赠给他。对老作家徐光耀,铁凝有着特殊的"师生"之谊。今年秋天,白洋淀乡亲给铁凝送来当地的活蟹,她立即又转送给老师徐光耀去品尝。

在工作、创作的余暇,铁凝也爱吃、爱玩儿,有时玩起来像一个天真的孩童。近几年,我随她南下邯郸,东去沧州,观磁窑,下矿井,尝梭鱼,吃大虾,兴味无穷。在邯郸,为观赏一位老收藏家的收藏,我们还与邯郸的官方人士捉了回"迷藏"。那一天,我们一直看到夜间十点钟。老收藏家见铁凝老盯着一件陶俑,就慷慨地拿出来赠给了她,铁凝当时惊喜地"啊"了一声,差点儿跳了起来。那是一件半裸的北朝时期的女陶俑,造型很是奇特。铁凝喜欢得不得了,回来的路上还说,要不是怕碰坏了这个物件,真想拥抱一下那位老人家。

我们作协机关有个传统，就是不论年龄大小、职务高低，都不称呼官衔，而直呼其名。过去大诗人田间、大作家梁斌时代是这样，现在还这样沿袭着。我比铁凝年长，又直接受她的领导，在工作中常犯一些低级错误，铁凝也毫不客气地批评我，有时也很严肃。但我诚恳接受批评的态度，竟令铁凝感动。她说："小放，你这性格好，可以长寿。"我说："那我就一往无前地活着。"

　　也许是到了接近退休的年龄，我无意中又喜好上了书法，常自不量力地涂抹涂鸦，并展示在机关饭厅、办公室。铁凝见了又给我打气了："小放，你一定搞一个奇石、书法展，这可是我的创意。"前些天，她去浙江参加作家节，把别人赠她的一盒"湖笔"送给了我。我想，那个"奇石、书法展"一定要干成，到时候，我还要请出铁凝来主持、剪彩，也为我的"光荣"退休画上一个有纪念意义的句号。

2003 年 12 月 6 日

大平原的诗人姚振函

辽阔的华北大平原中南部，有一新兴城市叫衡水。新时期以来衡水出了两位文化名人，一高，一矮，一巧，一拙：一是内画鼻烟壶大师王习三，一是新乡土诗人姚振函。

说起姚振函，可能不为一般人所知，而在诗歌界就不陌生了。他的诗作早在20世纪80年代就饮誉诗坛，他的自白、简约的诗体，有着开宗立派的意义，也曾一度被年轻人争相效仿。

姚振函，体不威，貌不扬，因他在儿时患过脊髓灰质炎，而使脊背隆起、扭曲。按照他家族的遗传基因，他完全会长成一条一米八〇以上的北方魁伟汉子；而疾病竟使他致残。振函在一首自况诗《畸形的诗人》中写道：

美和丑
生长在同个天空下
庞大的悲剧构架
他是树吗？

脊背优美地驼下去了
　　那枝那叶
　　忍辱反射光明

　　诗句如躯干
　　弯弯曲曲支撑着灵魂
　　仅仅想象力发育正常
　　因此他比别人痛苦三倍
　　…………

这首诗一共三十行，每一个字都很沉重。振函用一种非凡的精神力量，拥抱希望，拥抱幸福和笑。20世纪60年代初，他以优异的成绩被北京大学中文系破格录取。在北大校园，他高昂着头，与身材健美的同学们一起学习、欢唱。

20世纪70年代末80年代初，中国的文学开始复苏，姚振函也是早醒者之一，他在《诗刊》发表了《清明，献上我的祭诗》，从此步入诗坛，引起人们的关注。到了80年代中后期，振函以一组《感觉的平原》给当代中国诗坛带来一股清气，并赢得了广大读者的赞誉。老诗人牛汉说："姚振函的每首小诗都流溢出大的气息，已回归到生他养他的这片生命和诗的大平原净界。他把诗的灵性都注入了土地的肌肉、血液、梦境之中了。诗使大平原第一次动情了。"

在这一阶段，我与姚振函来往频繁，并与诗人边国政、伊蕾等结成了小有名气的"冲浪诗社"，经常在一起切磋诗艺。振函最年长，我们都戏称他为"姚爷"。那时，我正主编着一份诗歌刊物，以姚振函和我为首的河北诗人，第一次公开打出"新乡土诗"的旗号，并在衡水市召开了一次全国性的新乡土诗研讨会。那时，我们都把诗看得很神圣，也心高气傲，称燕赵大地上有两位"大乡土诗人"，一位是鄙人刘小放，一位是"姚爷"姚振函。

振函朴实而机智，和他一起交谈，轻松愉快而又受教益。他总能把复杂的问题用最平白简单的语言表达出来。开会时，大家都愿意听他发言，他的话率真、幽默、有理、有趣，他的"庄稼话""玍古话"常令大家捧腹。振函虽受身体的限制，但也喜游历山水。1987年，我们组成一个诗人访问团访问四川，从松潘草原到九寨沟，从乐山到三峡，振函都寸步不落。只是在攀登峨眉山金顶时，我们怕山里的野毛猴来骚扰他的"龙"体，就雇了个壮实脚夫背他登顶。我与刘章、边国政、张学梦、白德成几位诗友在后"护拥保驾"，他俨然如一"王"者，终于登上海拔几千米的峨眉金顶。

1991年秋天，我与振函一同到秦皇岛老岭山参加一个文学会议，振函又两次"出彩"。一次是在会议的联欢晚会上，他高唱自谱的爱情歌曲《假如爱你还是一种错误》，博得一片喝彩。另一次是游历老岭时，他亲自履行了大峡谷"三千六百跳"，检验和显示了自己生命的顽韧。

振函曾担任衡水市作家协会主席。他非常敬业，定期开展活动，没有经费，就自己去筹划，时刻不忘扶植培养青年，提携后进。有一年，他领了青年作家丁庆中到省作协拜见各刊的大主编及省里的名作家。小丁个子细高，长得像新加坡总理吴作栋，背着厚厚的长篇稿子，跟在振函后头，走了一个屋又一个屋，像小外甥跟了老舅舅去相媳妇，去拜年，那情景令人难忘。

应该说，姚振函是成功的。他作为一位诗人，已出版了五本诗集、散文集。他最后一本诗集《时间擦痕》，虽然遗憾地未获全国新诗奖，但那绝对是一本不可多得的优秀诗集。作为儿子，他始终侍奉老母，使老母高寿而终；作为丈夫，他与发妻同甘共苦、相敬如宾；作为父亲，他的两个女儿都读了大学，而且学业有成。所以说姚振函是成功的，那是意志的力量、文学的力量、诗的力量。

2003年12月13日于石家庄
（刊于2003年12月20日《深圳法制报·笔架山》）

"嘎子哥"徐光耀

徐光耀，一位从烽火硝烟里走出来的作家。他在20世纪50年代末创作的一部《小兵张嘎》，书一版再版，国内外发行几百万册，电影更是几十年常映不衰。可能说徐光耀的名字一般人不知，但要说电影里的"嘎子哥"，就无人不晓了。

徐光耀算是我的前辈、师长，早在1955年我刚读高小时，就拜读了他的长篇小说《平原烈火》，当时，我对这位从战火里成长起来的青年作家就崇敬有加。到了20世纪80年代初，我有幸与他在同一部门工作，再到了90年代，我们又有缘结了儿女亲家。这样，我与这位经历坎坷的兄长接触就更多了。

徐光耀只读过几年私塾，1938年他十三岁，就当了小八路。记得前几年我陪中国作协书记处书记高洪波去看望他，洪波问他一生打了多少次仗，光耀毫不含糊地说，截至1944年，他在日记上就记下了大小战役七十余次。1945年战争更残酷激烈，那一年就打了二三十场仗，后来他又参加了解放战争、抗美援朝，更有无数次血雨腥风的战役。高洪波听罢感叹不已，说徐光耀是真正的身经百战的作家，在中国当代作家中，再也找不到第二人。

惨烈的战争岁月的洗礼和无数次出生入死的淬炼，锻造了徐光耀凛然挺拔的身躯和坚毅顽韧的气度。谁也想不到，这位清正的"革命的儿子"，竟在1957年被打成右派。其罪名是在中央"文讲所"学习时，为大作家丁玲得意弟子，并曾用自己七百元稿费资助过老师陈企霞。这顶右派帽子，足以让徐光耀二十余年身心俱焚，其苦痛难以名状。光耀后来说，他的创作生涯中有写不透的两大情结：一曰"抗日"，二曰"右派"。

经过长时间的思虑，老徐似乎悟到了一种感觉，他以心平气和的讲故事的方式，阐释那段"头朝下脚朝上"的"右派情结"。1999年，他终于拿出了长文《昨夜西风凋碧树》。文章发表后，真如石破天惊，轰动京华文坛。这是徐光耀七十岁后一部闪耀历史正义光芒的厚重之作，其价值和意义将随时光推移而闪其光华。第二年，这部大作不负众望地荣获全国第二届鲁迅文学奖。

光耀性情刚直清正，新时期落实政策后，曾任河北省文联党组书记、主席，他为人处世坦白磊落，人称"真八路"。在我与光耀的接触中，发觉他还有两点非凡之处，看似平常而又为一般人所不及：一是他的严密，二是他的毅力。

说他严密，是他为文的严谨缜密，自他参加革命以来，凡是他认为有用之文牍信函等，他均分门别类地保存着，历经风雨动乱，没有散失。不久前，他赠给河北文学馆六件物品，每一件都有一个传奇的故事，很是奇贵。

说他的毅力，那更是令人叹服。就说他写日记，他参加抗日战争以来，几乎一天未中断过，迄今已悠悠六十余载，记下了浩浩千万言。持之以恒，锲而不舍，那是怎样的毅力和意志？我想，他的日记肯定是一笔难得的精神财富，六十余载的风雨沧桑尽囊括其中。因老徐的日记不同他人，不是日常生活的流水账，而是每天非常认真地用心记录下的所感所悟。

光耀也是一个非常有情趣的人，喜收藏，爱书法，热爱大自然，热爱山山水水，交朋友也不计贫富贵贱。早年，同乡战友黄胄曾经常带他去逛琉璃厂、荣宝斋。离休后，他亦常独自骑车去古玩市场，常购回一些真真假假的瓶瓶罐罐。1996年，我的女儿与他的小儿子交上了朋友，光耀兴冲冲爬到我住的六楼，并带来一大包定亲礼物。那礼物不是酒肉点心，而是一只高三十厘米的秦代陶罐，还有一只隋唐时期的挂釉罐。老徐说，琢磨了半天，没有别的，就带来这两件小礼品。我说，太好了，我就稀罕这玩意儿。几天后，老徐又赠我一幅他的书法作品，那是他用隶书写的一首题为《白洋淀》的诗，诗曰：

　　古来白洋淀，孕育英雄多。
　　清波映紫苇，烽火嘎子哥。
　　敌顽警落胆，大众念弥陀。

物华由灵地，不枉美名播。

光耀的书法苍劲老辣、古朴高峻，其间蕴含着特有的文化韵致和风骨，那亦是老徐人品与文品的体现。

乐天者何申

何申宽厚、随和，什么时候都是乐呵呵的。古人云：仁者乐山，智者乐水。我再加一条，仁智者乐天，何申乃仁智者也。

我跟何申打了多年交道，这和我干的工作有关。从20世纪80年代开始，我一直在河北省作协做具体工作，经常与各地作家联系，说起河北各地的作家，就如数家珍，何申当然是省作协"家珍"之一了。

第一次见何申，好像是在《长城》编辑部。那时，我与《长城》小说编辑赵英大姐一个办公室。她不断跟我念叨，说承德出了个何申，小说写得咋的咋的，欣喜之情溢于言表，因她也是从承德来的。那时的何申，宽肩厚背，体态壮硕，初端详有点儿拙讷，但两只眼睛却闪烁着一抹野气，谈吐也不同于一般的业余作者，总带有天津"卫嘴子"遗风。不久，《长城》发表了他的中篇小说《孔家巷闲话》，并引起人们的关注。此后，何申相继在京、津、冀几家主要文学期刊发表了反映燕山乡村生活的系列中、短篇小说。

当时，中国文坛热闹得很，各种流派争相登场，而俯下身子一心写贫苦乡村的作家却不多，像何申这样不拿架势、不故弄玄虚，以平民百姓的视角反映底层芸芸众生生存状态的作家，更是为数不多。何申的出现，是当时河北文学界一个亮点。省作家协会及时报请省委宣传部，并于1992年秋在固安县召开了河北"二何"作品研讨会（另一"何"为女作家何玉茹），邀请了京、津、冀一批知名人士到会。会上还特意放映了根据何申小说改编的、由赵本山主演的电视剧《一村之长》。这次研讨会，无异给何申的创作加了油，鼓了劲儿。不久，何申创作的高峰期就到来了，并在《人民文学》发表了《年前年后》等力作，何申的创作在省内外引起广泛影响。在同一时期，我省青年作家谈歌、关仁山等也异军突起，分别推出《大厂》《大雪无乡》等直面现实、振聋发聩之作，给全国文坛带来一股鲜活的清风，并组成河北文学创作的一道亮丽风景。

1995年，中国作协在京召开工作会议，分组讨论中，我代表河北作协汇报发言。说到河北的小说创作，我颇有点儿兴奋和头脑发热。从前我们老认为河北创作是"洼地"，这一回却觉得有说头了，尤其是几位青年作家的现实主义创作。谈到何申、谈歌、关仁山时，总觉意犹未尽，就即兴打了个比喻，说他们是燕赵大地的三驾马车，在宽阔的现实主义大道上驰骋。在座的听了都很感兴趣，尤其是《小说选刊》老社长柳萌，他当机立断，要与河北联合召开他们三人的作品研讨会，安排《小说选刊》推出何申、谈歌、关仁山的作品专辑,并在编者按语中,公开称他们为"河北的三驾马车"。

1996年金秋,《小说选刊》、河北省委宣传部、河北省作协联合在京召开"三驾马车"作品研讨会,"三驾马车"四个大字就赫然高悬在会标上,京、冀两地几十位著名作家、评论家到会。中宣部原副部长、中国作协党组书记翟泰丰莅会发言。何申作为排头老大代表谈歌、小关发了言。从此,"三驾马车"车轮飞动,声名远播。

说起来,何申算是一员"福"将。他在20世纪70年代初从天津来塞外青龙县插队,后赶上了读大学,三十岁出头当上承德市文化局局长、市委宣传部常务副部长,在那拨知青中,算是出类拔萃者了。但也有遗憾,几次眼看就成的升迁提拔机缘,他都莫名其妙地错过了,提起这事,何申只是嘿嘿一乐,天意呀!这倒成全了一个作家。

1996年冬,河北作协与文联机构分设,何申当选为新一届作协副主席,我们开会、见面的机会就更多了。何申性格沉着、冷静,也善言辞,好多场合都推他发言,他从不推托,都是乐呵呵地答应。去年,我与何申同时在外地参加了几次活动,更领略了他的诙谐与机智,各地的作家坐在车上,没有何申不行。何申肚子里有掏不完的荤素笑话,常令人乐得捧腹。同时,何申的厚诚也颇受人依赖。没有领导,就公推他为"团长",何申欣然应命,讲话应酬从不漏场。去年10月,何申与我同时被安排到中国作协杭州创作之家休假,他是第一次偕夫人远游。创作之家安排一家一个饭桌，因我未带老伴，就被安排与何申夫妇一桌，度过了十天令人难忘的生活。何申夫人胡秀兰是承德人，满族，文雅端庄，跟何申形影相随，游遍了杭州附近名胜。她说，这是头一回跟何申出门放松一下，何申嘿嘿笑着，说往后得一块儿多出来走走了。言谈中，何申两口子经常提叨他们的小外孙儿如何调皮，如何好玩儿。他们盼着我也得个小外孙儿。这次我未带老伴出来，是因为她在家要侍候女儿坐月子，于是来杭州休假的几位作家天天向我询问，生了没？何申更是急切地盼望我得个外孙儿。我说，男女不一样吗？他说，可不一样哎，小子有乐子，哎！此时的何申，一脸稚气。

"庄友"陈超

著名教授、评论家、诗人。

三足鼎立,托起书生意气、卓尔不群的陈超。

陈超出身平民家庭,生于20世纪"大跃进"之年,长于"文化大革命"的"硝烟"之中,中学毕业后当过车工,拆过拖拉机齿轮、滚轴;在工厂文艺宣传队里拉过低胡、说过群口词,上下班骑着没有铃铛的自行车大撒把。1977年恢复高考,十九岁的陈超顺利考入河北师大中文系,算是归了正果。毕业后,又去山东大学进修古文论与现代诗学,其根底更加坚实。

我结识陈超是在1985年春,于姚振函的诗歌研讨会上,那时,他已在师大任教,并在诗歌界崭露锋芒。他在研讨会上的发言亦是新颖敏捷,语惊四座。陈超的出现,给当时比较沉闷的河北文论界带来一抹生气和活力,在新诗理论的足球场上,陈超绝对是一位神勇的国脚前锋。

我和陈超一见如故。虽然我比他大十几岁,但无话不谈、口无遮拦,绝无什么代沟。我们两家相距不远,晚饭后一溜达就能串个门。那一时期，中国新诗潮头正涌，流派纷呈，陈超兴致勃勃，是个不安分的弄潮儿。我也正主持诗歌月刊《诗神》的编务，这样，我们几乎每个星期都见几面，纵论天下事、天下诗。陈超读书多，视野阔，观念新，每次和他交谈都给我深深的冲击和感染，使我受益匪浅。当时，《诗神》正处在从出版社到文联主办的过渡期，没有正式编辑人员，陈超自然就成为我的帮手高参。我俩曾在假日审看一麻袋、一麻袋诗稿，曾在灯下观赏安徽诗人钱叶用连接在一起的几米长的诗稿。那个时期，我们相继编发了姚振函的名作《感觉的平原》、伊蕾的长诗《被围困者》、西川的处女作《麦地之瓮》、大解的处女作《烟霞》等。《诗神》的发行量也上升到三万份。同时，在一位朋友企业家的资助下，我们还编印过四期《太阳诗报》。陈超不但是编者、策划，还是主要撰稿人。《太阳诗报》由杨松霖精心设计版式，并用七十克双胶纸印刷，在当时，算是国内最早、最豪华精美的一张民间诗报，并在海内外诗坛产生了影响。著名女诗人梅绍静唯一的"另类"诗《红舞鞋》《受孕日》，就由这张诗报发出。陈超每期都有一篇重头的视角独特的诗论，为当时的新诗潮助阵。著名美籍华裔诗人秦松曾专程来石家庄，访问这张《太阳诗报》。

不久，陈超在河北人民出版社出版了第一部专著《中国探索诗鉴赏词典》，首次印了一万五千册，在不长的时间内售罄。书中陈超的点评文字，新锐精辟，流光溢彩，读来沁人心脾。为此，各地诗坛才俊都慕名来石家庄拜访陈超。唐晓渡、王家新、林莽、一平成了他的座上客。欧阳江河、周伦佑、叶舟、钱叶用、杨黎、石光华等诗林各路好手也先后造访他。一时，陈超的家成了诗的驿站。

陈超是一位头脑清醒者，他的潜质素养也决定了他应有的文化品位。他勤奋耕耘，绝对是一位侍弄"庄稼"的好手。几年内，他相继出版了《生命诗学论稿》《打开诗的漂流瓶》《当代外国诗佳作导读》（上下卷），补充再版了一千三百多页的《中国探索诗鉴赏》，累计洋洋二百五十万言。每一部沉甸甸的著述，都是陈超生命诗学的结晶。这一切，也使陈超的分量上升到一个新的量级。他三十多岁就破格被聘为中文系教授、研究生导师，并于20世纪90年代初荣获中国作家协会庄重文文学奖。

不要以为陈超只是一位出类拔萃的诗论家；同样，他也是一位优秀的诗人。他的诗既有教授学人的精良雅致，也有男子汉的爽豪悍野，这是陈超的性情使然。也不要以为陈超的诗先锋前卫，深奥难懂；恰恰相反，他的诗没有一点儿阅读障碍。他在诗中大量地运用生活细节，并用口语幽默地叙述，才使他的诗格外生动、鲜活起来，绝无时下某些流行诗风的空泛、故弄玄虚和忸怩作态。请读一读他的诗集《热爱，是的》，你会被陈超的闳达和真挚所打动。

陈超的文、诗，均给人阅读的快感，还有一股强烈的"气"感。无论是他的文章或言论，都贯之以"气"，一股气势，一股气脉，一股气韵，也使他的文字虎虎生风、气象万千起来。陈超的为人和为文一样，也有一种独有的气质：文气、智气、汉子气，倒是没有丝毫的儒酸学究气。听说陈超在师大讲课备受欢迎，无论是他的中文课，还是西方现代哲学课，都座无虚席。这里还要附带一句，陈超很早就熟读了海德格尔、萨特等人的著述，对西方现代哲学有着独到的探究。这也使陈超所写的文字，获得了丰厚的思想土壤。

　　生活中的陈超并不轻松。在我看来，他是坚毅的、乐观的、诗性的。他遭遇过不幸，但都挺起腰板扛过了；面对年迈的老母和患病的孩子，他的鬓边也生出几丝白发，但他的嗓音中没有颤音。我见过他穿着大裤衩子在菜市场买菜，洗衣做饭也当仁不让。有一阵，陈超爱人小杜患了腰疾，陈超更是倍加呵护。即使与朋友一起在宾馆吃饭，陈超也要亲自给小杜夹菜添肴，还不停地附在耳边窃窃私语，如同大公鸡给小母鸡叼了食儿，还不停地点头咯咯地叫。这一幕让在座的朋友们看了都传为佳话。陈超孝敬老人，疼爱妻儿，近些年每逢假期，陈超都要挤出几天时间，携带家人自费外出旅游一趟，让全家人的身心在大自然的山水间放松欢乐一把。

　　陈超是不折不扣的学者，自然爱书成癖。据我所知，陈超家中最高档的家具，是那套光明牌书架。那是十年前陈超咬着牙购置的，构筑成一座可观的"书城"，也是陈超灵魂的家园。陈超博览群书，且有着非凡的记忆力。就说他读过的诗集，几乎都能背诵出其中的章节，令人叹服。

　　陈超不是人们想象的白面书生，而是一位豹头虎背的壮汉，喜留长发，厚边眼镜，宽衣大袖，走路生风。有女士吸烟他才吸烟，有朋友喝酒他才喝酒。烟瘾不大，酒量不小，爱讲笑话，爱听荤话，通俗歌曲唱得也不赖。陈超也爱玩儿，但舍不得时间。近些年我玩儿石头上劲儿，喜藏各地奇石雅石，陈超就捡我的"等外品"，而且喜形于色。最近，陈超说要乔迁一百七十平方米的新居了，我答应送他一方好石祝贺，他立马笑逐颜开。

我与陈超相交近二十个年头了，真是一眨眼的工夫。我们共居天下第一庄——石家庄，是真正的"庄友"。有几个这样的庄友真好，什么时候都能交谈，痛快。

2004 年 8 月 24 日于石家庄

祝福刘章

正值鲜花盛开的五月,大平原的小麦正扬花灌浆,太行山的石榴花也开得一片火红,在这田野和山野蕴芳吐艳的美好时节,在这里召开诗人刘章的研讨会,使刘章鲜花和诗意的人生,又绽放出独异的光彩。在此,我代表河北省作家协会,并以个人的名义,向刘章兄表示热烈的祝贺和诚挚的敬意。

刘章是燕山之子,是土地的歌者。他十五岁就开始发表诗作,迄今已有半个世纪的创作历程,计已出版诗、文集近三十部,成为新中国成立以来,河北省最活跃、最有成就的诗人之一。他几十年如一日,不追风,不媚俗,立足现实,立足生活,"不丢泥土味,不丢山石音",风雨兼程,勤奋笔耕,以自己独特的创作风格,赢得了广大读者的喜爱和赞誉。他的诗风,在诗坛独树一帜,并声播四方。

刘章是属于大地的诗人。他的诗有根有脉,并深深地扎在燕山深处。故乡热土,是他文学生涯中化不开的情结,也是刘章诗文中,情感最浓烈、最感人的部分。读一读他的《牧羊曲》《北山恋》，读一读他的《田园牧歌》《古句新题》，如陈年佳酿，时间越久，越散发出泥土的芳醇。

刘章是属于春天的诗人。他热爱生活，热爱生命，他的诗充满春天的明媚和敞亮。他礼赞春天的山、春天的花、春天的草、春天的泉和一切春天的事物。他的《山花赋》《山泉歌》《春光辞》《山桃花辞》《家山辞》，琳琳琅琅，流光溢彩，组成燕山春天奏鸣曲的和弦。

刘章是属于大众的诗人。他的诗素朴简洁，亲切晓畅。他的诗读者都能看得懂，几乎每首诗都能读、能诵、能吟、能唱，展示了一位当代诗人最为可贵的品格。打开中国的诗歌史，从《诗经》、《楚辞》、汉魏乐府到唐诗、宋词、元曲，都能吟、能诵，谓之为歌诗。刘章坚定地继承了这一传统，为中国新诗如何贴近实际、贴近生活、贴近群众做出了可贵的探索和贡献。

　　来自燕山深处的上庄
　　黝黑的皮肤
　　微微弓起的脊梁
　　故乡的风水雕琢了他
　　深沉的眼窝
　　高高的鼻梁

这是刘章，他是大山的儿子，也是巍峨的燕山群峰中，挺起的一座诗的山峰。在此，我衷心地祝福你——刘章兄：

诗魂永健!

诗花常开!

诗心长青!

2004年5月26日

诗人曲有源

寒冬腊月里,我去了东北长春,正赶上寒流到来,气温降到零下二十八摄氏度。我只好老实待在招待所里拨电话。从作家乔迈那里得到一些朋友的电话号码,头一个就拨通了曲有源,话筒里传来一腔热乎乎的东北话:"等着,我这就去看你。"

我与曲有源只见过一面,那是七八年前,他刚从困境中解脱出来,住在北京人民文学出版社地下室招待所里。他的脸色有些憔悴,木讷少语。我那时正编《诗神》,就跟他约稿,他拿出了几首旧作,我很快就编发了。

在我的同代诗人中,曲有源是早醒者,是勇敢的现实主义诗人。他在20世纪70年代末80年代初,曾怀着激昂的政治热情,发出抨击官僚主义、封建特权的无畏歌唱,并赢得广大读者的共鸣。曲有源是农民的儿子,在基层干过兽医。我非常佩服这位东北汉子的率直和坦荡。后来他因诗而遭难,令关里关外的诗人作家们感念不已。我深信,历史不会低估曲有源在那个时期的价值。

我正在遐思中，室内闪进一个人来，身着猎装大背心、牛仔裤，长发拂肩，满面红光，俨然一现代东北大"响马"。细一辨认，乃诗人曲有源也！

他好像又变了个人，比七八年前还显得年轻、富有活力，让人依然能从他身上嗅到诗的钙质和盐分。

话不过三，他硬是拉我出来，进了一家雅静的酒馆，要了鲜虾活鱼老酒，我们的话题也一下子活跃起来，纵论天下事、天下诗，无遮无拦，酣畅淋漓，好像我们都还很年轻，一根火柴就点燃一片诗情。我以为近些年曲有源已经沉默了，然而相反，他几乎每天都写，从不誊抄，也不投稿，全写在他一册册厚厚的日记本里，好像他受过一次磨难和洗礼后，生命又达到了另一境界。

饭后，曲有源乘兴要我陪他去冬泳。他说每天都游，风雪无阻，已坚持了三四年。我敢说，在中国偌大的作家圈儿里，除了曲有源能跳进冰窟窿里洗澡，还有谁人呢？

那是长春辽阔的南湖，在零下二三十摄氏度的严寒里早已冰封三尺。南源的一端辟有一块冬泳场地，冬泳池里宁幽的碧波，已令我不寒而栗。此刻，曲有源脱掉棉衣，身着泳装，大摇大摆进了冬泳池。他游得非常自在，非常美，在我面前，他有意比其他人多游了一圈儿。上岸后，在刺骨的风中，他全身呈紫红色，胸肌隆起，两腿肌腱发达有力，谁能相信他已年过半百呢？我不由得上前擂了他一拳，从心里迸出一句："曲有源，你是真正的诗人。"他嘿嘿笑着说："冬泳确实是一种诗的运动，可以把全身的血液都调动起来。"

每次冬泳后,曲有源就赶到他办公的科学会堂爬楼梯,从一层到十八层,连续爬四个来回,方才彻底舒服。

曲有源顽韧的生命状态,给了我强烈的震撼与深深的启迪。总感到他的心灵深处有一团炙热的内核。如果说,过去的曲有源是一棵仰着头迎风歌唱的东北红高粱,那么现在的曲有源就是一株埋在生活深处的长白山人参。

在那个落小雪的夜晚
当继续深入
就会发现
在这个世界上自己最脏

这是我从曲有源日记本上读到的诗句,读了就再也没有忘掉。

雅石夫妻乐陶然

去年，我有幸结识了一对热爱奇石收藏奇石的小夫妻，深深被他们的生活情趣和境界所感染，也无形中陶冶了我热爱奇石采集奇石的心性，真乃幸甚乐哉。

那是一个明丽的星期天，我去石家庄棉一对过古玩市场浏览，在新开设的一间"雅石斋"内，认识了斋主邵凡平、胡美风夫妇。这是一对出生于20世纪60年代的年轻人，一个在省直干休所工作，一个是中学教师。他们共同的业余爱好是采石、赏石、藏石，真可谓一对雅石夫妻。小邵朴实诚厚，笑容可掬，说话声音甜润，透着一种山石之音。小胡利索精神，眉宇间清明亮洁，蕴着一脉水石的韵致。这对小夫妻不知受了什么启迪，从1992年就迷上了石头，每逢节假日，必双双外出采石访石，为之乐此不疲，并从中体味到一种奇妙的人生乐趣。

石，最古老的文化，最天成的雕塑。几年来，小邵小胡寄情于山石之间，陶冶了性情，升华了爱情。迄今，他俩已采集了十几吨重的奇石。这十几吨奇石千姿百态已被赋予了灵性，大大小小的灵石上都沐浴着他俩辛劳的汗水和温馨的恋情。可以说，这也是世间最有分量最珍奇的爱的结晶。

我曾欣赏拜读过邵凡平夫妻的藏石，给了我意想不到的美的享受和灵魂的震撼。那造化无意、块然独生的奇石，是一本本常读常新永远读不完品不透的无字天书。

小邵拥有两壁奇石精品，可以说那是大自然的瑰宝。我觉得其中最佳的还是他集藏的燕赵奇石。如他的雪浪石《伏流飞雪》，太行石《五峰竞秀》《女娲伏羲图》《大海日出》等，这些奇石带有鲜明的河北地域特色，有着北方燕赵山野的拙朴与浑茫。

跋涉多年，探山川奥妙；卧游一室，观天地精华。小邵小胡夫妻生活得紧张而充实，他们爱石采石，融合自然，也净化了自己的心灵与人格。小邵说："我是普通的百姓，安顿石头就是安顿自己。"他在单位工作兢兢业业心地坦荡，从不为琐事而烦恼。小胡也朝气勃勃，奇石改变了她的气质，也让她更加年轻漂亮。

爱石求真，做人求实。这也是小邵集石的格言。他以石会友，热心弘扬河北的石文化。1995年他自筹资金，代表河北雅石爱好者，出席了桂林第三届中国名人藏石精品展，不仅开阔了眼界，也结交了一大批海内外藏石家，从而使他的意识和观念又上升到一个新的境界。

爱石、藏石、赏石、学石。邵凡平、胡美凤这对雅石夫妻的爱心和意趣，实在是难能可贵。

1998年1月31日于石家庄

灵魂的曼舞

我退休后闲在了，断不了回老家黄骅看看，除了探望老亲故旧，又新结识了不少新一代的文化才俊。市委宣传部张建华部长热衷于乡土文化建设，对家乡文化人才推崇备至，在他的引介下，我认识了身为市委党校副校长的刘书琴。书琴见了我毫不客气，请求我为她即将出版的诗文集作序，她的不客气也是黄骅人特有的实在性格使然。我一向不愿给人家书前说三道四，再加近来患眼疾，这一类活儿就更不想接了。前几日就婉拒了故乡老友王新华兄为其回忆录写序的要求。但书琴毅然将书稿交给我说："您老看看，说几句话就行。"我不能再推托了，说起来我与她的父辈都是黄骅中学校友，她的婆家与我老伴的娘家都是黄骅城北扣村的，是真正的乡亲。

书琴于20世纪80年代毕业于河北师范大学，她的学养使她的文字多彩而生动，也是诱发她思想的花朵和感觉之枝叶的根基。书琴的写作是自觉的写作，由着心性的写作，没有什么功利目的，从她的诗、文中可以读出随心所欲、信马由缰,她用自己的方式去抒发,去歌吟。

书琴的文字斑斓而酷烈,艳丽中带有凄美,强悍中带有顽韧,犹如渤海滩的火烧云、大洼的东北风,她用诗礼赞"苍鹰":

在那高拥的岗云之上
炯炯的双目闪射着忧伤
在每个如晦的天空
都有寂寞油然滋长
偶尔的吟啸　撕碎
一地阳光的斑驳
那孤独傲慢的心灵
谁能谛听

书琴用忧郁哀伤的韵律赞美孤傲与尊严,任"狂风带起自由之风",让"一曲神秘的雅歌,划破内心的荒芜"。在一位女性的笔下,出现这些苍浑的意象,实是难得。书琴在她的散文中,又言犹未尽地礼赞"苍鹰",礼赞那"桀骜不驯的鹰眼,那无拘无束闪旋升腾的姿势,那在浩瀚和沉寂中探寻生命所在的不羁的生灵"。书琴借助"鹰"的象征,一次次发出生命的追寻与灵魂的拷问。

同样,书琴笔下的"枣红马",也是她用心捕捉到的一个生命的象征。"凝思着远方的草原,自弯曲的地平线,仿佛一团游动的灼热火焰,一片红艳的风中花朵,一种纵意驰骋的痛,哦,这草原真正的精魂!"萧瑟秋风,羽声慷慨,真乃"念天地之悠悠,独怆然而涕下"。这些句子,会点染你的思绪,让你眼前为之一亮。随之,诗人又发出了惊天一问:"谁激昂潇洒的力量最振奋草原?谁深刻辽远的心灵最贴近人类?"

书琴同样用女性绚丽温馨的语言,礼赞大自然中的花草树木,礼赞母爱,礼赞故乡的港口、大洼、贝壳堤、冬枣林,她的文章富有真切的现实感,她的语言富有生活的激情,每一篇文字都闪射着她心灵的慧光,辉耀着温暖与真诚。同时,书琴也写了很多富有哲学意蕴的散文、随笔。在这些作品中,富有哲理的箴言式的句子俯首即拾,闪耀着光彩,读来沁人心脾。书琴笔下的哲思,使她的文字弥漫着一种特有气质,也使她的文章灵动起来。

书琴是一位勤奋的富有激情的写作者,她在繁忙的工作之余,义无反顾地亲近文字、亲近文学,真是难能可贵。她的诗文,不但给熟悉她的读者带来快慰,也营养着她自己的心灵,在这里,我们也真诚地祝愿,书琴的心灵花园里,四季常青,不断绽放出五彩的花朵。

渤海滩上的荆条树

我的老家渤海滩上，生长坚韧的荆条，一墩一丛，蓬蓬勃勃，一年砍一茬，生生不息。如果把它的主干留下来，几年就长成一棵荆条树。这是一种倔强的树，铜枝铁干，常有老鹰在上面落脚，野蜂在其间做窝。我小时候，故乡的田野里到处都有这样的树，成了我记忆中的奇景，可是现在很难见到了。

近来，翻阅祁胜勇的诗作，油然唤起我记忆中那可亲的气象。他的某些诗作散发着渤海滩野土的气息，那种苦汁的盐碱气息，使我一下子想到了荆条树，这是只有那方水土才能孕育的诗歌的荆条树：根扎乡土，桀骜不驯，不媚不卑，伫立在旷野，如大地的守望者，渤海滩上的独行侠。

我与祁胜勇是真正的乡亲，他们村与俺们村相距二十多里，说起来都沾亲带故。也许是他从小吃虾酱咸菜疙瘩长起来的，身量算不上雄壮孔武，但也面黑骨奇，硬邦轴实，算得上当地爷们儿中的"洒利杆子"。他生性不安分，由于口吃，有话说不出，就爱动手动脚。敢于和武术拳师挑战,在农家场院里比试拳脚。这小子虽生古,但也异常聪颖,上学读书绝不含糊,曾以全区第一名的成绩考取了气象学校。参加工作后,还带有调皮捣蛋的"匪气"。喜结交,爱抱不平,时不时"犯上作乱"。最终,他还是与书结缘,与诗结缘了。也只有"诗",彻底拢住了他的野性情,也使他归了"正果",张扬起生命中一面风帆。

小祁崇尚诗,崇尚诗的素质。在他的哥们儿中,有从商成为大款者,有从政成为官员者,只有他顽韧、孤独地坚守着自己的追求。这使他不断锤炼自己的诗品、人品,创作发表了不少令人称道的诗作。

小祁为人率直,又不善表达,在创作上也不赶时髦,而是立足乡土,根在泥土,又注意汲取几位黄骅籍诗人前辈的气脉,潜移默化铸造自己的风格。他的诗质朴、硬朗、简约、开阔,如渤海滩上的荆条树、渤海浪雕琢出的礁石。

胜勇要将他的近作结集出版,要我写几句话放在前面,作为引荐。愿有文化的乡亲们,读一读祁胜勇,可以领略这位气象工作者所营造出的另一番天地的气象。

2000 年 6 月 25 日于石家庄

崇高的跋涉

一

在与我同代的文朋诗友中，不乏时有佳作、在文坛出几日风头的才俊，但称得上博学精进、著作等身者，屈指算来也只有一人当配，那就是"楚人"——蔡子谔也。

蔡子谔，一位只有高中学历的社科院研究员，多所大学的兼职教授；一位背对命运锲而不舍的崇高跋涉者；在他古稀初度之年，出版发行皇皇三十卷文集，涉猎哲学、文学、美学、摄影、戏剧、美术、书法、考古等多种学科，计一千余万言。这些著述，无疑是重建个体生命活力的过程，是文学与美学激发灵魂活力的交响。

在我的心目中，蔡子谔是一位纯粹的、心无旁骛的文化苦行僧，也是一尊心游万仞同时向着几个目标冲击的艺术"巨无霸"。

面对蔡子谔在不同学术领域取得的丰硕成果，我视之为崇高的跋涉,即信念的崇高、灵魂的跋涉。

二

蔡子谔,原籍湖北武汉,抗日战争时期生于四川。博文学院毕业的父亲,做过英文翻译,系当时政府的邮政职员,因在老家置买了二十亩水田出租,竟阴差阳错地在土地改革时期被错划为地主成分,使后来的蔡子谔屡遭厄运。四位年长的姐姐因早于他几年高中毕业,还未受到成分的影响,先后升入各地名牌大学。到了1962年,蔡子谔高中毕业,尽管成绩优秀,但连续三年冲击高考无果;尽管他三年备考期间,熟读《古文观止》,背熟了韩愈、苏轼的经典名篇,也背熟了《唐诗三百首》,并读熟了王力等教授的大部头理论著作及西方美学史,尽管他远远超越了一个普通高中毕业生的学养,但命运没给他叩开大学大门的机会。

忆及当年的大学梦,蔡子谔依然感叹不已。那时他是那样痴迷于艺术与音乐,因为他的嗓音浑厚,一心想报考音乐学院。毕业前夕,中央民族歌舞团的歌唱家张树楠听了他的歌唱,激动地夸奖他:"天赋极好,嗓音很美,将来会成为抒情的男高音歌唱家。"这更燃起蔡子谔的理想之梦。后来他参加音乐学院的考试,尽管各科成绩突出,他的歌声也征服了所有听众,但还是名落孙山。音乐学院教授郑宝衡不无惋惜地悄悄安慰他:"你不是因为专业条件不够,只要自己不懈努力,会成功的。"

高考梦断，给年轻的蔡子谔留下了隐隐的伤痛。

接着，他不得不面对生存，面对生活，到一所工读学校去任教。没过多久，"文化大革命"开始了。这位初出茅庐的青年教师也受到影响。但是，蔡子谔并未趴下，仿佛他拥有非凡的抗击打的能力，原因是那些古今中外的书籍支撑了他，使他永远昂首挺立，凝思着未来。

三

从 20 世纪 80 年代末，我开始与蔡子谔结识交往。他的一篇写画家韩羽的文章，使我过目不忘。当时给我的感觉是文字老到，且弥漫着独异的艺术气息。

1990 年早春，省委宣传部责成省作协，找一位有一定水准的作家为省委表彰的先进集体——唐山刘庄煤矿写一篇报告文学，任务紧急，要求尽早完成。当时，我负责作协日常工作，就联系了两位知名的报告文学作家，当时他们正在写历史重大题材的宏大叙事作品，时间难以保证。正在我为难之时，脑子里马上跳出了一个名字——蔡子谔，直觉告诉我他是最佳人选。于是我拨通了他的电话，说明缘由后他欣然地答应了。于是，我马上动身去唐山打前站联系，他随后坐火车赶到。

老成持重的蔡子谔，从省城的社科院研究机关，来到了最底层的煤矿掌子面，与煤矿工人促膝交谈，与基层干部倾心诉说，常在耳受手追地记录时潸然泪下。后来才知道，蔡子谔当时患有冠心病、颈椎病，每天都要服救心丸、安眠药,他的厚道和真诚也感动着刘庄煤矿的干部、职工,离开时他荣幸地被聘为刘庄煤矿名誉矿工。

一个月后,蔡子谔顺利完成十余万字的报告文学《原动力的潜层开掘》,先在《长城》杂志头条发表,后由北京师范大学出版社出版。当时的河北省委书记邢崇智同志欣然向读者推荐这篇报告文学,并写了一篇振聋发聩的序言,题目是"尊重工人的主人翁地位"。这个题目,至今还警示着我们的耳目。

是的,厚道真诚的蔡子谔,不经意间,在一个小矿的凡人小事上,完成了一种精神的"宏大叙事"。不负众望,不久,这篇作品荣获"1990-1991年度全国优秀报告文学奖"。

蔡子谔并没有出席这个大奖的颁奖大会,好像他只是"客串"了一把,就转身扭头又干别的去了。

四

新时期以降,蔡子谔终于走出命运的阴影,先是被调到教师进修学院讲授文学概论,接着又调入省人大教科文卫委,不久就调入专业的学术研究部门——河北省社会科学院文学研究所。

社科院汇集了方方面面的学术精英,几乎都是毕业于名牌大学或是拥有学术成果的专家教授。好像只有蔡子谔出自无门无流的"社会大学",这也招来个别人傲慢的冷嘲热讽。面对无形的压力,蔡子谔只有自强奋斗,挑战自我,变压力为动力。他将以沉默、顽韧的拼搏,去实现自己的人生价值和人生梦想。

接着,是蔡子谔自身的"原动力的潜层开掘"。

从20世纪末至21世纪初的二十年间,可以说是蔡子谔的学术成果喷发期,他相继完成出版了《崇高美的历史再现》《视觉思维的主体空间》《毛泽东与美学》《磁州窑审美文化研究》《书法美学詹言》《大化无垠》等鸿篇佳构,可谓精彩纷呈,高潮迭起。

值得一提的是,蔡子谔于本世纪初,出版了一百八十万言的《中国服饰美学史》。从准备到写作,蔡子谔用去六年时间,其中三年闭门谢客、足不出户,日进三千字。真正是殚精竭虑,筚路蓝缕,字字句句都蕴含他生命的温度。

这是闪耀着中华民族从古至今生生不息的一条美丽而璀璨的文化长河,熔史学、美学、哲学、理学、文学、诗学于一炉,不愧是服饰美学史的拓荒之作、丰碑之作。

五

就在《中国服饰美学史》刚刚竣稿后,蔡子谔马不卸鞍,又以难以遏制的创作冲动,写了四十余万言的传记文学《沙飞传》。这部极具传奇色彩与魅力的作品发人深思、动人心魄。

德国诗人席勒说:"战胜可怕东西的人是伟大的。即使自己失败也不害怕的人是崇高的。"

中国当代革命摄影的奠基者——沙飞之死,是伟大的不幸中的崇高。

同样，蔡子谔以信念的崇高，发掘了不容历史湮没的人性中的美质。

我的同事、朋友——作家梅洁在《沙飞传》序言中写道："面对蔡子谔先生十年，五百万字的著作，也许我们还能说：这是一个学者生命本质的力量！是其智慧、思想、意志、趣味、性格和学养等的物化形态，是一种创造性精神劳动的独具个性的存在……"

同样，面对蔡子谔先生二十年千万言著述，我由衷地说一句：这是丰富多彩的"人生盛宴"。

"人生盛宴"，是林语堂先生的概念，他对自己最喜欢的作家苏东坡就用这个概念来描述，并给他戴上十九顶帽子，诸如乐天派、道德家、散文家、新派画家等。

在此，我也不揣冒昧，仿效林语堂大师，给老友楚人蔡子谔也戴上九顶帽子：

蔡子谔是目光深邃奋发有为的美学家；是纯粹的读书人、爱书人；是信念崇高拥抱时代的纪实文学、儿童文学、历史小说作家；是功底深厚的书法理论家、书法家；是无师自通，能画油画、国画的美术家；是摄影家之外的摄影家；是古籍善本的整理者；是月下漫步的思想者；是酒后咏叹联赋的吟者。

战友汪帆

丙戌冬至，天朗气清，赋闲在家，写字赏石。正如浪波兄所云，"无公事之纷扰，少人情之酬酢"，随心所欲，得自在之乐。突然，老友汪帆驾车来访，带来他将要付梓的文稿《人文王婆》，要我写点儿文字为其助兴；而且，他也不允我推辞。我想这文武之道，均乃"游于艺"，说白了都是人生中的一种游戏而已，大可不必较真，所以我随意东拉西扯也就无所顾忌了。

我和汪帆算是老战友了，早在三十年前我们就同在中国人民解放军某部服役。那还是"文革"时期，政治部宣传科令我组织一期部队文艺创作学习班，借机发现培养一些活跃部队文化生活的文艺人才。炮团唯一的人选是汪帆，那时他还是一个十八九岁的新兵蛋子，虽满脸稚气，但文质彬彬、见多识广，交上来的作品竟是一组散文。想想那个时代，有几人知"散文"为何物？而汪帆却早已沉浸其中，谈起来已口若悬河、头头是道了。当时给我的感觉是，这个小汪帆不凡。

新时期的到来，改变着每个人的命运。恢复高考后，汪帆以出色的成绩考入河北大学中文系，他也是当年那个部队唯一的被录取者。四年的大学生活，不但提高丰富了他的文化涵养，也夯实了他的文学理论功底，他靠着勤奋的读书、敏锐的思考，孜孜以求地加速自己学者化的进程。

当汪帆揣着大学中文系毕业文凭，又回到野战军火炮指挥阵地时，这与莎士比亚的十四行诗与戏剧的研究已风马牛不相及，但他的血管里，却激荡起当代军人的豪情，这段历程，使书生意气的汪帆受益终身。

其后，汪帆又在被誉为亚洲最大的军校中执教四年，并有幸赴深圳大学深造，聆听到季羡林、杨周瀚、乐黛云、黄维梁等耆宿大家的教诲。这期间，他完成了比较文学研究的基础工作，并撰写发表了一些理论文章。后来，仿佛还是艺术之神的呼唤，促使汪帆离开了军校，转业到河北省文联文艺理论研究室工作。这样，我们又成了同事。这时的汪帆，依然满面春风、侃侃而谈，外向型的性格使他永远踌躇满志而又溢于言表。不久，他相继出版了《文化精神与小说观念》《新时期散文论集》等专著，新锐的视角，晓畅灵动的文笔，使他在文论界崭露锋芒并荣获多种奖项。正值汪帆在文学研究领域向纵深发展的阶段，他又出人意料地向另一领域发起挑战，毅然跳入商海之中。这期间，我与汪帆只是偶然在火车上相逢交谈过。他一副"儒商"的样子，并把他的"黑蚂蚁"产品赠我试用。但在我的心目中，汪帆终究还是一介书生，还是依旧的文人情怀。

我相信，凭他的精明，在商海里呛不了水，但往大处走也非易事。果然，不久他"顿悟"而返。为此，汪帆动情地写过一段文字："重新返回我的伊甸园——在文学艺术的圣殿中感受人世间的真情善感，美轮美奂，在人生与艺术的瀚海上，再次扬帆远航，驶向无尽的彼岸。"

果然，汪帆在一个新的平台上扬帆了。当他主持河北省影视家协会工作后，凭他的文化视野与整合能力，八面出锋，挥洒自如。四年后，一本《重返伊甸园》文集，记录了他的心路历程。冬去春来，又是四年过去了，步履匆匆，汪帆又一本大作《人文王婆》问世了。依然是汪帆的风格，文笔畅达，谈锋犀利，左点右评，纵横天下。可谓人文"王婆"所卖之瓜，乃是汪帆伊甸园中之果实也。

汪帆依靠自身厚实的文学素养和扎实的理论功底，使他的影视艺术评论鲜活、灵动，以独到的文化品质而别具一格，以蕴含思想的钙质而卓尔不群。也许，再过四年，汪帆能打造出他心目中的鸿篇巨制。这绝不会是我遥远的期待。

渤海高士李维学

故乡黄骅,为九河下梢的退海之地,洼大村稀,天高地阔,春秋战国之际属燕、齐交界处,秦汉时设渤海郡,并留有卯兮城、武帝台等遗迹。大口河入海处,乃秦代方士徐福率童男童女东渡扶桑之始发地也。

独异的地域风貌,悠久的文化积淀,不仅生长着独异的荆条、碱蓬、蓿蒿、蒲苇,也哺育出无愧于这一方水土的英才贤俊、文艺奇葩。画家李维学先生就是一位隐于乡野的丹青妙手,其人,令人仰慕;其画,令人赞叹。

其实,我与维学相识很早,我们算是盐碱滩上的同一茬儿人。还是20世纪"文革"之前,我们就曾一起在县文化馆搞创作,我与梁宝璋写剧本,他与张国华、易乐燃、姜树亭等几个美术院校毕业的年轻人画宣传画。虽然维学未进过正规院校,但还是技高一筹,他的作品生动、活泼,富有灵性。一是因为他天资聪颖,富有实践,在县电影队已画过大量的广告;二是因为他的父辈善绘庙堂楼宇的粉彩壁画,是远近闻名的民间艺术家,耳濡目染的家学传承,使维学从小对色彩和线条有着特殊的感情和感觉。

随着"文革"的风浪,当时文化馆集中的一干青年才俊都浪迹四方,命运也使我离开故土远走他乡。岁月沧桑,转眼之四十年过去了。当我退休后有暇回故乡小住时,有幸拜望了李维学兄。他还是那样清癯古峻,戴着金边眼镜微笑着。他的夫人王凤兰,乃我黄骅中学同届同学,她虽已满头银发,但其开朗乐观之态,俨然如少年之时。

维学的新居,自命为"闲居",自号为"闲翁"。当我一幅幅一卷卷展读他的画作时,眼前为之一亮,脑海里跳出来两个字:"奇!绝!"使我如饮醇醪,击节以赏。这渤海滩的"闲翁",是何等了得,几十年来,他"闲居"乡里,甘于寂寞,潜心修炼,磨砺笔墨,终于修炼得成了"精"。

绘画艺术在某种意义上讲,都依存于思想感情,即心画也,实质是一种生命的体验,好的状态是一种禅味的体验,是一种化魔为道的境界。维学的画率意、野逸、逍遥、高古,我行我素地书写自己的性灵与思考。他对汉唐壁画及汉画像砖艺术情有独钟,仿佛有着一种与生俱来的艺术血缘关系。他创作的大量散章、小品,盖脱胎于此,带着浓郁的汉风唐韵,又染有鲜活的现代气息。打开《李维学画集》:那牵驴的老者、骑马的小儿、菩提无树的僧人、长扬久远的轧场者、相马的伯乐、制陶的窑工、打马球的胡人、汉乐府诗意图,及以马为主体的狩猎图、调马图、浴马图、远行图、踏青图等,可以用妙笔生花、妙趣横生、妙不可言来形容。李维学这位"闲翁",闲笔不闲,仿佛他用手中的画笔，深入到岁月的深处，深入到历史文化的墨池里，饱蘸岁月的包浆，如梦如幻地勾勒出这些古色古香的线条和斑驳绚丽的画面。这些画，既遥远，又亲近，都如生活的寓言，有只可意会不可言传之妙，这才是维学的"绝活"，也是他的高超之处。

中国画主要用笔墨构成，笔墨如何抒情达意则靠功力。而柔弱管毫在渲化的宣纸上随心所欲地抒写出点、线、面、皴，体现出喜、怒、哀、乐，绝非一日之功，需多方面多领域汲取灵感；赖天赋、学养融会贯通，所以成气候者，往往已两鬓斑白。维学几十年来笔耕不辍，靠他扎实的功力，"在墨海中立定精神，笔锋下决出生活，尺幅上换去毛骨，混沌里放出光明"（石涛语）。维学的画，线条遒劲、简洁、明快、朴拙，既师承了古代"八大"、石涛等隐逸派画家的精神，又汲取了大量民间艺术的营养，锻就了灵动、鲜明的艺术语言，并形成了自己独特的艺术风貌。

此外，维学还用极大的心力和情致，临绘了一批几米、几十米的长卷，如张择端的《清明上河图卷》、顾恺之的《洛神赋卷》、李唐的《文姬归汉十八拍诗意图卷》、顾闳中的《韩熙载夜宴图卷》等，这些长卷应该是维学再创作的皇皇巨制，一展开就醒人耳目，令人感奋。在我所熟知的河北画家中，有此功力者，还找不到第二人。

"闲翁"维学，为人谦和，品高艺精，不事张扬。《资治通鉴》中卫鞅说："论至德者不和于俗，成大功者不谋于众。"维学兄之画，大俗大雅，另有天地，吾不揣浅陋，写此短文，并信笔命题：闲翁维学者，渤海之高士也。

半僧意绪

戊子深秋，正值重阳之日，虽无畅和惠风，却也天朗气清。此时年过花甲的诗人刘小放走访年方不惑的画家刘大愈，一老一壮，一小一大，也算人生中之奇遇也。

是在一次朋友的聚会中，结识了刘大愈。人们乘着酒兴，高音大嗓，海发宏论。只有一人含笑恭听，始终沉默不语。性格爽朗的芳芳女士即坦言："他不哼不哈，让人捉摸不透。"我亦随口说："可用一个字概括他：蔫儿，茶壶煮饺子——心里有数。"何谓蔫儿？钻也。

此人就是刘大愈：光头，微眯着眼，在朦胧的灯光下，很像释迦佛陀身边的阿难。细问之，果然，他自号为半僧。

在怀特古玩城的大雅画廊，我观赏了大愈的几幅画作，虽然是山水小品，但小品不小：淡雅、古拙，笔墨苍辣，不造险，清远，真切，平和中透着宁静，虚实浓浓，随性而发，辐射出一种独到的气韵、气格，给我的印象是不俗。

在交谈中得知，大愈是一位自学成才的画家，生活的艰辛磨砺了他的意志和笔墨。他从小生活在承德近郊鹰手营子矿区，那是一方富有传奇色彩的地域，燕山古塞，皇家猎场，当年曾古木森森，鹰飞草长。仿佛是命运的安排，他从小即纵情于绘画。幽燕之苍茫气脉赋予了大愈特有的灵性。大愈曾做过六年的井下矿工，而画笔像护身符一样，始终伴随着他，愉悦着他。我想，这六年的矿工生活，会滤掉大愈画笔中的所有甜腻和铅华，留下的是老辣和苍远。无疑，人生的坎坷经历，是画家最独特的生命底色。细观大愈的山水，从那干焦的墨线中，可读到几分苍凉和苦涩。

大愈的眼睛是忧郁的，他用无奈抵抗着社会上种种无形的压力，这使他于古人石涛、八大及张旭、怀素处找到了精神的契合，也使他的山水去掉了艳媚色彩，使他的书法灵动飘逸起来。

大愈以书法之笔作画，起由锋毫，转有波澜，树石流水，房舍点景，起承转合，疏密有致。山水画中，笔墨是相连的，六法之中，气韵为首。气从力出，韵以墨显，用书法之线条融入画中，大愈深谙此中三昧。

大愈正值盛年，其书法、绘画已有自家风貌，这也真不易。他最大的心愿是在深山幽谷中，建造一所平顶茅舍，也许那是他追索的一所灵魂家园。

寒松瘦石飞流大畅

在纪念黄绮先生百年诞辰之际，重新阅读清华大学出版社1997年版的《归国谣·无弦曲》合集，再一次领略黄绮先生诗词艺术的"铁戟磨沙"，领略那"怒放笔头高万仞，云中飘散诗香"的嶙峋风骨。

《归国谣·无弦曲》合集，收有词四百八十六首，散曲二十六首，几乎都是20世纪三四十年代的作品，系黄绮先生在西南联大读书时期青春的忧思与放歌。

黄绮先生与诗词乃至书法，有着与生俱来、得天独厚的血亲。无疑，黄门先祖黄庭坚是他为诗为文的灵魂灯盏。黄绮五岁时开始学平仄四声和对对子，读《千家诗》《唐诗三百首》，七岁能脱口秀出令大人称奇的诗句，童子功可谓了得。到了大学，更是有幸先后游学于当代国学耆宿、大师陈寅恪、闻一多、朱自清、唐兰、罗庸等教授门下。读中文系三年级时的习作长调，得见当代词曲大师吴梅教授的评点："大作浑灏清空，锲而不舍，可入稼轩堂室。"游国恩教授并在课堂上举例称赞他诗中爱国主义的警句。

由此可见黄绮先生的诗词，当时已达到一个相当的高度。

岁月飞逝，当我们重新品味这六七十年前的作品时，依然感受到一个传统文人的家国情怀和高贵清雅的生命体温。

黄绮先生历经年代的动荡、苦难，他的笔墨情思，始终跳动着时代的脉搏。黄先生古典诗词修养深厚，在诗词创作上勇于革故创新，不落俗套。他清醒而固执地坚持：书法不做"书奴"，诗词不做"词奴"。黄绮先生的诗词，口语入诗，很少引经据典，天然自在，散逸神朗，正如他的老师罗庸教授所评："瘦石寒松带水云，每从枯澹见清新。"

诗词艺术，从本质上讲是一种语言艺术，最终从文字上分出高下。黄绮先生不愧为文字学家，他的诗词，从平仄格律，到用词用字，都相当讲究。形象，画面，韵律，通感；文美，词美，意美，境美——真正是唯美的艺术。

> 杯中白酒吾诗髓，
> 诗长欲塞空江水。
> 故国莫馀觞，
> 门前江更长。

面对外侵国殇，忧思如江水滔滔。

老爱江山过儿女，把乌云，尽铸三军铁。

为我楚歌呼项羽，有江东，子弟多如发。
千秋恨，一轮月。

莘莘学子，一腔报国热血涌于笔端，这样有血性的诗词佳句，现在读起来依然动人心魄。

青年黄绮，多才多思多梦，在梦中常吟出警句：

驰梦急，破归程，
上下山如怒马横，
长风吹醒三千句，
笔落船头海月惊。

此时的黄绮，亦写过大量的青春爱情诗，他自己称之为"艳诗"。文字奇丽，妙语连珠，常被女同学传抄背诵，也征得众多"粉丝"。

男儿诗杰身长健，
戏剪髭须赠美人。

绿柳深知离别意，
一春肯为风流死。

这样的诗句，女大学生们能不喜欢吗？

此外，黄绮先生还有一首有名的诗《澡身》，调寄《凤将雏》，诗中有"一身骨比青山健"的名句，结尾句为"横看蟹意，静得龟年"。因此句为梦中而得，后来黄先生曾用浑厚雄健之笔，写成径尺擘窠汉隶，不幸装裱时丢失，为此，打过六年官司未果。在这里，我也理解了黄先生书写"诗髓"二字的含义。因为诗人得意的诗句，都是他生命的骨髓。

黄绮先生是一位文化大家，不仅在古文字学、金石学的研究上卓有成就，也是蜚声书坛的书法大家，更是一位通晓音律、不落俗套的诗词大家，正是他的词魂诗髓，铸就了他书法的"铁戟磨沙"，也铸就了黄绮先生寒松瘦石、飞流大畅的丰采人生。

2014 年 4 月 19 日

痛悼诗人贾漫

当我执笔写出上面六字标题时,禁不住热泪盈眶。在2012年这个闷热的酷暑,我心目中的天才诗人贾漫溘然长逝,噩耗传来,伏雨如注,诗星陨落,天地同悲。

贾漫是中国当代为数不多的新诗兼旧体诗词的杰出诗人,同时也是风格独具的散文家、诗论家。我从20世纪六七十年代就拜读过他的诗集《春风出塞》《中流击水》,他豪迈、奔放的诗风,有着鲜明的燕赵风骨、沧海气韵。从他锤炼的结实而精美的语言节奏里,我感受到一股亲切而熟悉的,甚至直抵骨血的气脉。一直到新时期到来,80年代文学潮涌,才知道鼎鼎大名的贾漫,乃是我黄骅同乡。从此,他与我便开始了频繁的书来信往。那时,我任《诗神》副主编,约发了他的《华北平原》《沧州铁狮子》等礼赞故乡热土的力作。尤其是那首洋洋一百六十余行的《沧州铁狮子》,读来声情并茂,羽声慷慨,扪天叩地,魄动心惊。古今那么多人咏叹铁狮子,首屈一指者应是贾漫。我认为三百年内也难有人逾越。

贾漫，原名光宇，黄骅城关坑东村人。那"坑"，当年曾生长着茂盛的荻苇，所以贾漫一贯称自己为"荻子坑东"人。而居住在坑东坑西的贾氏家族，系明清以来大韩村（现黄骅城关）之望族。贾漫就生长于一个世代书香门第。其曾祖贾敬泉先生，因德高望重而受到皇封，是远近闻名的一代鸿儒。贾漫是真正的幼承庭训，再加上天资聪颖，从小就能背诵成百上千首诗词文赋，为他以后的文学事业打下了深厚的基础。从20世纪80年代以来，我曾无数次邀请贾漫回故乡参加各种文学活动。只要是回故乡，贾漫都是义无反顾乘兴而至。贾漫年长，绝对是我老师辈的人，而我们初次相逢就一见如故，和其他诗友一样，没大没小，互称其名。但到了故乡一论道，原来我的亲姑母，就是他老贾家同一支系的三奶奶，我的表兄是他不远的本家叔叔。贾漫诗歌中的"红灯照——寡妇二奶奶"，是我姑母的亲妯娌。不由分说，贾漫就这样理直气壮地喊我表叔了。老家的亲情老理，使我们更增加了一份亲情。

贾漫少小离家，父母亦早年离乡，所以改革开放以后贾漫才能够回到故土。贾漫对故乡充满感情，一草一木都唤起他童年诗的记忆。其间，他满怀深情写出了《故园》《韩村》《疯子二叔》《岐口》等脍炙人口的诗篇，以及《我故乡的爷爷们》《故乡风云》等散文。这些作品，无疑成为贾漫文学生涯中情感色彩最浓烈的部分。那篇历经沧桑的《故乡风云》，更见贾漫的赤子风骨、诗人情怀。他不是脸谱化地勾勒李景文、冯冠奎、李九勾子等风云草寇，而是对他们进行了真实的人性化的细节描绘,直抵文学的深刻部分。这才是鲁迅所倡导的真文学,也足见贾漫的人品和文品。

2009年,为迎接新中国成立六十周年,内蒙古自治区为本区几位有成就的蒙、汉作家出版文集,其中有《贾漫文集》六卷。著名老诗人贺敬之在致贾漫的信中说:"你在新诗、古体诗词、诗体小说、散文、报告文学、文学评论等各方面都有令人瞩目的建树。在你的作品中,人们看到了内蒙古草原连接整个中华大地升起的浩然正气和时代精神……"贺敬之在这封长信中,对贾漫持久旺盛的文学生涯给予高度评价。

贾漫,身高一米七八,长发飘飘,目光炯炯,极具诗人气度。在中国诗坛上,他是诗人中朗诵诗词的顶尖高手。记得十几年前,在广州的一次世界华人诗会上,贾漫朗诵自己的长诗,用他自由潇洒的风度气韵征服了所有的听众。美籍华裔诗人非马,把带来的唯一一本诗集亲手赠给贾漫,说他的诗集只配赠给这位豪情洋溢的北方诗人。另外,贾漫也是文坛上的象棋顶尖高手,他曾战胜过内蒙古象棋亚军。前些年他到北京参加第七次全国作代会,他又邀他的老朋友——北京文艺界的象棋顶尖高手、文艺评论家郑伯农,在下榻的北京饭店对弈,并写下了《满庭芳·待郑伯农棋战》一词:"战阵横陈,恭迎强手,心似淮海扬氛。郑营赤膊,不见暴青筋。唯盼高悬战表,一子落,排岸千钧。拼杀猛,欣逢虎旅,摇荡野猪林……"真乃金戈铁马、气势恢宏。想不到一夜战果,他以一比三败北,只好相约下次作代会再战。

天真的贾漫,爱玩的贾漫,豪放的贾漫,处处都留下了他人生的诗意。记得20世纪90年代初,贾漫来到了石家庄我家六楼,非要吃老家用手攥的玉米面掺豆面的"籴籴儿"汤,结果他吃了一大碗"籴籴儿",给撑着了。接着我们又到了沧州,清晨又迎着飘雪花的西北风,站在路边喝沧州羊汤。他说,故乡的小吃,真香!

难忘2011年阳春三月,故乡黄骅市盛情举办了"乡土·故园 贾漫、刘小放诗歌朗诵会"。我们都豪情满怀上台朗诵诗篇,面对故乡和亲人,贾漫鹤发飘飘,留下了一位七十八岁老诗人披肝沥胆的绝唱:

故乡啊,你是杀害黄骅的凶手,
黄骅,又照亮了你的今天!
…………

只有有自省精神的诗人,才发出这样令人为之一振的诗句。

当我们惊叹故乡的日新月异,相约在渤海新区再聚时,却传来贾漫患恶疾在津住院的信息。5月21日,我驱车津门,探视手术后的贾漫。那天,他精神格外清爽,用瘦弱的手与我相握。他的病床坐北朝南,在二十七层的高楼之顶,仿佛能够远眺故乡。床头上唯一的一本杂志是家乡的

《渤海潮》。同我一起探视贾漫的潘海波是南皮人，贾漫用沙哑的声音轻轻吟诵起南皮张之洞的名言："昼则众窍皆号，夜则众窍皆寂，唯尔万顷云涛，终古电闪雷击。"

呜呼！记忆超群的贾漫，思维敏捷的贾漫，诗情洋溢的贾漫，你不愧是荻子坑东的赤子、黄骅大地的骄子啊！此刻，苍茫的渤海滩，仿佛又回荡起你当年在南大港大洼湿地的即兴吟诵：

荡荡的芦花，
飘飘的白发，
飘不完满腹的乡愁，
荡不尽心头的苦茶；
我多想吞尽大洼的浑水，
让灵魂在这里扎根安家。

呜呼！贾漫，背起诗囊，一路走好！
故乡大洼，高高擎起你不朽的诗魂！

2012 年 8 月 7 日于石家庄

焕彩赋石　文心画境

20世纪80年代以降,在中国改革开放的大潮中,迎来文学艺术复兴的新时期。中华民族沉寂已久的赏石文化,亦在新时期澎湃的春潮中悄然兴起。随着物质文明与精神文明的发展,各地都活跃着爱石赏石的文化群体。燕赵大地的石家庄,更是全国赏石文化的重镇,龚焕文同志爱石赏石、乐此不疲,无论从年龄、资历,还是玩石的"瘾头",他都不愧是石门石友中的"大哥大"!

龚焕文,高高的身量,黧红的脸膛,操着一口浓重的保定乡音,是从基层火热的生活中摔打出来的一员出色"干将"。他没有显赫的学历,却有骄人的阅历:早在20世纪70年代中期("文革"还未结束,中美尚未正式建交),他就非常幸运地被选拔为经国务院批准的去美国农业考察组的成员,这个考察组是时任党中央第一副主席、国务院总理华国锋提议,报毛泽东主席亲自批准的,共十五人,由一机部农机局局长项南任组长。

这次横跨欧亚大陆的出国考察,历经四十余天,在那个特殊的封闭的年代,对于年轻气盛的龚焕文来说,绝对是一次千载难逢的机遇,不仅让他开阔了心胸、眼界,也是他生命中一次不平凡的学习和历练。

于是,在法国巴黎的埃菲尔铁塔下,在凡尔赛宫广场,在美国白宫,在伊利诺伊州大学门前,都留下了龚焕文西装革履的年轻身影,那在当时,绝对被视作传奇美谈。

弹指一挥间,几十年过去了。龚焕文不断变换着社会角色,多年任省经济综合部门的领导,编纂了多部有关河北经济建设的著作。他注重文化修养,钟情艺术,工作之余刻苦研习书法,其行、草、隶、篆诸体都取得了很高的成就,他很早就成为中国书法家协会会员、河北省书协的顾问。河北省文联名誉主席、书法大家旭宇先生评价他:"心态放松,勇于开拓,从传统文化中汲取灵感和激情,回归人性原本的自然之态。焕文先生就是这样一位从身居高位封闭环境中解脱出来,以平民之心不断开拓着自己快乐的人。"

他热爱奇石,访石问石寻而藏之,不但跑遍了河北的山山水水,足迹遍及戈壁大漠、大江南北,以至法国波尔多的葡萄园、英国伯明翰及北欧诸国的边地,他都有所收获。游历名山大川,对于一位赏石家来说,可能是不可缺少的。行过万里路,胸中有了丘壑,先是把大石头当作小石头看待,然后才可能把小石当作大石看待。

赏石活动是一种高尚的精神享受,不能简单地看作玩味消遣。赏石者虽不能像艺术家那样创造美,却可能从天然的石头中发现美。焕文先生赏石悟道，在发现中享受着创造的情趣，十年前，曾以诗咏石，以书法写石，在省会石家庄筹划了首次藏石、书法作品展，出版了《雅石颂歌》赏石书法作品集，形成了石、文、书合一的赏石风格，成为燕赵大地赏石文化的一道独特风景。

焕文先生身体健朗，在发现美创造美的过程中，激发着生命的激情和想象。近年来，他又在游历大海之南的海滩院落中，淘得无数图案精美的雨花之石，冲洗干净，置入水盆，拍出照片，反复端详，与石对悟，与石同乐！

石道更接近天道，一旦发现了石之美的灵魄，从来没有作过画的焕文先生便乐不可支地操起画笔，把自己的感悟描绘出来。

悟石—画石—书石，自然美、绘画美、书法美，一位真诚的赏石者创造着审美意象和意境，与当年的米芾整冠拜石有异曲同工之妙。

大山大岳有一种稳重、刚强、大器和大度的美，而玲珑小石的秀美同样不可否认。清初王夫之论诗亦认为：景有大小，"以小景传大景之神"，方为上乘。

《焕文书画悟石》，以石观化，天人合一。以宽厚亲和的气度，闳达开阔的视野，悟石、咏石、书石、画石，鸣响了一曲"焕彩赋石　文心画境"的美妙乐章。

2017 年冬月

《漳河诗潮》序

古老的漳河,是从太行山涌出的一卷不老的诗。春秋时的西门豹曾以巫女祭河神溅起了漳河一朵不朽的浪花。20世纪40年代百团大战的火光,又使漳河潋滟无比。

漳河水,九十九道变,
层层树,重重山,
层层绿树重重雾,
重重高山云断路。

这是当代诗人阮章竞的长诗《漳河水》中的序诗,至今令我难忘。今年,磁州诗人刘天祥又编了《漳河诗潮》,并寄来诗集的校样,嘱我读后一定写几行文字。

这是一本磁州新一代诗人的作品结集,是漳河儿女献给故乡的一片情志。诗集中收录了四十位中青年诗人的作品。从艺术上看,这些作品虽然参差不齐,但有共同的用漳河水滋润的特质,那就是:爽朗、质朴、热诚、善良。

但每位诗人又有各自独异的个性和特色。

张楠是一位感情激越的歌者，他歌唱生命的本源："我从血里流出来／千万年渗出残凉的细雨。"他的诗里不乏现代人的躁动和困惑。而任一的诗如一幅幅鲜活、生动的风俗画。他的《洞房酒》《回娘家》均是富有泥土气息的民歌，但应剔除某些篇什中的形而下的句子。

张立新的诗冷峻突兀，《单程车票》《泪》《读沈园故事》中常有异峰突起的诗句："那泪／一滴　只一滴／就洞穿了筑就千年的墙垣。"这是富有情感张力的句子，也是支撑一首诗的骨架。张红梅的诗，纯情而明亮，《纯情》《初恋》《秋》《黄昏》等都很轻盈别致。"母亲的爱／是无私的蓝色／我踏着蓝色的海浪迹天涯"，这样的意象美丽而深重。李月秀的《无奈的情绪》也写得颇有意味。

张文春还是一位十六岁的中学生，而他的两首诗写得不同凡响，"妈妈／我欠您节日的炉火／我欠您夏日的绿茵／任凭我走遍天涯海角／也走不出您心灵的广场。"侯雅丽的《无题》《死恋》也写得婉约深沉，"在拒绝和祈盼里等待着燃烧"是显示作者才情的佳句。贾银梅的诗也较出色，《雨季》《总有一天》《独白》《给我翅膀》等篇，真挚热切地表达了诗人对爱的渴慕和对理想的祈求，柔曼地表达了痛苦、矛盾、叛逆的心境和意绪。"把所有的灯都系在你身上了／忘了自己留下一盏。"诗人坦诚而不顾一切的情怀令人感动。

本诗集里收入的几位律诗诗人的作品，更显示出磁州诗人的沉郁宏深、才气不凡。如孔令德的《洛阳行》："白马驮经古，龙门万佛尊。香山传世久，关林义古今。"笔传异地奇姿殊韵，令人如现其景，如同其感。诗寓雄浑于清丽，托激越于淡雅，把读者带进了一个神奇的世界。张敬武的《炉峰朝霭》、李海风的《岗上行》等篇目，干练凝重，情感真挚，使人读之韵味悠长，难以忘怀。此外，许增堂的《禅悟》、王宏生的《山乡的歌》、俎宏文的《洗》、刘泰山的《井和姑娘》、乔书堂的《读信》等别有一番意趣。

　　在此，我就不一一列举每一位诗人的作品了。在我读完这本集子时，我犹如嗅到了漳河沿儿泥土的芬芳和生活的温馨。我为磁州大地上挺立的诗的群体而感佩、欢欣。

　　不管时代风云如何变幻，人类永远需要崇高的精神追求。衷心祝愿磁州的诗人们诗心常绿、诗情永驻。

1993 年 10 月 29 日

崇高的生命之旅
——序解俊山《情系第三极》

迄今，我总把那次跨越世界屋脊的旅行视为一次崇高的生命之旅，它常引起我诗意的回忆，并令我激动、振奋不已。

仿佛我的生命经过了一次净化，随之也提升了精神寻求的高度，并常因此而自豪着、骄傲着。

在这次难忘的旅行中，我唯一的同行者、形影不离的旅伴是解俊山。他对那块千山之巅、万水之源的圣土更是充满了敬畏与痴迷；同时，那段地球上海拔最高的行程，也为我们铸造了超越雪线的友谊。

那是1989年8月，河北、青海两省作家协会共同在青海省格尔木举办散文笔会。解俊山与我同车赴会，我们第一次领略了中国西部那非凡的壮阔、举世罕见的宏观景象和精彩片段。

然而更诱惑我们的是那高远而神秘的西天佛地。

解俊山与我决心从格尔木出发，沿青藏公路跨越昆仑山、唐古拉山去西藏拉萨，甚至想到喜马拉雅山下瞭望一次珠穆朗玛峰。这无疑在笔会上掀起了一股浪花。面对遥远和艰险，再也没有其他文友站出来和我们一同前往。我曾问《散文百家》主编朱梦夕，他未曾开言就连连摆手；而身高马大的王玉民，在海拔三千米的格尔木，血压已将突破二百大关。那些女作家惊诧之余送来的只是一声声祝愿。

在格尔木市委热情款待青、冀两省作家的宴会上，我和解俊山与大家拱手作别。当时还真带有几分燕赵男儿的慷慨豪情，令所有与会者起立鼓掌相送，更有热心的青海女作家裴林、王玉琴等献上一袋袋准备好的美味干粮，尧山壁也即席赋诗为我们壮行。青海作家协会主席朱奇亲自送我们登上直开拉萨的大巴，他流着眼泪与我们拥抱道别，那份大西北的纯朴之情，至今一想起来就心里发热。（当1994年冬，朱奇有幸路经秦皇岛时，解俊山终于抓住了一次回报的机会，又让老朱奇流着热泪走了）

终于，我们踏上了地球表面那块最高最大的陆地——青藏高原。每走一步，对于世界屋脊都是一种发现。这片阔达六十余万平方公里的高海拔寒冷的疆域，相当于三个半河北省或许多个小国家。即使当今世界通信交通相当发达了，地球变成了一座村庄，而当你一踏上这片高原时，仍会感到时空的浩浩茫茫、无始无终。

解俊山眼睛近视，我把靠车窗的位置让给了他；只有此刻，睡意才被赶得远远的。对于触目可及的自然景观和人文景观，我们是丝毫也不放过，哪怕是扫视之一斑，也是极为难得的。须知，从我们眼前掠过的，都是一时难以悟透的大美境界。

那拒绝一切喧嚣和色彩的昆仑山……

那闪过一群藏羚羊的江、河之源……

那可可西里荒原土拨鼠般的淘金者……

那孤独的帐篷、牧人、野骆驼群……

那飘着五色经幡的玛尼堆，冰山下的天葬台……

深远莫测，那难以用我们的思想所能企及的天国魔界，震慑了我们两个朝拜大自然之圣的异乡客。

当我们到达充满宗教神秘的日光城拉萨时，解俊山和我完全融进了那片强亮的阳光和祈祷的潮声里。

那真是"一个受到宇宙特别恩宠的地方"。

至今，解俊山和我一谈及那段游历，一种绚丽的色彩和一种生命的辉煌热力就在体内扩张。无疑，那是我们生命历程中一个充满挑战与精神探求的驿站。

那时的解俊山年方三十七岁，英姿勃发，睿智而敏捷，人称"解大学问"。归来后不久，他就洋洋洒洒写了长文《情系第三极》，这自然又带给我无尽的兴奋和喜悦。

俊山为人为文，旷达而严谨、矜持而真诚，他是少有的留在河北的知青作家，出版过中、短篇小说集，他的一部长篇小说和一部多集电视剧最近也告竣杀青。他的这本散文集，无异也是他文学创作的"第三极"。

我与俊山曾几次结伴远游，唯有青藏之行铭心刻骨。我们相约，在本世纪内再去一次，因为我们还不明了玛尼堆下那深沉的底蕴，还没听懂八廓街老喇嘛所诵咏的醒世恒言。

1995 年 4 月 18 日于石家庄

潮歌南曲

——序董建伟散文集《守望阳光》

董建伟系广东潮汕人。潮汕二字，均先有水，后有山月。那是个东临南海、三江（韩江、榕江、练江）交汇的区域，扇形的水脉，冲击出独异的人文胜景。那里是全国有名的侨乡，是面向浩渺大洋古老而神奇的窗口。

建伟的故乡南海湾与我的故乡渤海湾南北相距万里，陌生而又遥远；但面临着同一片汪洋大海，又"天涯若比邻"。我与建伟有几年文字的交往，这也是茫茫人海中的一种缘分，使我对潮阳，对汕头有一份特殊的情感。

我是在不断阅读建伟的诗文中逐步认识建伟的。

我总以为，文品是人品的表现。因为文学是心灵的产品，不可避免地折射着作者灵魂的幽光秘意——不管是袒露和潜藏的，甚至带着各种藻饰的。

从新时期以来，建伟开始业余创作，迄今已发表、出版不同体裁的文学作品近二百万字。我们从他的文章里，看到了作者的爱和憎、欢乐和哀愁，美好的愿望和理想，一颗正直和质朴的心。他的散文如南国的溪流，有着舒缓的韵律，闪烁着诗的波光。我想用几个字概括最初阅读建伟的感觉，最终闪现出本文的题目：《潮歌南曲》。

文字是流畅而亲切的，有村姑式的妩媚，也有江河般的激越热烈。披阅这些散章，给读者一种感觉，仿佛在秋天宁静的午后，坐在四野无人的时间的长河边，谛听它在阳光下深深细语诉说它经过的沧桑变革；或者在南海边的茶社里，就着灯火阑珊，面对一位人生的旅客，听他娓娓而谈，近海远洋，诉说许多动人的见闻；或者在熙熙攘攘的大道边，听一位命运的歌手，演唱生活的颂歌。

为文也真如为人，有许多唯有自知的冷暖甘苦。建伟当过农民、建筑工、代课老师，也曾远去深圳、海南等地打过工。这些底层的摸爬滚打，是对他命运的砥砺，也使他的文学之梦获得了一个夯实的根基，这个根基乃是可贵的苍生（平民）视角、忧患意识。用建伟自己的话说，那是"生命中的一份牵挂"，那是一份"坚韧而执着的精神守望"。潮汕大地世世代代演绎着无数荡气回肠的故事，这块神奇而通向五洲四海的土地，同样是建伟的文学之根和精神之根。他早期写过一首《致故乡》的诗，梦绕魂牵，深切动人，一腔炙热的恋土情结，一脉真挚的诗人情怀。

陕人陈忠实云：文学是个魔鬼，她能使人历经九死不改初衷而痴情矢志终生，她确实是一个美丽而又神秘的魔鬼。潮人董建伟更视文学为生命，而且"坚韧而执着地守望"着。他并庄严且深情地在他的文章中这样写道："将为今生拥有这一份守望，拥有这一抹照亮生命的阳光，而感到一种深切的幸福和美丽……"

在遥远的太行山下。我向这位未曾谋面的南海之滨的文友——董建伟，致以这个秋天最美好的祝福。

1999年秋于河北石家庄

"丹霞夹明月，华星出云间"
——序《铜雀文丛》

新世纪开元之年，诗人赵云江受漳河流域众文友之托，要编辑出版一套文学丛书，曰"铜雀文丛"。云江执意要我写点儿文字放在前面作为序言。我向来不愿做这类说三道四的营生，但这一次我还是欣然答应了。

一是我与云江乃同乡忘年之交，都说着一口地道的老家话，在电话里交谈起来，也是一连串的土话荤话生古话，话后宛若酒酣耳热，痛快淋漓。

二是云江为这套丛书起了个非常好的名字——铜雀，金属之雀，有声有韵，古雅灵透，活了。更有唐人杜牧"东风不与周郎便，铜雀春深锁二乔"的诗句，使得"铜雀"二字响亮古今。

三是古老的邯郸大地使我流连忘返，那里的文化积淀之深厚，令人感叹不已，不仅有幽远的磁山文化、殷墟文化、磁州窑文化，更有赵王城、娲皇宫、响堂寺等文化遗迹。两汉时，邺城（今临漳县西南）是魏郡的郡治所在地，建安九年（204年）曹操破袁绍后，营建邺郡，筑金凤、铜雀、冰井三台，招揽文士，歌以咏志，形成了以三曹（曹操、曹丕、曹植）为核心，包括"七子"（孔融、陈琳、王粲等）和蔡琰等优秀作家在内的邺下文人集团。他们发扬汉乐府民歌的现实主义精神，以反映人民疾苦和追求建功立业为主要内容，作品情调慷慨悲凉，语言刚健爽朗，形成了文学史家盛赞不绝的"建安风骨"。

我曾十余次到磁州、漳河，每每被那神奇的地貌所震撼。磁州一带，到处可见隆起的古堡似的古墓，传说那是曹操的七十二疑冢。晋代张载诗云："北芒何垒垒，高陵有四五。借问谁家坟，皆云汉世主。""昔为万乘君，今为丘中土。感彼雍门言，凄怆哀今古。"迄今，这块土地上依然高风朗朗，气脉悠悠，不愧是一方人杰地灵的热土。同时，也不愧是一方文学的沃土。当代著名诗人阮章竞的长诗《漳河水》就产生在这里，当代开一代文风的军旅作家徐怀中，也是从这块土地上走出去的。新时期以来，这方土地上的文学才俊，更如闪烁的星辰。现在，云江在工作之余，集无数"铜雀"于一枝，鸣啭啼啸，声调各异，唱出枝繁叶茂的风光和这块土地的朴茂之境。

祝一树"铜雀"，跳跃飞扬，枝高声新。

2001年11月3日于石家庄

诗意人生
——序《流向永恒的遥远》

乡友、书法家潘学聪向我引荐了一位新乡友——蒋瑞杰，还有他的一册厚厚的诗稿《流向永恒的遥远》。

瑞杰的老家泊头，乃大运河畔的一座古镇，有名的铸造之乡。那一方水土，天高地厚，古风悠悠，在近百里之内，走出了无数彪炳青史的文化巨擘，如董仲舒、高适、纪晓岚、张子洞……这些文化巨人的文风墨韵，千百年来，无声地浸润着这块土地，衍生着这片大地的灵性。就是当代文坛上，也有一批从泊头走出去的作家、学者、画家、诗人，我所熟悉的就有潘芷汀、申身、赵文发、老庄、潘真、闻章、正昌等。瑞杰上中学时就受孙柏昌、王中和等当地文学师长的影响，从20世纪70年代始就喜欢读诗、写诗，这也系那一方风水宝地所陶冶、哺育使然。

瑞杰写诗，没有任何功利目的，完全是学习、工作之余的兴之所至，将生活中的真情实感、所思所悟不失时机地记录下来，以愉悦自己的身心。这样持之以恒、日积月累，转眼二三十年过去了，回首一检点："诗囊"中竟存了厚厚的一沓，连他自己也感叹不已。

送到我手上的这册诗选，从他翩翩少年之时到步入中年，经历三十年时光，是他生命的履痕、人生的轨迹。从他天真单纯，到青春火热，再到成熟质朴，诗歌始终伴随着他，在生命的藤蔓上，每首诗都是他情感的花朵。

端杰的诗质朴明快、不事雕琢，是他在那个时代、那个特定氛围中真情实感的真实流露。瑞杰出身于黑龙港流域的普通农家，又在基层泥土中扎根生活多年，纯诚、素朴、积极、向上，是他生命的底色、诗歌的基调。他的诗中，有着一股纯正的革命激情和一股健康、向上的美好情愫，是他人品人格的真实体现。

看得出来，瑞杰的诗好像都是在一种自在的状态中写出的，有的是对革命风物的讴歌，有的是对祖国山水的礼赞，无数次反复咏叹复苏的春天和灿烂的阳光，折射出诗人心中的憧憬与向往。瑞杰对自己家乡有着独特的感情，他的《家乡的小河》《家乡的小路》《秋天醉着庄稼人的梦》等诗作，写得深情委婉，透出一脉纯诚的赤子之情。

作为一名政府纪检部门的干部，蒋瑞杰未被繁务所累，而独辟蹊径，将自己难忘的足迹，结晶出一首首纯诚的诗歌，真正是诗意人生、快意之举。瑞杰正值盛年，真诚地祝愿他，在今后的人生路途中，不断催放更加美丽动人的灵魂的花朵。

2002年5月26日于石家庄

静听新瓷开片声
——读杜锡瑞诗文集《野丝瓜》

  书法家杜锡瑞,多才多艺,工诗文,通音律,精篆刻。文学书学并重,多方体悟,汲取有成,不期然而然也。

  锡瑞几十年临池学书,同时坚持文学创作,迄今发表了几十万言不同体裁、题材的作品,现结集出版,名曰:野丝瓜。

  野丝瓜,朴拙、鲜活,飘洒着一抹翠绿的气息。一个野字,神采顿生,化出一片如画的新境。

  锡瑞的散文,显现着一个"野"字,紫荆花、倒栽柳、渤海滩、拒马河,猫情鸟趣,真情实性,全系他在自己生命的河流里,淘洗出的彩石。

  锡瑞的诗歌,亦如石壁上的野花,随意而开,不事雕琢,新体旧体,长吟短叹,散发着山石之音、荆榛之气。

  还有一部分关于书法的文论和随感,锡瑞亦率真直言,坦陈书坛之流弊,心性与良知跃然纸上。我国自有书学以来,就有个优良传统,即书文并茂。试看历代书家,无不精通文学。从帝王将相到革命先驱,凡能书者皆能文,书学离了文学，便成"梁上君子"。

锡瑞的书法，显然得益于文学的滋养。他的书法劲健、飘逸，内含书卷气。他的篆刻、雕钮，更是出神入化，令人惊叹。那是他智慧、灵性的结晶。

锡瑞悟性好，有灵根石缘，他收藏的窑变钧瓷，在夜深人静之时，竟发出如磬如铃、深古清幽之声，那是千载难逢的钧瓷开片的声音。此时的杜锡瑞若醉若痴，不由吟出"静听新瓷开片声"的诗句，那是天外之音，天籁之韵，我这篇短文特引为题，以醒人耳目是也。

2003 年 6 月 2 日

丹霞托日
——序李跃霞歌词集

  故乡黄骅,虽为九河下梢之地,但土脉旷达,风豪气清,称不上"物华天宝",却可谓"人杰地灵"。当代文坛上,几位独具特色的诗人、作家就是从那方碱滩大洼里走出来的。老一辈如张秀亚、贾漫、刘乐群、田松林者,新一代如何香久、李文岭、祁胜勇、欧阳北方等,他们都有大作在海内外行世,乡风海韵,文采斐然。近年来,又有一位写歌词的女诗人脱颖而出。她以一曲《晒盐的汉子》,在全国一最高奖项的评奖中,过关跨隘,力拔头筹,从而享誉乐坛。她不是别人,乃黄骅李跃霞也。

  跃霞并非黄骅"土著"。其父李季先生,原系海军文工团导演,20世纪50年代末,下放黄骅劳动,后留黄骅工作,为黄骅的文化建设做了开创性工作。跃霞生于黄骅,长于黄骅,在生活中历经种种磨砺,渤海滩的水土,也给了她一副英风傲骨。

  在写作者中大体可分出三种类型:一为知识型的,一为智力型的,还有一种灵性型的。跃霞的写作应属于后者,她凭的是一种灵性、一种艺术感觉。她的歌词，自然洒脱，个性鲜明。尤其是她那些有根、有脉的"乡土"歌词系列，浓墨重彩、有声有色，不仅是礼赞生活的牧歌，也是展示生命价值的风景。

　　一嗓子喊出个红太阳
　　和咱一块去赶麦浪
　　麦芒芒扎得咱美滋滋地笑
　　麦秆秆摇得咱醉悠悠地晃
　　…………

这一嗓子真如晴空响雷，石破天惊。读着这样的句子，身心不由为之一振。作者富有激情的音色，高亢、嘹亮，喊出了大地的伟美，喊出了生命的壮旺。

跃霞的笔下，流淌着一股清爽之气、豪迈之气，一扫女性的胭脂气和柔媚之气。她的《乡村恋歌》《天水蓝蓝的渤海湾》《爬山调》《乡下女人》《元宵夜》《红盖头，招魂幡》《喊秋》《下大雨》等，每一首都情景交融、意境高远，女性的阳刚之气里又透出几分凄美之风。

跃霞的笔下，亦有一股男儿之气、一股侠义之气，她的《泥土汉》《男子汉，大丈夫》《俺村的兄弟爷们儿》《你真傻》，以及《晒盐的汉子》等篇章，洋洋洒洒、酣畅淋漓，把渤海滩的男儿们，写得勤劳而智慧、憨厚而强悍。

难能可贵的是，跃霞的创作来自生活，来自对生活、对土地真诚的热爱和切身的感悟。满腔热血，她热烈地赞美土地上的百姓，赞美劳动的神圣。这是一位写作者最为可贵的品性。她的语言鲜活自然，健朗清爽，没有时下流行歌词中的艰涩和作秀。

打开中国的文学史，从《诗经》、《楚辞》、汉魏乐府到唐诗、宋词、元曲，都能吟，能诵，谓之为歌诗。跃霞的歌词，读起来能诵，谱上曲可唱，可谓之为新歌诗，因为她的歌词里，具有很浓的诗的质素，从形象的捕捉到语言的表述，均有独到的艺术发现。

跃霞虽有一定的艺术天赋，但也受各种条件制约，使她创作的深度、广度受到一定局限，这也是难免的。好在未来的路还很长，期待跃霞进一步丰富自己的阅历，沉潜心力，再"喊"出一个果实累累的金秋。

是为序。

2004 年 7 月 28 日于石家庄

心香一瓣谢师恩

——读潘学聪《云养青山》

这是一本学生忆念老师的书,拿在手里沉甸甸的。

出于信任和友情,作者——书法家潘学聪,在第一时间把样书送来。在冬日的暖阳下,我展读这本装帧素雅的书,开始随意浏览,后来竟手难释卷,把雷打不动的午觉也放弃了,至下午五时,一气读完这洋洋二十万言,一双做过手术的昏花老眼,也为我创造了一天阅读的新纪录。

掩卷沉思,这本书是什么抓住了我?是语言?是故事?非也。大家都知道,潘学聪钟情于书法,平时话都不多,从不张扬卖弄,至于他的文笔,均为本色的实话实说,与文采飞扬、风流倜傥搭不上边儿。那么,这本书的取胜之处是什么?一个字:情。因为有了情的贵金属,才使全书每个章节,都显现出质朴无华的人性光彩。

众所周知,黄绮先生系当代大学者、大书法家,亦是才情横溢的诗人。20世纪60年代末,潘学聪幸运地进入河北大学,成为黄绮先生真正的学生。他从小痴迷的书法,也顺理成章地师承"黄门"。从学校到地方,任凭风雨变幻,师生二人始终不弃不离,相扶相教,三十余载,结下了刻骨铭心的情谊。黄老驾鹤西去之后,学聪时时感念恩师。过去交往中的一些细节、片段,在记忆的河流中闪现出来,时间越久,越是清晰晶莹,成为永远淘洗不掉的生命中的宝石。学聪就把这些生活细节的"宝石",实实在在地、一章一节地记录下来了。这样,断断续续写了近两年,竟然写了五十五节。把这些"宝石"穿在一起,就成了这册《云养青山》。

应该说,这本书的成功在于细节。学聪不善形容,不善辞藻,不善花花哨哨的装饰。也正由于他的"笨拙",不事雕琢,才使那些本色的原生态的生活细节,更情真意笃。当年,在河大读书时,学聪要参加一次书法大赛,为买一点儿宣纸,竟然卖掉了唯一的家当——棉被。当他晚上回到宿舍,发现棉被又回来了,原来黄老师给他送来宣纸,发现此事后,又千方百计赎回了棉被。还有一次,黄老师因病住院,学聪替师母送饭,为了尽快到医院让老师吃上热饭,便乘机挤上了公共汽车。在售票员查票时,因拿不出仅差的二分钱,竟受到了一次终生难忘的奚落和羞辱。如此等等的生活细节,看似平淡,却辐射着发人深思的热力。在那个物质贫乏的年代,有着谦谦君子之风的黄绮先生,对来自贫穷乡村的农家子弟潘学聪热心扶持,循循善诱,鼓励他"要有自信,要在困苦中挺起脊梁",老师的教诲,使学聪受益终身。在某种意义上,黄绮先生是学聪的"命运之神"。

黄绮先生与潘学聪,性格迥异,黄先生儒雅风采,学聪质朴敦厚,是书法艺术把这师生二人紧密连在一起,使他们师生之情发出翰墨馨香,相映生辉。他们相互交往三十余年,学聪几乎每个星期都出入"黄门",听老师评点书作,砥砺笔墨,帮老师干粗活,为老师解烦忧。他崇拜老师、恭敬老师,可他从来未有口吐狂言媚语吹捧过老师。黄绮先生对学聪是严师慈父,学聪毕业分配来石家庄时,身无分文,黄先生悄悄递给他一百元。学聪生病住院,黄先生打来电话问询,学聪出版书法集,黄先生作序点评,指出不足,从无虚妄过奖之语。几十年中,黄绮先生与学聪,谈人生,谈书法,情操高洁,微言大义,学聪在书中披露点滴,亦见大家风范,醒人耳目。

　　黄绮先生,号九一,年轻时曾为闻一多先生助教,其学养、书法均为高格。学聪师之,乃人生大幸,今写出《云养青山》,亦不愧为黄绮弟子也。

2008 年 11 月 28 日

心窗鸿羽　紫毫大江
——读旭宇新版诗集《天风》

甲午盛夏，正值伏天，旭宇兄送来他的新版诗集《天风》，送来了一穹蓝天白云、朗朗清风。

这是一册装饰精美的海蓝色诗集，收有旭宇兄20世纪70年代以来的诗作八十首，这些诗在旭宇过去出版的诗集中大都未曾收录过。这些跨度几十年的杂咏散章，可以说是旭宇的"压箱底"之作，更带有诗人的本真。现在观赏这些散佚在岁月河流上的诗的卵石，可以嗅到陈年老酒的诗香。

旭宇是一位求真、求新、求美，为艺术而艺术的探求者。在这册诗集的几辑诗作中，依然体现旭宇的"唯美"的艺术特质。

第一辑"秋兴"中几首有关秋天的诗作，创作于20世纪80年代末90年代初，也是旭宇创作的成熟期和收获期。这一阶段，旭宇仿佛已跨过思想骚动的汛期和盛草漫涸的春野，到达了沉实的人生之秋的境界：

> 秋天的天空是没有旗帜的清泉
> 凉爽的音乐瀑布般灌下
> 我们虽是少于思索的大脑
> 此刻　兴奋透明　如新的阳光
> 沐浴着我们的心身
> 头颅自然地举起
> 如新春的林莽，浩野里
> 企盼阔别的鸿羽
> 每一声问候全是洞开的心窗
> 　　　　　　　　——《秋兴》

以上的诗句，已不是我们所习惯的直抒胸臆的叙事性写作，而是富有温度、声度、量感、通感的意象，带给我们超量的审美感受。

> 打开释迦千年的慧思
> 请这透明的风度过心际
> 是金经的一句话的钥匙
> 将天门的碧蓝深深地开启
> 　　　　　　　　——《天风》

在这里，旭宇的禅悟慧思，把我们引向神奇、深远，却又能击中心灵幽微之处。正如诗评家陈超所言，诗人发现语言、掌握语言，当一个人的写作水平进入更高阶段，他会体悟到"语言言说"的"诗家语",才是弥足珍贵的诗歌"肌质"。

第二辑"兰亭遗曲"是诗人咏叹当代书法的诗作,无疑,这是旭宇最具特色、最具生命体验的人生礼赞,也是当代诗人中最早用新诗与书法和弦的诗人:

> 左肩是诗歌的太阳
> 右肩是书法的月亮
> 灵魂的全天候照耀
> 生命在宣纸的积雪中
> 生长汉字的魔方

旭宇以一首十四行的自题诗,荡黄河,跳三门,越三千年金石古风,以龙形紫毫,抖动东去的大江,可谓洋洋洒洒、荡气回肠。这是旭宇的书法"招牌"诗,也是他的代表作之一。

在《书法家的自白》一诗中,旭宇更有不俗的抒写:

> …………
> 空白的妙用
> 人生　不需计较
> 这是大书的妙笔
> 看转折后的长锋
> 大河直落

溅起一串雷霆

　　在云霄之上　有白鹤仙居
　　在幽幽潭底　有蛟龙蛰伏
　　或喜　或怒　或荣　或辱
　　全交付这七寸紫毫
　　无弦的琴　有秋风伴奏
　　唱一曲《高山流水》
　　…………

　　读着这样的诗句，你会赏心悦目，逸兴遄飞。诗人对书法的理解，对人生的感悟，奇丽的意象层层叠加，情感的韵律一唱三叹。在《怀素》《泼墨》《兰亭散记》等篇章中，旭宇一改人们所熟知的温文尔雅、中和清新，而生发出一脉燕赵大地的慷慨豪宕，醒人耳目，令人赞叹！

　　值得关注的，还有最后一辑"向着未来"。这是旭宇创作于20世纪70年代末80年代初的三首长诗，均是某种意义上的"政治抒情诗"，带有意气风发、挥斥方遒的一腔豪气。尤其是那首写于1979年的《白求恩的手术刀》，洋洋二百三十行，从历史到现实，借喻一把火光中的手术刀，解剖社会的病痛，发出正义与良知的警示之声。这首与叶文福的《将军，不能这样做》写于同一时期的发聩之作，原计划发表于一家文学杂志，遗憾的是最终未能面世。现在重读这首长诗，依然感奋。我们依然欢呼这把凛凛然一尘不染的手术刀,更呼唤当代诗坛多产生这种直面时代与现实的诗的手术刀。因为诗歌,永远是人类精神的闪电。

读旭宇《天风》,赏旭宇《草书》,忆诗路同道,温诗友之情,我的七尺陋室书斋,清风习习,古月临窗……

2014 年 7 月 13 日于石家庄

石门石庐
——序《石庐诗词集》

石庐，一位卓尔不群的书法家、画家、篆刻家，一位久久掩匿于民间的文化隐士，一位独往独来的行吟诗人。近日，他整理出留存的一千多首旧体诗词，欲结集出版，并嘱我为其写点儿文字。面对厚厚的一沓诗稿，脑海里油然跳出"缥缈烟柳处，乾坤一石庐"的句子。我想象，在云烟缭绕的太行山中，有一所石头房子，里面端坐的应该是仙风道骨的石庐先生了。

早在十几年前，我因石缘而结识了石庐。那时，我迷恋大自然中的奇石，常与石友们去附近的山川捡石头。一次路经元氏，发现了这位隐藏于乡间的大石玩家。当时，石庐住两间小平房，小院里布满了大小奇石，室内布满了书画作品，奇石和书画都给人以强烈的震撼。石庐之陋室，有石则灵，有画则名，乃是他挥洒性情的"大风堂"（石庐的斋号）也。

石庐喜读书，通音律，多才多艺，极富艺术才情。诗书画印、笙管笛箫、碑版奇石、文物鉴赏，几乎每个艺术门类都有相当的造诣和研究。他的书法，奇崛高古，朴茂峭拔，一笔魏碑行楷，石门书坛尚无人企及。他的篆刻雕钮，老辣苍浑，自然简逸，亦是石门雕钮艺术的始创者。

然而，面对命运的坎坷与艰辛，石庐寻找自己灵魂的家园，除书画之外，能够慰藉其灵魂、释放其精神的便是诗词了。从20世纪60年代中期始，四十多个春秋，诗词一直伴随着他。春华秋实、酸甜苦辣，一路走来，一首首诗词是他生命的履痕、精神的花朵。

石庐早慧，开始诗词创作时，他还是一个未及弱冠的少年。1965年春，他应征入伍，在北去的列车上作《水龙吟》一词："心怀万里，十八年华，流光百转。望里钢枪，千钧重托，英雄肝胆。是追风骐骥，行空天马，去心似箭。"少年壮志，意气风发，在当时能写出这样的句子来，显露了他的潜质和才情。

石庐的诗词作品大体为人生感悟、山川情怀、题画咏石等，石庐的诗词中弥漫着一种沉郁之气、孤傲之气、清逸之气。我认为石庐的真谛是写出了他自己的本色。

第一，以情为诗，以情为根，有感而发。石庐诗词，几乎首首都见情。亲情，山水情，书画情，雅石情，对历史的感慨，对自然的眷念，等等。他的情，沉郁，直率，执着，悲慨，可称为情种。且看他《忆秦娥》1968年记父厄："无眠夜，西风落叶霜天月。霜天月，离魂离锁，鱼书烟遏。"且看他《满江红》："血雨腥风，天律乱，漫空飞雪。地维绝，天倾玉柱，陆沉金阙。紫金城高封国气，燕山云密吞明月。

夜夜梦，两地念悠悠，云天隔。"这是"文革"中一个当兵的儿子对父亲蒙难的无奈苦念。

第二，托物言志，兴寄深远。例如写于1972年的《咏梅》："东风吹雨碧天深，独立高标不染尘，未出土时先有节，到凌云处总虚心。一身松影风中骨，万树梅香月下魂，休道总听斑竹泪，湘君有日笑吟吟。"以竹为象征，托物抒情言志，东风吹雨，独立高标，出土有节，凌云虚心，松骨梅魂，竹泪湘君。形象鲜明，意境深远，前领后颈，对仗合律。这样的佳构丽句，足见石庐的诗词修养和功力。

第三，语言畅达，活色生香。石庐在诗词中不太注重用典，尽量排除旧的词汇，并提炼当代口语入诗词，这样才使语言活脱新鲜。语出天然，当随时代，是古今中外诗人一致的追求。

在石庐题画咏石诗中，随意而为的一些短章绝句，读来妙趣横生，令人逸兴遄飞。看他的七绝《题白菜》："一幅图成谢老农，苍生养罢养丹青，天南地北君为友，最是平常最有情。"石庐以百姓常吃的大白菜入画，可谓敢为敢立，再加上他别具一格的题诗，诗情画意跃然纸上。再看他的咏石七绝《梳羽》："百仞山头眼自高，雄风侠气破青霄，齐州九点烟云外，万里长天一羽毛。"再看他的《梅花三弄》："谁遗蜡朵在槐河，溢彩流香腻水多，入眼明知不是玉，葬花无处赋悲歌。"这些自然灵动、玉韵天成的诗句，格律的约束几乎不存在，令人有生面别开之感。

石庐钟情于艺术，在孤寂中艺术也是他的生命，不合世俗的个性,使他俨然如一当代"魏晋名士"。愤世而嫉俗,才高而位低,却造就他一弯笔墨清流之韵致。诗、书、画、印,石庐兼得。肩膀上能缀上这"四星"者,书画界已凤毛麟角矣。

"千山独行,天佑其灵,隔岸听箫,大匠运斤。"愿石门之石庐,诗星高照,书画生辉。

2007年4月24日于石家庄

张成，破译世界大师画谜

画家张成，黝黑的面孔常挂着微笑，一米八〇的身架，膀宽背阔，满脸诚厚，实属地道的北方"重量级"画家。

痴情于美术世界

2006年初春，我与张成应《河北日报》之邀，同访唐山曹妃甸港。他一手相机，一手画笔，用画家的眼光捕捉环渤海建设中蓬勃火热的画面。我们一路说书论画，谈兴颇浓。归来，我又乘兴在张成的画室里观赏了他的画作，并清茶一杯，促膝畅谈，使我对这位年轻的小兄弟刮目相看。这位酷似电影中"张铁匠"的画家，没有什么罗曼史，却有着难忘的绘画史。

张成从小爱画画，爱音乐。那还是"文革"时期，因家离评剧团近，就经常去剧团玩，并帮着胡威链老师画布景。胡毕业于北京艺专，当年是徐悲鸿的学生，张成从这位不平常的老师那里得到了可贵的最早的艺术启蒙。上中学后，他又有幸向李苦禅弟子贾连发学画，并借地利之便，结识了省会画家、编辑钟志宏、谷照恩等老师，使他学生时代的速写、素描能够不断在《石家庄日报》上发表。

画画的艺术特长，改变了张成的命运。1977年他破格参军入伍，成了青岛北海舰队海军俱乐部一名文艺兵。他不仅结识了浩瀚的大海，还结识了海军中的诸位画家。

这得天独厚的条件，也使他的画艺日益进步，第二年就被部队推荐到青岛工艺美校进修，并跟当地著名画家王稼华、朱一甫、赵建成等先生学画。在青岛海军俱乐部的几年里，张成拼命地学习、作画，每天不虚度，半月一总结，一年内竟在《解放军报》《人民海军》《大众日报》《青岛日报》等军内外报刊发表画作三十余幅。部队给予他几次嘉奖，并授予他三等功。接着，张成又被调到《北京人民海军报》任美术编辑。这更使他眼界大开。在海军大院里，他有机会接触到心仪已久的军旅实力派画家张道兴、于牧、吴敏、张洪涛及军艺的刘大为、王天胜等老师。在这样的环境里，他更加自觉，更加勤奋，并为自己立下了"不喝酒、不吸烟、不谈对象、不谈家庭琐事……"等"十不谈、十不做"的规定，以磨砺意志，专心画事。可见当时张成对美术事业是何等投入，何等痴迷。其实，他早已到了谈婚论嫁的年龄，也早有人向他介绍过海军大院里几位条件非常优越的女孩儿，而他都果断地一一回绝了。

前后创作的乾坤之道

1984年他因故退伍。工作上的坎坷，使他在事业上的追求更加顽韧,他坚信"世上也许什么都可能是假的,但唯独自己的精神追求是真的"。1985年,他以专业第一名的成绩,考取了天津工艺美术学院,并受教于霍春阳、何家英、白庚延等先生,他又找回了精神的支点。无疑,几年的大学生涯,使张成各方面都得到质的飞跃,也锤炼了他赖以飞翔的艺术翅膀。他牢记何家英老师的教诲:"画画没有近路可走,画应从纸里往外走。"毕业前夕,他就几次独自深入大西北的黄土高原,去探寻生命的根脉,寻找自己的艺术语言符号。他独自站在陕西黑虎口黄土最高坡上,像站在伟大地母柔软的胸脯上。四面是温暖的乳峰,下面的沟壑深邃险峻,夕阳中红色的黄河,如一泓刚出炉的钢水,而粗壮的林木,又如铜似铁,他被这奇异的景观深深震撼。

在这期间,他久蓄的情感仿佛找到了一个燃点,他先后创作了《赶牲灵》《无声古原》《金环蚀》《大漠苏醒》等大西北系列画作,这是他而立之年的"立定精神"之作。这些作品,气势饱满,气象恢宏,气韵清逸,气格高蹈,这是他血气方刚之年情感的张扬与挥洒。《赶牲灵》作为大学的毕业之作,入选了全国首届工笔画大展,画面冷峻峭拔,雪岭、古道、牲灵展示了人与自然的伟美。《无声古原》这幅丈二大画,带有高古的神性,那雄浑的山塬如一壮汉的骨骼,那昏黄的色调,又增添了一抹神圣之光的浑茫。这幅作品在中国四季全国美展中获中国画特别大奖及金质奖牌,并由日本上野之森美术馆收藏。《金环蚀》

是张成用传统写实写意的笔法加上现代主义的构成，完成了一幅地球、宇宙、人类生存的象征和暗喻。画面上有三个物象，静静的近岭远山，山顶上一只张开金色羽翼的猫头鹰，鹰的头上是一轮暗暗的圆月，画面弥漫着祥和而忧郁的气氛，表达了画家深深的忧患意识、悲悯情怀。这是张成画作中最具文化蕴含的一幅力作。

在这之后的几年中，张成又相继完成了《黎明》《莽原》《黄河一方土》等以大西北黄土高原为载体的巨制大画，也不断在各级美展中赢得奖牌和声誉。而张成的头脑是清醒的，他身上总是憋着一股劲，在艺术上更是不断地探寻求索着。到了21世纪，他果然又换了一副面孔，笔墨从苍茫浑厚的大西北转到莺飞草长的水乡江南。《老屋》《唱晚》《白夜》等新作，仿佛都是从水里浸淫而出，每幅作品都云烟氤氲，可以用润、温、秀、逸来形容，与他20世纪90年代的作品形成了巨大反差。过去的作品是无水无树无色浑厚的大西北，现在是有水有树有色的俏丽大江南。一干一湿，一阴一阳，一为黄钟大吕，一为山水清音。概而括之，张成的前后创作，乃为乾、坤之道也。

破译大师的作画之谜

"天行健，君子以自强不息"，张成把《易经》中的这句话作为自己的座右铭。他几乎每星期都去图书市场，背回一堆古今中外的艺术书籍。始终把读书放在第一位，他说这是"以书养画"。河北教育出版社出版的一套《世界名画家全集》，几乎让他翻烂了。他一个个研究这些大画家的创作思维，破译这些大画家的画面构成，他发现米罗所有的画，用的全是中国书法、中国画的素材，而毕加索更直率地说："用了大半生时间，抄袭中国的和非洲的艺术，我的艺术就是骗术。"而他这个"骗术"也是天术，有谁能够破解呢？张成说，山水自然、传统文化、民间艺术、少数民族艺术、世界艺术是他艺术人生的"五线谱"。他想用自己的声音谱出生命的金色乐章。

张成特别喜欢中国的钟鼎大篆，喜欢云南纳西族的东巴文字，这些古老的文字总给他带来无尽的生命信息和想象。他破译抽象派大画家赵无极的画，是甲骨文加色块；朱德群的画是传统草书加色彩。就这样，张成在他的艺术天地里，不断地学习着，破译着，用自己对自然的感悟、对人性的感悟、对文化的感悟，来构筑自己的造型语言。今年，他荣幸地入选"中国书画名家世界巡回展"，他是全国六位入选的年轻画家之一。最后，我想用张成向我透露的九字箴言作为这篇短文的结语，那就是："走正路、出精品、成大器。"

2006 年 10 月 24 日

读《瓦翁赋》

老友闻章，今日作得一篇《瓦翁赋》，打电话给我，说感觉挺好。闻章向来低调，这回竟难掩喜悦之情，肯定是得意之作了，极欲先读为快，即问：谁为瓦翁？答：沧州韩焕峰啊！

哦，明白了。焕峰虽小我几岁，但也年过花甲。他毕生痴迷于雕砖弄瓦、刻石刊印之道，取号瓦翁，实乃名副其实呀。

不容分说，很快便索得《瓦翁赋》展读，果然醒人耳目，妙语连珠，读之行云流水，诵之情真意切，字字句句都辐射着情感的温度、生命的热力，老友间的肺腑之音，也带着闻章敲打这些文字时难掩的笑容。

《瓦翁赋》好！好在不矫情，不雕琢，不堆积辞藻，好在没有半点儿的陈词滥调。这是不经意间从闻章心海里流出来的啊。

我想，《瓦翁赋》所以写得好，还有一个重要原因，那是因为瓦翁韩焕峰的气场太强烈了，是他生命的乃至艺术的磁场令闻章情不自禁，才笔酣墨畅，顺势而下，一气呵成，神完气足。

试看，在同代人中，谁有韩焕峰那样惨痛的童年和严酷的磨难？

我与焕峰相识于"文革"之初，那时他还是一个憨头憨脑、时而还尿床的"愣头青"，但已少年老成，开始走出家门"闯江湖"了。第二次见他是在根治海河工地，他肩披麻布垫肩，手持周青庄特制的凹槽大铁锨，一次可端起百斤土坯，并推起千斤土车爬坡……

再后来，焕峰把挖海河的大铁锨换成了三寸雕刀，让命运来了个"华丽"的转身。

"古之立大事者，不惟有超世之才，亦必有坚忍不拔之志。"（苏轼语）焕峰就是以超强的毅力，完成了命运的转身。

那伏河堤上最高的紫穗槐是他。
那大洼里最粗壮的红高粱是他。
那碱滩上最沧桑的荆条树是他。
那东关归州的铁狮子是他。
那水月寺里的护法天王是他。
是生活的重压，锻冶了他顽韧的斗志；
是命运的坎坷，淬砺了他艺术的雕刀。

焕峰者，焕然定成峰也。我真想用一根黄骅古冬枣之树，雕其豹头猿目、棱角分明之奇貌于上，刻闻章《瓦翁赋》于其身。大道当风，立于沧海，成为一件旷世之作，岂不快哉！

几句颠三倒四的放言，写于读《瓦翁赋》之后，诸友见笑。

2011 年 3 月 10 日

大道当风

剑仁的厚厚两大卷样稿送来，嘱我看看，因患过眼疾，读大部头确有点儿发怵，只想溜溜是了。谁想，读了开头，就不想放下，竟一气读完。读之通之，其文若行云流水，时而潺潺湲湲，时而激流湍急，起伏跌宕，醒人耳目，不仅给了我少有的阅读愉悦，更给了我深深的启迪和震撼。

好一个傅剑仁，不愧为潇湘之子！他以湘人之灵慧、之疏狂、之辛辣、之浩然，以独到的目光，重新诠释、剖析了太史公司马迁的《史记》，令我鲜活、灵动地领略到这部伟大经典的深邃的魅力。

大道当风！大音希声！这是一部视点新颖、宏识高标的史文化大散文。

自20世纪90年代以来，剑仁就对《史记》情有独钟，并对这部洋洋五十二万言的伟大经典通读、透读，下过苦功，并相继写作出版了一系列专著。剑仁为什么盯住《史记》欲罢不能？这是因为《史记》太深厚了，那个时代太混茫了，对于政治、军事、文化有着异常禀赋的剑仁来说，他不深入其中探个究竟才怪呢。

　　历代称扬司马迁是伟大的史学家兼伟大的文学家，因为他用毕生的精力写作了一部不朽的《史记》。《史记》既是史书，又是文学作品。作为史书，杨雄和班固肯定它的"实录"精神；作为文学作品和文史两兼的作品，章学诚推誉它与《离骚》为"千古之至文也"。鲁迅赞美它为"史家之绝唱，无韵之《离骚》"。剑仁长期沉浸、徜徉于其中，去感悟太史公的理念和追求，在历史的深海中去采掘民族精神的珠贝。

　　司马迁史学思想和文化思想的核心是"发愤而作"。在古代阶级社会，总有进步落后之争，进步文人往往受排挤，遭陷害，这就使他们一方面不能施展自己的怀抱与才华报效国家，另一方面在一定深度上认识到社会的不平和人民的苦难，从而以描述自己的真实见闻来抒发自己的愤懑之情。可以说，中国古代文学史上真正震撼人心的优秀之作，大多是"发愤之所为作"。李白说"哀怨起骚人"，韩愈云"不平则鸣"，欧阳修曰"穷者而后工"，都是对司马迁"发愤而作"理念的弘扬和拓展。司马迁及其《史记》所辐射的这种高迈气韵，更使傅剑仁意绪难平，并驱使他在《史记》的矿脉里，开掘、熔炼历史潜层里的贵金属。

　　是的，剑仁以现实的目光和敏锐的洞察力，把一条沉寂的历史古河激活了。他用理性的梳子，从《史记》这部大书里，梳理出二十一条"线索"：打破时空的界限，归纳不同的专题，继而展开独到的解读，瞻望遥领，喷薄而出……在那皇权统治的链条上，政治的、军事的、经济的、文化的、善美的、邪恶的，纵横交织，组合成一面面历史的镜子。难能可贵的是，剑仁在繁复的历史皱褶里，找出了一串属于他自己的视点，比如"纳忠言""说实话""肃贪""法治""战将""腐儒""陷阱""厚德"等。这些话题看似平淡无奇，然而深入浅出，举重若轻，均为安民治国之大道，闪现着"为天地立心，为生民立命，为往圣继绝学，为万世开太平"的精神气象。

在傅剑仁身上，有着鲜明的军人气质、文人情怀。正气、正义、正直，与他的文章、文风、文气，一脉相承。时代的使命感和社会责任感，对国家的命运和民族前途的热切关注，使他在研读司马迁的《史记》中，找到了精神的契合点和释放点，也使他对中国古典散文做了最睿智的理解和发扬。宏观着墨炼意，微观落墨写人，剑仁用其刀笔，对皇宫内外、达官显贵、将军武夫、文人墨客、番邦异城、草民侠客、男男女女、社会百态做出了富有历史意蕴和人性光彩的刻画和解读。当他写到历史上他喜欢的军人（如李广、李陵等）、文人（如司马相如、东方朔等）时，总压抑不住笔下的激情，文字元气饱满、鲜活灵动、畅快淋漓、一唱三叹……

至此，我要回过头说说剑仁了。谁也说不清他是如何在繁复多变的生活环境里磨砺了自己的"刀笔"。

掐指算来，我与剑仁相识已四十年矣，当时我已胡子拉碴，而剑仁还是一个不满十八岁的"湖南伢子"，其情

文章自得方为贵

——序张建华《我家老屋》

我与建华交往于20世纪90年代,是忘年的老朋友了。在我的心目中,他永远是一位剑眉高挑、书生意气的小伙子。建华聪明干练、勤政敬业,在冗繁的公务之余,也是一位默默耕耘的"隐形"写作者。

近年来,他化名陆续在各地报刊发表了几十篇散文随笔,现在收集成书,聚木成林,成为故乡土地上的一方独特的文化风景。

我一鼓作气读完了建华的这部书稿,因为拿起来就放不下了,我被来自故乡土地深处的乡情、乡境所感染,所感动。掩卷沉思,建华笔下的人与事久久浮现在脑海里,久久荡漾着我熟悉的气息和血脉。他描述的那一栋百年老屋,始终震撼着我的心灵。夜半醒来,还想着它的架构、它的英姿,想那一车车晒干的土坷垃,那三十多层砖高的房碱草,那当院一墁坡的僵苍子(台阶)……那真够得上一座盐碱大地上的图腾,矗立起老一辈庄稼人的风骨;它是泥土的诗篇和雕塑,是农业文明的化石,也是应该永远保留的一份独特的文化遗产。

建华的文字亲切、简明，不矫揉造作，不飞言浮躁，更没有花言巧语、卖弄穷转的臭毛病。他以平实的白描手法，娓娓道来，以赤子之情怀，审视历史，审视现实，审视自身。智心慧目，每一篇文章都有他独到的感悟和发现，这是由他的人生阅历及政治文化素养所决定的。

建华写了他身边的几位亲人，平常语，诉平常心，说平常事，令平常人亦能领悟而又不失其本旨。他笔下的姥姥、大姐，都是平凡而又不平常的女性。善良、宽厚、忍耐、负重，她们是养育众生的地母，同当地民间流传的哭坟的寡妇史秀英们一样，她们都是这方水土伟大的乡间母亲、乡间妻子，她们都集中体现了故乡土地上女性的慧美。还有建华笔下的大舅，这个厚道的受苦受难的秧歌王，同样与姥姥、大姐一样，以命运的苦难升华起人性的崇高，每个人都是一部大书。难得的是建华以精练的文字，以独异的生活细节，揭示出生命的无常、人生的况味。

建华还以日记体写出了访欧、非的游记，一般这类旅游散文往往容易流于浮光掠影的纪事。而建华这两组日记倒可感、可读，令人耳目一新，这是他现身说法，写了自己的真切的感受，也领着读者跟着他真实地体验了一把。

此外，建华还写了一些"知青岁月"等人生感悟的随笔，都有着实实在在的体悟，闪现着生活的哲思、人生的智慧。读罢建华的书稿，是书中的什么东西点燃了我的思绪，让我清早五点钟爬起来，迫不及待地写出几点感受？建华不是那类文采飞扬的写家,他靠的是质朴的内涵、乡土草根的精神,靠的是有骨头有肉的实实在在的生活和对生活独到的发现。古人云:"文章自得方为贵,衣钵相传岂是真。"一语中的。

建华亦不是那类高喉咙大嗓门的乡亲爷们儿,他温文尔雅,心平气和,说话办事仁厚、稳妥、有准。长期以来,他在故乡政府文化部门工作,接待过王蒙、铁凝、蒋子龙等文学大家,他对文化乃至文学的那份理解和尊重,已渗透到他工作的方方面面。

至此,我拨通了建华的电话,说了半天,本书还没有书名呢!他征求我的意见,我脱口而出:"应该叫'我家老屋'。因为那栋老屋历经风雨,沧桑百年,已具神性。迄今,里面还安然居住着你年迈的高堂父母!"建华高兴地回答:"好!就这么着了。"

是为序。

2011 年 4 月 17 日于石家庄

序《抱愚堂书画录》

"抱愚堂",乃张志欣、张天漫父女共用之斋号。世有"抱一""抱冲""抱朴"者,而志欣"抱愚",智也。

在我的同代人中,应该说,张志欣是一位出类拔萃的全才,无论为学、为政、为文、为艺,他都有骄人之点。性情温敦,心底宽隐,默默耕耘,从不显山露水,使他修炼成一位纯粹的卓尔不群的文化隐士,也宿命般地使他成为一位与众不同的收藏家。

早在 20 世纪 80 年代初,在一次文代会上,我结识了张志欣。那时,他已任沧州地委宣传部部长,可谓英姿勃发、儒雅潇洒。按王蒙先生的趣话,他与另一位专员同事,都属故乡沧州"才子型"的官员。

志欣生长于冀中平原的蠡县,父亲张冀英先生是当地的老革命,与同乡大作家梁斌、大画家黄胄都是患难与共的战友、世交。"二梁"每次回故里,都是住在他家。蠡县这方热土,孕育了当代文学艺术两颗巨星,使广袤的华北大地熠熠生辉。张志欣从小浸润在这神圣的辉光里,并点亮他心中梦想的灯盏。

　　志欣从小喜欢艺术，爱听戏，爱看"小人儿书"，三年级已经成为"小人儿书"珍本藏家。高小时，开读四大名著，念中学时，已阅读大量中外小说，并收藏"五四"以来30年代作家的散文、小说。1964年，考入南开大学中文系，跨上了心中理想的台阶。

　　"文革"期间，张志欣被开除党籍。这倒给张志欣提供了一个读书的空间。当时他恍惚感到，也许以后无书可读了。于是他与几个同道同学组成了一个学习小组，并多次从图书馆悄悄借书。一种求知欲，迫使他们拼命读书，而且用蜡纸刻印了一册册古典诗词、绣像曲剧。那是一次有深度、广度的文化自觉的阅读，每人都受益匪浅。

　　"文革"末期，张志欣被分配到沧州西部肃宁县工作。从县委报道组到基层公社，他俯下身子，一干就是十一年。这十一年，他脚踏实地，蹬着自行车穿梭在乡间地头，头罩白毛巾下地干活，手端大碗与乡亲们一起喝粥。他在地气蒸腾的乡野，接受刻骨铭心的洗礼。这期间，他代县委写的《让浇麦进度搞上去，把浇麦成本降下来》，及长篇通讯《让梨花开遍古唐河两岸》，均在新华社发通稿。由于业绩不凡，县委破格吸收他重新入党（实际是恢复党籍），并担任尚村公社书记。这位南开大学的高才生，不负众望，在全省第一个学习安徽小岗村，大胆在尚村公社实施分田大包干，并派人去东北拉棉籽，启动蠡县皮毛市场。无疑，这引爆了冀中平原第一声春雷。

张志欣在肃宁乡野凝聚地气，沉顿心神，也完成了一次生命中的"蝉蜕"。他文心激荡，时刻也不忘读书学习。在历代诗人作家中，他尤对辛弃疾情有独钟。每读辛词，就怡情畅神，茅塞顿开。在油灯下，他手抄了全部辛词，并创作了电影文学剧本《辛弃疾》。这期间，他结识了回肃宁探家休养的青年画家贾又福，二位单身汉，相见恨晚，论诗，论文，论画，论天下，惺惺相惜，结为知音。几年来相互的应答、酬赠，也无形中开启了张志欣书画的收藏之旅。

20世纪70年代末80年代初，神州春潮涌动，一批在基层工作的大学生走上领导岗位。张志欣也幸运地先后被提拔为肃宁县委常委、沧州地委宣传部部长，不久又荣任沧州地委副书记，行署专员，成为河北省最年轻的省委委员、正厅级干部。

"尽如此，心似白云，了无芥蒂。"张志欣乃性情中人，他的文化操守，决定着他的行为轨迹。文学和艺术永远是他灵魂飞扬的双翼。他毅然与青年表演艺术家刘秀荣结为伉俪，可谓珠联璧合的"黄金搭档"。志欣一路为夫人"保驾护航"，先后策划创作了《三看御妹》《胡风汉月》等剧作。尤其是《胡风汉月》，突破固有藩篱，立意新远，赢得海内外文苑一片盛誉，创评剧艺术史上的里程碑。

淡远的心志，蕴藉的神态，稳重的性格，以及对艺术的执着与痴迷，命运也鬼使神差地使志欣成为一个独特而丰富的收藏家。为交友，为赏艺，为鉴赏，为存史，为增

石之缘

时下，在文人圈里儿搞收藏的不少，不见得有什么功利目的，无非是有了个"玩儿"心。我从小就爱玩儿，过了知天命之年，就更想玩儿了。玩吗呢？玩儿上了石头，还一不小心成了文学圈儿内小有名气的雅石"收藏家"。

追溯起来，从根儿上我就跟石头有缘。因我是父母的"独根苗"，为求长命百岁，我生下来不久就认了一个硬朗结实在村庄里永在的干娘，那是一方碌碡，一方花岗岩的碌碡。不知它是来自邻近的泰山还是燕山或是太行山，只知它历经风雨磨砺，很是沧桑。每年过年，我父亲都把它请回我家院子里，摆上供，让我给它磕头。这是我永远难忘的一位干娘，说起来我也是石头的儿子啊。

20世纪90年代初，我随中国作协组织的一个作家团走访河西走廊，来自南京的老作家海笑竟是一位石迷。每到一地，他总到有卵石的地方寻觅，常捧回几块石头到宾馆，用水冲洗了品赏。每见他扭动两道长寿眉在那里喜形于色、长吁短叹，便觉既好笑又有意思。于是，受他的感染，我也跟他一道寻寻觅觅起来，竟也捡到了一块载有白色"足"字的黄河青石、一块挂有云带的绿玛瑙石，还从阳关旧址捡回一块类似蜗牛的风砺石。这几块小石头算是我开始"玩儿石头"的启蒙石了。几年来，我又在第五次全国作代会上见到了海笑，这位海老兄情不自禁地向我展示了他藏石的影集，全是雨花石中的精品、神品，使我叹为观止，受到一次石头艺术的冲击和洗礼。

此后，仿佛是鬼使神差，我也真正成了一个爱石成癖者。每到假日，便邀了几个石友或上山或下河。几年来，访遍了河北一带的名山大川，真是"访不完的石知己，阅不尽的大气象"，每次都意趣横生，乐而忘返。真正的收获是，清减了身上的火气、躁气、烦气，增添了心上的静气、和气、野气。

这些年，我也身不由己地成了一个事务缠身者，由于身上缺乏从政的细胞，干什么都直来直去，常常是好心不得好报；再加上从不设防，常常遭到背后无端的谗言、贬损，甚至詈骂。这时候，只要看见了我那些千奇百怪的石头，顿时风扫残云，把那些烦心事统统扔一边儿去了。还有一位从政的女石友，官做到市委副书记、统战部副部长，一度因领导的误解闹得彻夜失眠，体弱多病。当她喜欢上石头之后，方得到解脱。她曾在一次集会上陈词，看看哪一块石头不是亿万斯年的造化，我们又算得了什么？我随即附言：何以解忧？唯有石头。

究竟一块奇石具有何等魅力，足以令人钟爱忘情？古人如陶渊明者以"醒石"为床，大做石头梦；如米芾者，竟整冠拜石如痴如癫。究其根源，无非是人与自然采取平等的地位，视山、川、树、石同为宇宙一体，所谓"万物静观皆自得，四时佳兴与人同"，在物我两忘相互渗溶的体验中，石不仅是石，它还具有诗的情趣、山水的意境、禅的顿悟……足以敲响人们的心钟，令人为之共鸣而忘情。

今春，我将迁入一新居，首先要安顿的是我的那些石头和书。我将地下室和一居室给了石头，将一居室给了书。有了石头和书的居处，才让我留恋，才让我惦念，才算是我的家。

春节后，吉林诗人曲有源来访，闻我爱石，即兴吟诗一首赠我，不妨附在文后，供诸友一笑。

石家庄主
——赠恋石成癖的诗友

◇曲有源

倘若没有石头
头挨头头顶头地支撑
山怎么会这样
出尽了风头又出尽了云头

退役后的石头散落于各地
居然

无井可背
无乡可离

总得有一个家呀
总得有个由家组成的庄呀
于是
石头便从四面八方
聚居到
这慷慨悲歌之地

而庄主
就选择了你
这个立足于这片土地上的诗人
——刘小放

石之魅

石头是有魅力的。有魅力的石头，足以使人如醉如痴、得意忘形。我说的这种石头就是被人们供在庭院或庭堂内的观赏石，也被称作奇石、雅石，韩国人、日本人又称之为寿石、水石。

石头是地球上最具年代的古物，远在太古石器时代，先民们的生活起居就与石头结下了不解之缘。随着人类文明的进步，古代文人雅士在游历山水、领略山川英华之余，又兴起了以石头作为缩景山水，大者为庭园假山，小者为文房清玩。自东晋陶渊明以"醒石"为床，大做石头梦开始，至今已有一千四百多年历史。历代文人名士爱石赏石，借以卧游山川之美，体悟自然之禅意。在唐宋之际并东传海外，赏石艺术成为东方文化一大特色。

自 20 世纪 80 年代以来，我国赏石文化日渐复苏兴盛。当前爱石、赏石、藏石已蔚然成风，差不多各地都有一个人数不菲的爱石、藏石族。中国的传统文化思想对雅石的欣赏更具有启迪作用。儒家的"崇天敬地"，道家的"法敬自然"，托石寄情，天人合一，开启了国人赏石的大千世界。

追溯起来，我跟石头更有一种特殊的缘分。小时候，父母亲怕我夭折，按当地乡俗，就为我认了一个结实硬朗的干娘，那是一方碌碡，一方花岗岩的碌碡，不知它是来自邻近的泰山还是燕山，只知它历经风雨，很是沧桑。每逢过年过节，父亲就把它请到我家院子里，摆上供品，让我给它磕头。这是令我终生难忘的一位干娘，说起来我也是"石头"的儿子啊。

终于，在一次难忘的旅途中，我又与石头结下了深深的情缘。那是十几年前，我随中国作协组织的一个作家团走访河西走廊，来自南京的老作家海笑竟是一位老石迷。每到一地，他总到有卵石的地方寻觅，常捧回几块石头回宾馆，用水冲洗了品赏。每见他扭动两道长寿眉在那里喜形于色长吁短叹，便觉既好笑又有意思。于是，受他的感染，我也跟他一道寻寻觅觅起来，竟也捡到了一块载有白色"足"字的黄河青石、一块挂有云带的绿玛瑙石，还从阳关旧址捡回一块类似蜗牛的风砾石。这几块小石头算是我开始探究"石道"的启蒙石了。几年后，我又在第五次全国作代会上见到了海笑，这位海老兄情不自禁地向我展示了他藏石的影集，真是琳琅满目、美不胜收，全是雨花石中的精品、神品，使我叹为观止，受到一次石头艺术的冲击和震撼。

此后，仿佛是鬼使神差，我也真正成了一个爱石成癖者。每到假日，便邀了几个石友或上山或下河。几年来，访遍了燕赵大地的名山大川，真是"访不完的石知己，阅不尽的大气象"，每次都意趣横生，乐而忘返。真正的收获是：清减了身上的火气、燥气、烦气；增添了心上的静气、逸气、野气。那探石、采石的过程，就是一个活动筋骨、散心抒怀的过程。在山野的怀抱里，在河谷的"氧吧"里，接受大自然的洗礼，让灵魂来一次放松，回到天地与我并生、万物与我为一的境界里。

我本是一介书生，凡夫俗子，一直庸庸碌碌为生活奔波。前些年，又身不由己进了一文化团体的领导层，成了一事务缠身者，开始，干什么都直来直去，常常是好心不得好报；再加上从不设防，常常遭到背后无端的谗言、贬损，心中常憋闷得慌。这时候，只要回到家，看见了我那些千姿百态的石头，顿时风扫残云，把那些烦事琐事统统扔一边儿去了。还有一位从政的女石友，一度因工作的烦恼闹得彻夜失眠，体弱多病。当她喜欢上石头之后，方得到解脱。她曾在一次集会上陈词：看看哪一块石头不是亿万斯年的造化，我们又算得了什么？我随即附言：何以解忧？唯有石头。

经过十余载的精心采集，我俨然也成为一方独具特色的"藏石家"。三室两厅的居室内，三壁石头两壁书，构架起我灵魂的栖息地，并书之为"悟石居"。我追求自然、拙朴，取"意"为上，喜藏大朴、大美之石。我的藏石中，有黄河的日月浪涛，有长江的云蒸霞蔚，有广西红河的彩卵，有大漠戈壁的风砺，有太行山麓的名石雪浪，有东海海底的崂山绿玉。这些来自天南地北、形态各异的石头，有色有纹，有灵有韵，如书如画，如诗如歌，带给我自然的天籁之音，带给我浑茫的无极之象。

石头装点了我的居室，充实了我的生活，采石品石也成为人生一独特的享受。每得到一枚好石，总是要兴奋几天，甚至几月。而每得到一方好石都是一种缘分，都有一段耐人寻味的故事。有几块朋友的赠石，使我倍加珍惜。河南诗人李霞，亲手在黄河小浪底捡了一块三十多斤重的石头，在河道里扛了十几里路，又辗转运到石家庄，把这块凝着黄河浪纹的美石送到我手上。几年前，我随一作家团走访宁夏，在参观西部影视城的都督府时，影视城的"大督都"、作家张贤亮毅然把他收藏的一方黄河源头石赠给我。那一块石头润泽如玉，上面布满紫色树叶。我如获至宝，不计路途遥远，遂打包托运回石家庄。还有北京地矿部作家奚青，把他珍藏了二十余年的海百荷化石赠予我，带给我四亿年前奥陶纪的信息。朋友的珍贵赠石，也带给我像石头一样凝重的情谊。

究竟一块美石有何等魅力，竟令人钟爱忘情，如大文豪苏东坡屡遭贬迁不改玩石心境，并作《寒石帖》《竹石图》流传至今；如大书家米元章，竟整冠拜石，如痴如癫？究其根源，无非是人与自然采取平等的地位，视山、川、树、石同为宇宙一体，所谓"万物静观皆自得，四时佳兴与人同"，在物我两忘相互渗溶的体验中，石不仅是石，它还具有诗的情趣、山水的意境、禅的顿悟……足以敲响人们的心钟，令人们为之共鸣而忘情。

　　古人云："石不能言最可人。"石头本是自然的产物，无所谓山水、形象、抽象、美丑之分，而是赏石者在意念上赋予雅石各种体象与生命力，才使顽石染化成艺术、道德、宗教等不同的意境。所谓"一石一世界""万物一太极"，皆以心为原动力。

　　石之魅，魅在天然，魅在古旷，魅在独一无二，魅在随缘而得；每一块雅石，都蕴含着形而上的意念、禅思，每一美石佳品，都是一本读不尽品不透的无字天书。

2004年5月3日于石家庄

有缘而得好石

收藏石头没有门槛，随便从河滩里、山坡上捡回一枚自己喜欢的石头，都可置于案头观赏，因每块石头都是大自然亿万斯年的造化，只要具有了奇特动人的妙处，便是百看不厌的大雅之品了。

中国有久远的赏石藏石传统，陶渊明以醒石为床，米元章整冠拜石，并总结出好石以"瘦、皱、透、秀"为尊的四字标准，传自当代，爱石、赏石、藏石，已蔚然成风。在米芾的赏石四准则后，今人又增添上"形、色、质、纹"四字，丰富发展了东方久传有序的赏石文化。

我从20世纪90年代初与石结缘，迷恋上宇宙洪荒所孕育、空蒙岁月所雕塑的自然奇石，迄今已有二十余年。假日闲暇，上山下河，访石捡石，乐此不疲。

我所收藏的石头，大都是多年来亲自在远近的河道或深山中捡得的，也有一些是从石商手中购得的，无论是捡是购，若碰上一块梦寐以求的美石还是须有缘分的。

1998年深秋，我与友结伴去磁县境内的漳河觅石，这里是磁山文化及磁州窑的发祥地。一到漳河，就想起当代诗人阮章竞的诗句："漳河水，九十九道湾，层层树，重重山……"过去，漳河曾是一条北方大河，春秋战国时西门豹治邺就是在漳河，曹操也曾在漳河演练水军，以备赤壁之战。现我们捡石头的地方，就在当年曹孟德检阅水军的"观台"之下。

在一条富有诗意和文化意蕴的河道里捡石头，是何等的惬意，就是捡不到石头在此间走一遭也是人生之幸事。令人欣喜的是，我不但在这里捡了几方可意的石头，还从他人寻过无数回的地方翻拣到一方令人叫绝的画面石，成为我藏石中的"上品"。

这是一方浅褐色河卵石，大小适度，上有白色的图像，细观之，左后一位魁伟武士仗剑而立，右前一窈窕女子大袖飘飘，画面生动，气韵传神。我将此石捧回，立马配座，取名《霸王别姬》。诗人大解也是玩石大家，见了此石赞不绝口，说此石算得上画面石中的"神品"。一位藏友想用一尊马家窑彩陶罐置换此石，我没有动心。

同一时期，我从石馆还购得一方长江石，也是不经意间有缘而得之，算得上我藏石中的另一方"上品"。那是石家庄一位火车司机朋友，在长江的支流汉江流域探亲，据说那里是昭君故里。他与友人在河滩里竟捞起一方重达八十斤的美石，经过轮船、汽车、火车辗转运达石家庄。不知什么原因，司机朋友未把这方石头放在家里供奉观赏，而是放在当时石家庄唯一的一家石馆代为出售。当时不菲的要价，再加上人们对石头也未有足够的认识，所以放了好长时间无人问津。一天下午我路经石馆，无事进去闲逛观石，石馆老板告诉我，长江石主人刚来过这里，要最低友情价出让此石，今日下午碰不到合适买主就运回家去。我问要价多少？老板伸出一根手指："只有过去要价的五分之一，一千！"我听后马上伸出双臂抱住了石头，如同抱住了一位久违的挚友。一千元，现在看来微不足道，在当时也是我两个多月的工资了。然后我马上叫车，将石头运回家。那时我居住六楼，没有电梯，身上不知从哪里来了一股劲，抱起这方近百斤重的石头，一憋气登上了六楼。

晚上，在明亮的灯光下，我开始细细打量品读这方来自大江大水的美石，乌黑浑圆的石体上，跳出线条遒劲的银白色岩脉，那纯净的银白色，形成了一只欢腾欲飞的凤鸟。你看那头部：凤冠、利喙、柳叶眉、丹凤眼，而且是双眼皮；再看那身段：尾羽高翘，英姿矫健，欲腾欲跃，风生云起……

这确是一方石中之大品！不愧来自昭君故里，在走出绝代佳人的地方，才有这等美石俊鸟。这是一只神鸟、祖鸟、灵鸟、大鸟，有了它，使我的寒舍蓬荜生辉。

除以上两方石外，我还有相类似的一些有缘而得的上品好石，它们都是我朝夕相处的知己，都是我无言的朋友，我经常与它们相悟，对视，它们是我读不尽的无字天书、大书，也带给我无尽的遐思和野趣。此生与石为伍，乐哉！快哉！

诗道·石道·书道

《中庸》有言："道不远人。"其实，道与人，如影随形，相对依存，道因人而深远，人因道而通达。而人生之道上，有历不尽的玄幽；道，无穷无尽，无边无沿，这就决定着人永远走在道上，而道永远在前面延伸着。

在我的生命历程中，有幸先后与诗、与石、与书法结缘，诗道、石道、书道，成为我生命的鼎足三立，也是焕发我生命意义的支点。

我最早钟情于诗，还是一个上中学的少年，是诗歌温暖了我、营养了我。在那个崇尚文学的年代，应该说是诗歌改变了我的命运，使我从一个青年农民，穿上军装去搞创作，后又在省城从事文学工作。是诗歌，唤醒了我生命的灵根和潜质，给我带来大善、大美与大愉悦。应该说，诗道，乃我精神之大道，亦是我安身立命之道。

到了 20 世纪 90 年代，当人们有了休闲生活的时候，不经意间，我迷恋上了大自然中的奇石。每逢节假日，就与石友们上山下河寻石、觅石，走遍了燕赵大地的各个山川，这个亲近自然的过程美妙至极。十几年过去了，我俨然成了一位颇具特色的"藏石家"。爱石、赏石，纳天地于一庐，"悟石德而养性，通石理而修身"。每一块奇石，都是大自然的杰作，都是立体的诗，那无斧凿痕迹的天然之美，带给我无尽的诗情与禅意。

当21世纪到来不久，我即将到退休的年龄，也许是没有任何压力的缘故，我又对同样能挥洒性情的书法艺术产生了兴趣。书法，实际上和诗和石头都是近亲，如果离了诗性和金石气，又何谈书法？开始，我在书法的源头徜徉，被商周时期的甲骨、金文、钟鼎籀篆所吸引，那带有原始意象的文字，是先人们祈天敬地的法符、承命天地的图腾，每个字都带有神性的诗的意象。我在书写这些文字时，仿佛接通了几千年前的青铜的律动。

啊，灿灿的诗道——

啊，茫茫的石道——

啊，煌煌的书道——

我的灵魂，我的精神，就在这三条轨道上旅行。这三条道，忽而重叠，忽而分开，近观一分为三，远望三合为一，犹如一棵树的三个枝杈。这树虽小，却也在宇宙之中，辉耀着生命的星辰……

2007年4月3日于石家庄

记工

队院里敲起大铁钟,
惊醒了月亮的迷梦;
抖一抖疲乏振振神,
提起笔来把社员等。

大伙陆续地来记工,
泥土的香味是那样浓,
记工册上的数目字,
是滴滴汗水凝结成。

我拨拉着算盘噼啪响,
迎来笑脸,送走笑声。
一厘工也不能随意放过;
咱管的是个大家庭。

"二牛子记工不含糊啊,
像个黑脸的小'包公'。"
大家给我指出一条路,
犹如给我心里点上一盏灯。

冶碱歌（三首）

挖

一双泥腿，
两只铁拳！
看我这镐，
看我这锹。
哧！
嚓——
那龙王爷的鼻子，
一锹端下了半边！

锹

锹不停，
汗淋淋，
战洼碱，
修台田。
为啥越干越有劲？
社员笑指锹底下，

这就是咱们的粮食囤!

花

大战荒碱洼,
汗水、泥巴,
织了一身花。
孩子的妈呀你笑啥?
等到明年这时候,
嘿!咱给你带回一身金稻花!

磨锹歌

天如海,
月如水,
海河工地早入睡;
嚓啦嚓啦磨锹声,
如鼓如雷。

你看那小伙,
大叉腿,光脊背,
一脚蹬住那大碌碡,
两膀一抖好雄威,
嚓啦啦,嚓啦啦,
手中钢锹似战刀,
磨得月光碎。

毛主席领咱改山水,
一腔热火燃心肺;
战流沙、斗淤泥,
和自然打过百次擂。

一把旧锹秃了头,
换把新锹斗恶水。
嚓啦啦,嚓啦啦,
磨得碌碡爆金花,
钢锹闪闪放光辉。

征途上,还有荆棘要去斩,
世界上,还有魔鬼要去劈!
磨锹好比擦钢枪,
冲锋陷阵永不退。
嚓啦啦,嚓啦啦,
公社儿女志气大,
叱咤风雷!

1965 年

降龙伏虎治海河（劳动号子）

嗨——
勇兵猛将闯上来，
黑龙港上把河开，
百里战线腾热浪，
百里号子震天外。
嗨嗨伊个呀嗨！
一队队，一排排，
紫脸铜背的斗天汉，
眉毛拧，
胳膊肘子一甩大步迈。
嗨，嗨！大步迈！

毛主席，
挥笔写下七个字，
多少情，多少热，
浇得咱心里金花开！
根治海河咱打头，
黑龙港要捉黑龙怪！
嗨嗨伊个呀嗨！
千条扁担万把锨，

给祖国织出条条金银带。
钢锨引出珍珠泉，
晃膀子，
革命的担子挑起来，
嗨，嗨，挑起来！

你看那，
车水马龙尘烟滚，
你看那，
英雄干劲似潮来，
推的推，拉的拉，
挖的挖，抬的抬，
咱公社社员的铁膀子，
扛起天，翻倒海，
担起风雷滚滚的新时代！
降龙伏虎治海河，
铁脚站在最前排！
一把扁担一把锨，
宏图新篇画出来，
嗨，嗨，画出来！
嗨嗨伊个呀嗨！

刊于 1966 年 1 月 29 日《河北日报》

风浪里

暴雨垂天挂,
大河翻白浪,
一队兵马度关山,
剪开风雨三千丈!

老团长,敞胸怀,
传命令,军号响,
武装泗渡,急速过江!
借万里雷电磨刀枪!

咱胸中揣着一团火,
风猛雨狂心里亮。
"杀"字出口一声雷,
激起了惊涛三尺浪!

且看战旗飞飘中流处,
团长击水笑声朗,
那阵势,多像当年渡大江,

挥铁臂，高呼一声："跟我上！"

号声急，军威壮，
好一个火热的练兵场！
风雨里，雷霆电闪镀刀锋，
激流中，红星如火浪赶浪……

     刊于《解放军文艺》1974年8月号

脚板又添一层"铁"

静静的夜,云遮月,
一笔浓墨染山野。
夜幕里飞来一把梭,
猛虎连,穿插"袭敌"情激越。

一串流萤枪刺上闪,
脚步轻轻似落叶。
涉江流,如同春风拂柳丝,
走沙石,好比飞燕草尖掠。

大山奔腾入怀抱,
林涛起舞欢声迭。
肩搭人梯攀绝顶,
枪挑流星脚下灭。

看江山万里灯火明,
映照咱刺刀亮如雪。
祖国入睡枪不睡,
胸中沸腾着情和热。

仰望北斗定方位,
一把尖刀插"敌穴"。
红旗舞,刀蘸夜色写捷报,
群山抖,近战歼敌敌胆裂。

啊,我们无敌夜老虎,
晨曦织锦来迎接。
为了祖国灿烂的明天,
看,咱脚板上又添一层"铁"!

收于内蒙古人民出版社1976年出版诗集《战士的歌》

登山歌

好一座高山,直上九重天,
马蹬滚坡,鹰飞翅断,
成吉思汗曾勒马山前,
只不过留下一声仰天长叹!

大旗飞舞卷风雷,
一路战歌冲霄汉,
毛主席的战士闯上来,
亮开一双铁脚板。

向上,向上,向上,
百折不回,奋勇向前,
踏蒺藜,攀绝壁,
枪刺挑碎云万片。
胳膊一甩上上上,
汗水滴穿百丈岩。

老团长,飞身跨上虎头崖,
挥大笔,壮志刻在云中天;

"提高警惕、保卫祖国",
一团红霞放光焰!
任它风吹云雾绕,
战士心中灯一盏。

向上,向上,向上,
披荆斩棘,一往无前,
踢顽石,越峭岩,
一腔豪情似飞泉。
不卷的刀刃,要经过淬火锤炼;
钢铁战士,摔打在风口浪尖。
高歌一曲《长征》诗,
飞兵横枪跨山巅。

跨山巅,极目望,
万里江河怀中揽;
团长挥臂笑声朗,
把世界地图空中展:
看哪,五洲烽火连天涌,
多少兄弟举刀剑……
革命洪流在前进,
请接受中国战士的祝愿。
战士的脚下,永远是起跑点,

向上啊向上,向前啊向前!

刊于《河北文艺》1973年8月号第4期

柏坡灯光

西柏坡上常青树，
绿树掩映石头屋，
屋内一盏油灯亮，
云山雾岭遮不住。

当年毛主席来柏坡，
望穿关山层层雾，
点亮窗前一盏灯，
天下风云桌上铺。

油灯闪闪群星耀，
毛主席窗前挂北斗，
英明决策震四海，
决战时机已成熟。

灯光下，巨笔挥舞山河动，
劈开祖国解放路，
灯光下，封封电报化利剑，
击碎"消极避战"诡辩术。

灯光闪闪惊雷滚,
战略决战开序幕,
"三大战役"疾风卷,
金戈铁马捣魔窟。

油灯明,油灯亮,
笑迎风吹恶浪扑,
雄师百万缚苍龙,
胜利凯歌灯下谱。

啊,毛主席窗前一盏灯,
迎来东方红日出。
这灯光,镀亮战士头上的红五星,
这灯光,织出社会主义祖国新画图。

仰望着油灯豪情涌,
心中铺开朝阳路,
柏坡岭连着井冈、宝塔山,
火红的航灯照征途……

城南庄（组诗）

时代的强音

  1948年4月，毛主席在河北阜平县城南庄，与住在西柏坡的周恩来同志通电话，商定震动全国的"纪念'五一'劳动节口号"。站在当年电话室前，我看到——

银河横空，
北斗闪耀，
太行峰头——
似一个个瓷瓶排列好。
胭脂河挽起滹沱河，
架起电话线一条！

啊，城南庄——西柏坡，
一条电话线，
连着祖国革命的中枢大脑；
听，两个时代的伟人，
正商定"五一劳动节口号"

句句斟酌，
运筹着每条山脉河系；
字字推敲，
巡检着每座城镇海岛。

啊，城南庄——西柏坡，
一条时代的琴弦，
翻腾着大海波涛！
向民主党派发出呼吁，
向全国军民发出号召；
听！拥军支前的车轮滚滚，
听！战略反攻的战马萧萧！

啊，城南庄——西柏坡，
一条电话线。
架起胜利的虹桥。
你是祖国解放的大动脉，
回响着时代的强音——
荡万里春风，唤东方欲晓……

今天，我在当年的电话室前，
按捺不住心中的滚滚思潮；
毛主席和周总理之间的电话线，

是坚牢的长城一道,
迎击了半个世纪的风暴,
是友谊的纽带一条,
怒对恶狗的狂吠诬告;
是一根真理的准绳,
测绘出四个现代化的航道!
听啊——
毛主席和周总理还在通话……
望着多娇江山、伏虎捷报,
两位伟人发出了欣慰的欢笑!

闪光的石头

阜平县城南庄毛主席旧居后面防空洞内,有一块石头。当年,敌机经常来轰炸,毛主席就在洞内的石头上办公。

这石头本来也无啥特殊,
二尺见方,像个八棱子枕头;
不管宇宙间怎么无穷地运动,
它躺在洞内睡得又香又熟。

到了 1948 年 5 月初,

它听到身旁响起伟大的脚步,
毛主席来到防空洞内盘腿而坐,
一双温暖的大手把它摸抚。

石头啊,从此获得了生命,
浑身洒满了太阳的光束,
毛主席,在这儿就地办公,
办公桌就是这块幸福的石头!

石头啊,多么好的办公桌,
古往今来,哪一张有它结实、牢固?
石洞啊,多么好的办公室,
巡遍世界,哪一处有这儿实在、朴素?

石头上,铺开万里江山,
石头上,展开时代画图,
石头上,蜡烛闪闪映东方晨曦,
石头上,巨笔挥舞飞火的箭镞。

任敌机在外面狂轰滥炸,
这里真是别有洞府;
石头啊,是伟大统帅的指挥台,
石头啊,是大军反攻的跃马处!

这里啊，鼓起土地改革的春风，
横扫刘少奇"搬石头"的迷雾；
这里啊，响起决战千里的春雷，
报告济南攻克、延安收复……

啊，防空洞内的石头，
一块历史的风云录；
列宁在树墩上写作《国家与革命》，
毛主席在这里描绘新中国的蓝图。

石头啊，染着领袖的墨汁，
石头啊，含着导师的汗珠，
在防空洞内闪闪发光，
给地球增加了多少温度！

花山石碾歌

阳春三月花满坡，
染红了百里胭脂河，
河边有个小村叫花山，
飘来了一曲石碾歌。
碾盘如同那大唱盘，

早迎日头晚对月；
从前唱不尽穷人苦，
如今唱不完翻身乐。

媳妇唱，婆婆和，
簸箕簸，箩子箩，
碾得那小米黄澄澄，
粒粒都是土改胜利果。

忽见当院大娘跑过来，
悄悄地互相"咬耳朵"；
大家一听不怠慢，
停了碾子收了箩。

拾掇着家什就要走，
向着南窗轻声说：
首长您打从远地来，
俺打扰您休息对不住！

忽听院内柴门响，
走出位首长乐呵呵；
呼唤大家切莫走，
快铺上碾子放下箩。

他挽过大娘手中粮,
又接过大嫂手中箩,
问了土改问生活,
句句暖心窝。

端详着首长好面熟,
贫雇农心亮眼不拙;
对,他是咱救星毛主席呀,
来到咱阜平小山窝。

大娘大嫂擦热泪,
贴心话不知从哪儿说:
"主席呀,俺们推碾吱扭扭响,
一定耽误了您工作!"

毛主席听了微微笑,
抓了把谷子在掌心里搓;
说这革命果实来得不容易。
你们碾得越欢我越快活。

山昂首呀水扬波,
贫下中农心里多热火;
毛主席在花山九天整,

天天听着石碾唱新歌。

毛主席,惦着天下受苦人,
在石碾声中写著作;
咱多想让这碾台变砚台,
为主席的巨笔研金墨……

啊,毛主席窗前一石碾,
像北斗星前一轮月;
人民领袖爱人民,
日日夜夜心相贴。

啊,毛主席窗前一石碾,
似一盘葵花向阳开;
人民领袖人民爱。
代代高唱心中的歌。

刊于1977年《河北文艺》
收入1978年诗集《九月的汇报》

攀登

奔腾的群山，
举起绝壁危岩，
云缠雾绕，
刀削斧砍。
上托一顶苍穹，
下临百里回川。
浩浩几千载，
折碎多少风刀雨剑！
只有日月星辰、雷霆电闪，
才有权雕琢这巍峨雄关！

问茫茫峰峦，
哪里有不卷刃的刀剑？
问峭石绝崖，
哪里是叱咤风云的雷电？
看！头上红星亮，
枪刺云里闪，
铁脚牵来千里风，
来了咱尖刀猛虎连。

大道不走,平路不穿,
偏向峭崖练登攀!
战士甩把汗珠,
水壶又灌满山泉,
一腔豪情荡万水,
革命胸怀容千山。
看,战旗风里抖,
听,祖国在召唤,
只要世界上还有豺狼在,
咱永远不下行军线!

上!一声军号群山舞,
千岭万壑跟着喊。
腾起条条爬山虎,
歌声催开云里烟。
飞悬崖,古藤垂挂架天梯,
走绝壁,劲松撑开碧罗伞。
云天风雷激斗志,
苦练一副杀敌胆。

谁说这危岩难攀?
谁说这山高石险?
这岩,战士拳下一面鼓,

这山,征途上一个小标点。
看,火红的战旗险峰上飘,
排排青松列队,点点红梅吐艳,
雄鹰展翅云里飞,
带起战歌一串——
向前,向前,向前……

      刊于《河北文艺》1975年第8期

附录二 / 燕赵新赋

太行赋

伟哉，太行！壮哉，太行！北来逐鹿之野，南尽大河之阳。莽苍苍，绵延八百里，纵天下之脊；浩荡荡，沧桑千万载，谱岁月华章。女娲补天，炼五色彩石；愚公移山，奠三尺厚壤。天地氤氲，万物化醇，子孙万代，奋斗不息，耕云播雨历八荒。

伟哉，母亲太行！壮哉，英雄太行！石窑土炕暖，沟畔小米香。血雨腥风袭来时，抗日烽火燃千嶂。百团鏖兵，狼牙喋血，凯奏雄关，霞染赤岸，一草一木皆刀枪。小山村，走出泱泱新中国；西柏坡，油灯灿灿东方亮。

伟哉，华夏古脉！壮哉，神圣太行！翠峰无言丰碑立，碧水鸣琴万山响。臂揽燕赵京畿大都会，怀抱华北平原大气象。观沧海，风和畅，隆起带，慨而慷；石门朝天开，盛世铸辉煌！

2008 年 10 月

鹿泉赋

  鹿鸣灵秀地，拔箭涌清泉。英风猎猎抱犊寨，豪气悠悠土门关。西踞太行，东临大野，槐水之北，滹沱之南，古脉石邑四千年。听！千古绝唱，背水一战；看！祭侄文稿，悲壮云山。古驿道，通三省；旱码头，铁会馆。获鹿八景闻天下，汉风唐韵，风雅鹿泉！

  雄鸡报晓，山乡巨变。老区儿女，改地换天。引岗凌云战歌，十万铁锤钢钎。凿隧洞，架渡槽，筑桥涵。穿山越岭，跨河过坎。蜿蜒百里引岗渠，清水浇绿万顷田。耸巍巍丰碑，谱浩浩诗篇。水龙吟啸，豪迈鹿泉。

  城门威远，古寺龙泉。大钟醒梦，凤凰涅槃。牢记初心使命，铸我绿水青山。大战略，大发展，城中府，园中园。十里花廊，百里画卷。山前大道，大道通天。西部长青开新境，太行东麓桃花源。筑绿色屏障，建幸福家园。天人合一，大美鹿泉！

2018 年夏

南皮赋

茫茫钓鱼台，幽幽寒冰井。五百年渤海郡，三千载古皮城。黄河故道，天苍地朴；沧瀛一隅，俊杰代兴。华夏之诗祖，《诗经》集大成。燕友筑台，南皮高韵，金谷结社魏晋风。

大运河开，气畅脉通。名相贾耽，涵泳万顷；绘海内华夷地图，创天下第一盛腾。更有张文襄公，革故鼎新，清流抱冰，慈恩学堂，举世称颂。燕地英侠，宝驹隐韬；坤伶喜奎，名动九城。文学巨擘，大家王蒙，青春万岁，时代豪情。南皮骄子闻天下，星光灿烂，岁月峥嵘！

大浪淀，涌清波；莲花池，荡荷风。万亩盐碱变粮仓，武术之乡开新境。英彦如林，世代传承，勤劳仗义，淳厚民风。南皮落子大秧歌，茉莉花香放风筝。擂大鼓，吹唢呐，地音动，天籁生；风雅渤海郡，新美古皮城！

2019 年 2 月 23 日

元氏赋

太行东麓，西接广原；泜水之北，石邑之南。腋山襟河形胜地，赵王封元两千年。軖国铜鼎，汉阙烽烟，大风起兮，故郡常山。李牧左车，子龙虎胆；世代育英贤，浩气荡山川。

伟哉，龙山圣峰！七通汉碑，三大书院，四大禅林，两大道观。开化寺塔，聚霞凝辉；国之瑰宝，光耀尘寰。

美哉，封龙书院！庭馆交映，茂林清泉，轻烟入座，书香漫漫。龙山三老留佳话，书院文脉千古传。

壮哉！蟠龙湖，潴龙河，飞龙山！龙山龙水龙谷川，元风元气换新颜。一环十片区，龙河桃花源。槐水人家，湿地大观；树列轩窗之外，山横宾榻之前。汉风堂，汉码头，汉街十八景，绣壤万花山。万米赛道，花团锦簇；万亩森林，幽静深远。龙兴山水织彩梦，风景大道，绿色家园。

伟哉元氏，龙山耸翠！

壮哉元氏，飞龙在天！

美哉元氏——

龙山龙水铸奇境，

汉风龙韵开新元！

2020年荷月

阜平赋

太行要冲，五台之东，畿西屏障，京南形胜。聚神崖圣脉之鸿，开北岳恒山之蒙。歪头山，古墩台，玫瑰坨，菩萨岭。千峰山立倚天剑，古道长城云气腾！

伟哉，阜平！远山叠嶂，岁月峥嵘。晋察冀，军旗猎，根据地，育群英。村村寨寨皆堡垒，三间土屋①浩气雄。夜雾开，春雷动，胭脂河，朝霞红。"五一"口号，建国纲领，运筹帷幄城南庄，花山石碾唱大风！

壮哉，阜平！老区儿女，意志如虹，脱贫攻坚，山呼水应。黄土变金，大音希声。奋斗不息，涅槃重生。荒山花果谱彩梦，易地搬迁开新境。顾家台，留殷切嘱托；骆驼湾，荡时代豪情！

美哉，阜平！天蓝云白，水绿山青。马刨泉，醴水涌，龙泉关，蛟龙腾。千蓬香菇举金伞，万树大枣挂红灯。天生桥，龙悦湖，暖谷深，百鸟鸣。黑崖沟凌高架桥，雄忻铁路铺彩虹。红色根基，绿色名片；真山真水，大景大情！

伟哉！壮哉！美哉！老区热土，山欢水腾！太行福地，大美阜平！

2020年重阳节

---

① 指城南庄晋察冀军区司令部会议室，五大书记曾在此召开会议制定方略，改变了解放战争的历史进程。

千童东渡赋

沧海漫漫，齐鲁幽燕。秦皇东巡，古邑饶安。刻石求仙探海梦，方士徐福运筹间。筑千童城，辟卝兮园。百匠台，链环湾，龙骨井，铁炉盘。三千童男女，四千百工团。鬲津无棣水，菱格斩鲛剑。浩浩船队，滚滚狼烟；开鸿蒙，破雾幔，闯急流，跨险滩，穿越时空两千年！

伟哉，千童东渡！泱泱威仪，镗镗鼓帆。齐鲁燕赵儿女，佼佼靓女俊男。风萧萧，乡月寒，血脉慷慨，风骨凛然。辞别家园亲人泪，化作大海百丈澜！

壮哉，千童东渡！一波三折，大瀛海环。汉拿山留三氏穴，济州岛石刻"朝天"。莅达佐贺福冈乡，栖身熊野富士山。授教耕织医艺，广植仁道福田。谱旷世海韵，开弥生新篇。秦风和魂，传国重器：曰镜、曰玺、曰剑。

雄哉，千童东渡！亲人期盼，大地呼唤。信子节，氏子节，高奇险，意绵绵，声动天地，情系两岸。大哉！美哉！当代三国新演义，一衣带水中日韩。徐福千童东渡路，岁月彩虹丽海天。伟哉！壮哉！千童东渡，人类航海创举！千童文化，煌煌光耀尘寰！

2019年冬草于石家庄

衡水老白干赋

禹贡冀州地，酒乡桃城园。古道悠长，文脉渊远。西瞰太行，东瞭泰山，南望黄河，北倚广原。神风圣水，天酝地酿：衡水老白干！

兴于汉，盛于唐，名于明，芳弥冀北，味压江南，酒韵绵馨两千年。匠心独运，六好酿艺，地缸发酵，天香漫漫。耽道物之极，研天地之精，取日月之华，集大匠之灵；桃花曲，地下泉，工艺五甑，红粱八瓣。淳风导化酒之魂，甘洌爽净老白干。

安济桥头，滏阳河畔，十八酒坊，惠风芳烟。琼液玉珠，万国博览，甲等金奖，世界之巅。寄傲乎一九一五，纵心乎闳达浩然。西柏坡五大书记，赶考前宴宾合欢。融一壶老白干，开百代新纪元。

匠心越千年，醇香世代传。以匠心致敬卓越，用品质成就明天。继往开来，庚子封坛，大鼓镗镗，盛典启帆。邀月中嫦娥，携古今酒仙，佳丽柔情，男儿肝胆，吟怀江山，啸歌云天。豪哉！快哉！酒乡桃城地。壮哉！美哉！衡水老白干！

2020 年 3 月 26 日

晶龙赋

九河汇聚地，沧桑宁晋泊；凝千秋瑞气，传邢襄古风，迎时代大潮，焕男儿血性；脚踏乡土，奠基创业，艰苦奋斗，风雨兼程；滏阳之阳化作晶，洨河之蛟腾为龙。

新哉，晶之龙！科技创新，勇立潮头，战略决策，大道决胜。三阳开泰，拥抱太阳；三日合晶，晶华无穷。建东方之硅谷，发绿色之电能。晶光闪闪耀四海，龙行天下架彩虹。

豪哉，晶之龙！海纳百川容为大，以德为本信而诚；志存高远，合纵连横，兢兢业业，堂堂正正；大爱无疆暖八方，担当开拓太阳风。壮哉，晶龙！美哉，晶龙！"抬起龙头，摆开龙尾，腾飞世界！"

搏一带云天，跨一路征程！

2016年4月晶龙集团创建二十周年志庆

新天第赋

苍朴老石门，华彩新天第！继先贤槐荫，立祖脉旧基。应天时，据地利，乘时代大潮，在胞衣热土上崛起。

新哉，天之第！领饰界之风尚，美万家之府邸，集艺术之才俊，塑广厦之风姿。顾茫茫千秋乾坤穹庐，望悠悠百代人类栖居；洞窑棚墟、村寨都城，庭院殿堂、琼楼玉宇；斗转星移人之居，日新月异新天第。

美哉，天之第！大道低回，同舟共济。以新创品牌，用心铸品质。装扮梦幻家园，缔造东方韵律。日月星云水土风，琴棋书画茶酒诗。古典而浪漫，传统而玄虚；众妙之门，大美新天第。

呜呼！人居大趋势，燕赵新天第！诚信为本，仁德为基，以民为天，全心全意；铸心神之新境，饰灵性之乐居；祈天敬地，花开云逸，众志成城，勇创辉煌新天第！

2014年9月为石家庄新天第装饰集团公司而作

德馨堂赋

天地苍苍，草木森森。君子怀仁养德，嘉木坚结凝馨。德乃贤之魂魄，馨为美之灵根。思贤聚德，集美藏馨，斯德馨堂也。

幽哉，德之馨堂！情牵梦绕，萦铸北国红木之乡。敬千秋花梨之神采，奉百代紫檀之圣光；供异域酸枝之奇丽，展仙山鸡翅之飞翔。荟萃五属八类珍材，雕镂红木高贵华章。

雅哉，德之馨堂！抒东方艺术之古韵，展明清家具之辉煌。一床一椅，一几一案，大匠运斤，文心诗象。简朴浑穆，华绮挺伟；柔玲空秀，清雅堂皇。品之，回肠荡气；赏之，余音绕梁。

幽哉！雅哉！德之馨堂。立燕赵大地，踞石门太行。传宽和诚厚，承慷慨豪宕。面向热土草根百姓，撒播红木文化芬芳。勤朴敬业，躬身担当；光风霁月，乃吾德馨堂！

2014 年 1 月

灵寿大观园赋

松阳河畔，故国中山。北依太行五岳，南临滹沱大川。灵山秀水，踞虎栖凤，曹彬故里，文脉渊源；一部《红楼》开鸿蒙，历史画卷千古传。

躬逢盛世，露凝河晏；祖基热土，又腾盛典。运鲁班之神力，建红楼大观园。阆苑仙葩，雕甍绣槛，亭榭沁芳，桥笼翠烟。一环一轴一水链，一廊一囿一堂院。曲径通幽，别有洞天，水墨清韵，太虚梦幻。一处一景，仙客飘飘画境里；堪叹古今，怀金怜玉月正圆。

大观楼，缀锦阁，潇湘馆，怡红院。帐舞蟠龙，帘飞彩凤，花团锦簇，曲折盘旋，百花深处杏花天。美哉，大观园！壮哉，大观园！良木冬荣，嘉华夏滋，弘道养正，洋洋大观！满园芳瑞谱心曲：灵通八极，寿比南山，巍立潮头铸新篇！

2019 年 6 月 20 日

徐光耀赋

　　三关口下，雄安厚土，大清河畔，段岗村头。幼丧母，苦读书，十三岁，小八路。一腔热血，泪别严父，风刀霜剑，义无反顾。粗布军衣壮行色，腰别匣枪跨征途。

　　平原野，九河谷，反"扫荡"，弹雨路。跨墙窗下唤房东，青纱帐里迎日出。荡寇铁血，解放烽烟，抗美援朝豪情抒。出生入死脱奇险，历经百战，一身英武！

　　燕赵赤子，忠诚刚直，为师蒙冤，无悔无诉。大义男儿，坚守清孤，奋力笔耕，纯正抱朴。《平原烈火》，开国长篇之炬赫；《小兵张嘎》，热播六十载寒暑；情漫漫，意悠悠，《昨夜西风凋碧树》；人格艺品之朗镜，遁照史册，鼎立三足，光耀文坛，凛然风骨！

2021 年 5 月 16 日

瓦痴焕峰赋

韩氏焕峰，一代乡雄。车轴汉子，一米八〇。从小割草放羊，少壮海河民工。周青庄，大铁锹，独轮车，一窝笼。攀百米坡堤，负千斤前行。搬运站，扛大个，四百斤，一肩鼎。虎背熊腰，狮鼻阔口，嗓门震海，跺地有坑。诗翁贾漫赞曰：君乃沧海饥鹰！

壮哉，焕峰！剧团拉大琴，长号鼓铜声。艺途遇佳缘，砖瓦唤古情。执春秋之刀，荡秦汉之风。承康殷意，师书楷冯，一石定乾坤，奏刀开鸿蒙。沧海印社，旗开燕赵，堂堂正正，一呼百应。印坛傲西泠，沧州小旋风！

美哉，焕峰！助奥运，赴东瀛，走南洋，遨苍穹！微微乎印红四海，骄骄然八面来风。羽声慷慨，展翼摇翎，沧州豹头，男儿血性。家佑娇妻，外拥友朋，石光印韵，有色有声。

伟哉，焕峰！壮哉，寒石！美哉，瓦翁！浩浩乎，一棵碱地芦蓬！巍巍然，一墩大洼红荆！

2021 年元月

红河谷赋

燕赵冀南,清漳河畔,泱泱古脉,浩浩奇观。凤凰丹崖赤壁,女娲炼石补天。摩崖刻经,铁钩银画;北朝丝绸路,石窟响堂山。酱釉彩陶玉壶美,磁州老窑醉诗仙。

漳河奔腾,星移斗转。岁月峥嵘,霞染赤岸。一二九师将军岭,浴血千里太行山。东渡黄河,三战告捷,九千将士进涉县,大军出征三十万!

伟哉,红河谷!壮哉,太行山!一河四谷十三景,春满村镇,星云璀璨。拥群峰以渲势,临清漳以蕴涵;玉宇悬空,琼楼耸翠,钟灵毓秀,倚岩凿险!伟哉!壮哉!美哉!赤壁丹崖,河谷田园,百里画卷,时代新颜!

2021 年暑月

白洋淀赋

燕南赵北地，泱泱白洋淀，上承九河，下注渤海，沥水成洼，逐潴而淀，冲积演变七千年。华北之明珠，燕赵之肝胆；一湾护心宝镜，映照冀野大平原！

妙哉，白洋淀！三百六十平方公里，一百四十三个泊淀，各呈其志，各美其美，高低动静，大小深浅，哲思辩证，道法自然。返璞归真大禅房，碧水清风自在天！

美哉，白洋淀！天光云影，月辉水韵，皇家钓台，菱歌唱晚，港汊戏舟，鱼鸟悦欢。莲荷香透白洋水，野店醉情，绿盖擎天！

壮哉，白洋淀！水上长城，塘泺防线。端岗楼，伏敌船，抗日雁翎队，英名天下传。《播火记》《荷花淀》《小兵张嘎》岁月经典。立一代巨擘，铸丰碑凛然！

快哉，神韵白洋淀！大美文化苑！苇乃金树，淀若宝盆，荷挺华盖，波叠银澜，垂鞭烟柳，长堤虹偃，雄韬伟略，彩梦宏愿。美哉，妙哉，壮哉，快哉！情系白洋淀，大音唱雄安！

2020 年白露

长城赋

　　华夏古脉，浩荡天风，大河之北，山海峥嵘。春秋烽火燃千载，燕赵边塞隘关雄。秦皇霸业，姜女哀声，胡兵铁马，蒙恬剑影。因势用险制要塞，山脊峰峦起飞虹，凌孤崖，勾绝壁，潜深壑，越峻岭，蜿蜒万里腾苍龙！

　　伟哉，长城万里！壮哉，万里长城！酒泉举杯，渤海激浪，东迎旭日群山立，西送夕阳落霞红。百座雄关，千塞障亭，驰骋飞跃，气象恢宏。日暮长河盘大漠，出塞山川天地雄。登高望远，凭古怀幽，长城抗战，燕山义勇。喜峰口，大刀呼啸映明月；民族魂，大音开元歌声宏！

　　雄哉，长城万里！美哉，万里长城！寰宇巡天望地球，长城宛若一强弩。张时代之劲弦，奋青春之膂力，擘复兴之蓝图，扬民族之豪情。雄关漫道，初心筑梦，大河上下，虎跃龙腾。峰高华岳三千丈，立马秦关百二重。绿色屏障蔚九州，万里长城唱大风！

沧州辞

天运地筹,沧海之州。九河下梢,周秦辟土。北临幽燕,南依齐鲁。黄河故道海丰口,千童东渡无棣沟。武帝台下,蒹葭苍苍;望海寺上,霞舞彩绸。铁狮一跃罡风起——镇海吼!

天长地久,风雅沧州。毛亨毛苌注雅韵,一部《诗经》耀千秋。更仰献王献遗典,岁月留芳酿美酒。大运河开,风清云岫。一代文宗,纂《四库全书》;张文襄公,鼎新而革故。吼运河号子,唱西河大鼓;情切切,意悠悠,一船明月过沧州。

天高地厚,侠义沧州。英风猎猎,浩荡今古。大洼赤子,燃宁都霹雳;回民支队,耸高节慈母。杂技之乡,武术热土;侠肝义胆,誉满江湖。行旅过客,镖不喊沧;林冲夜奔,枪挑一葫芦烈酒!

天道酬勤,壮美沧州。河东河西,钟灵毓秀。四十八村谱新篇,苦海沿边起宏图。平原沃野,海市蜃楼。运河灵魄,渤海明珠。壮哉! 美哉! 心系故园乡土,爱我老家沧州!

2017 年 4 月 5 日

黄骅赋

渤澥浩浩，滩涂漭漭，黄河故道，蒹葭苍苍。秋风萧瑟武帝台，云涌潮来雁过霜。卭兮垣，郛堤城，秦风汉月，古韵悠长。蝗飞狐火，蛙声彻耳，红荆野蒿唱大荒。

豪哉！九河下梢，大洼村庄。海丰口岸，丝路始航。云彩地，老碱场，苦咸水，土坯房。孕实在民风，育古道热肠，培坚韧厚道，铸侠义豪爽。雁阵排空，贝壳铸堤，娘娘河沿，狼洼虎庄。麒麟舞，青萍剑，渔鼓声声，大鼓铿铿。

雄哉！祖根血脉，芦苇高粱。贫瘠盐碱苦土，豪壮英气偾张。捻军统帅张宗禹，匿藏洼村拜亲娘。赤子赵博生，燃宁都霹雳，烈火英魂，威武担当。武贤张之江，开南口战役，铁骨雄胆，慨当以慷。抗日英烈，凛然悲壮，名命英雄地，英名千秋芳。

壮哉，渤海明珠！千顷苇洼换新绿，百里海堡涌潮浪。沙滩曜金，盐田垛银，煌煌大港，千轮竞航，贯通五洲四大洋！

美哉，英雄热土！智慧生活大数据，大道通天织路网。天健地坤，翠园碧湖，科研楼台，书馆画廊。大格局，大开张，大情怀，大气象。文雅之城，信誉之乡；旱麦面花香百载，聚馆冬枣甜四方。面朝大海，旭日霞光，情洒故园，爱我家乡!
　　豪哉！雄哉！
　　壮哉！美哉！
　　慷慨英雄地,
　　鱼虾冬枣乡。
　　渤海金银湾,
　　世纪谱华章！

2020 年暑月

河北赋

盘古开天，逐鹿中原。龙腾冀野，合符釜山。浑厚乎大河之北，浩茫哉漠塞之南；东临碣石观沧海，西望太行生紫烟。千古燕赵，英杰辈出，杏林始祖，《诗经》渊源。古脉高韵，云漫漫兮泥河湾；慷慨悲歌，风萧萧兮易水寒。

中山雪浪，千峰石卷。关河跌宕，壮歌回旋。烽火燃烧喜峰口，大刀呼啸，燕山呐喊！大平原，青纱帐，壮士歌，地道战。山村西柏坡，古川滹沱岸；指点千军万马，挥手三大战役，泱泱新中国从这里走来，铁马秋风，换了人间。

邯郸醒梦，雨落幽燕，长城起舞，山庄烂漫。自在正定，晨钟开元。朗月高照赵州桥，红日喷薄山海关。环渤海大港，千帆竞渡；太行山高速，飞龙在天。绿野仙湖塞罕坝，华北明珠白洋淀。千古伟业，大哉雄安。京津冀，起宏图，大潮涌，再扬帆。山奔海立石门开，燕赵英雄儿女，谱写时代新篇！

2019年7、8月

平山壮士赋

　　太行东麓，古韵中山，铁鼎铜钺，红壤承天。滹沱河酿英雄酒，峰峦翠漫生紫烟。千秋河湖，坦荡热土；大义奉献，铁血儿男！

　　北州野，平山团，铁的子弟兵，回舍大枪班。灭敌寇，五万儿女赴战场；捐身躯，一万赤子化红岩。麦道岭，细腰涧，卸甲河，黑山关！母亲戎冠秀，蹈火救国难；二小放牛郎，浴血洗山川。小米土炕，养育革命，粗衣布鞋迎凯旋。

　　伟哉，红色圣地！壮哉，中山故园！一壑一岭亲骨肉，一溪一水血脉连！美哉，抗战老兵！骨如苍松，貌同巉岩，一头白发茫劲草，一蓬胡须荡凛然！褶皱岁月之沧桑，抖擞太行之烽烟！石壁、石碾、木梯、扁担、老屋、铁锨。人生光点，平凡庄严。伟哉！壮哉！美哉！仁厚福地，血色家园，壮士肝胆，映照河山！

2021年秋草于重阳日

赞皇赋

　　天高野旷，群峦叠嶂，神山圣水，古脉赞皇。灿灿乎，万坡顶陶石，闪五千年霞彩；煌煌哉，周穆王伐戎，登赞山封皇！坛山刻石，癸巳吉祥，苦叶泉水，《诗经》吟唱。左车城，拜将台，置县府，隋开皇。宰相故里，状元府邸，赵郡李氏，星耀文昌。元和郡县图，文吊古战场。太保赵良弼，赴日礼而刚；一门皆忠烈，重教兴家邦。钟灵毓秀，俊杰铿锵，家国文章锦绣乡！

　　奇峰秀川，雄浑峻朗；革命老区，英风浩荡。冀西抗战根据地，黄北坪槐疙瘩梁，涌革命楷模，谱英雄乐章。中国坦克车之父，上甘岭英雄连长，农舍走出核司令，集结号音震八方。山乡骄子，忠义担当，两千男儿，血洒疆场。"冀西十三县，赞皇是模范。"十个大字撼山岳，英魂雄魄铸太行！

　　青山四围，气贯八荒，峦岫骄骄，碧湖泱泱。五马山五骏化龙，石柱山擎天柱杖，棋盘山翠谷仙境凝瑞祥；嶂石岩，回音壁，丹崖长墙，高悬红凌万丈。绿色根基，太行明珠，三山九峪十八庄。花果山，甜蜜乡，大枣红，金丝长。勤劳厚朴，奋进开放，林茂果丰，鸟语花香；腊八船会铁龙灯，老腔丝弦，旗鼓铿铿。带槐水，枕太行，百里生态大风景，绿色发展大气象。伟哉，千年古县！美哉，老区赞皇！开时代新境，谱岁月华章！

2021年冬月于石家庄

赞皇中学赋

汤汤槐河水，巍巍太行山。星汉煌煌，古脉赞赞；山环水绕，开国筹建；千祥云集水门坑，文星辉耀城东南。地音动、书声漫，文昌阁、六星闪；复初书院传薪火，赞皇中学，七十华诞。

奠基建校，先辈与家国同行；砌墙置木，先贤攻坚而克难；寒耕暑耘，筚路蓝缕，八易校名，扩建搬迁。立足课堂，承全县文昌之众望；勇于科研，开时代教化之新篇。秉持"正德、笃学、强身、报国"之校训，承扬"守纪、严谨、勤奋、进取"之校风；培根铸魂，踔厉奋发，风骨传承，行稳致远。

不忘来时路，担当勇为先！发扬老区精神，擘画教育发展。用方法和激情教书，用爱心和责任育人。弘扬"勤志"文化，名校捷报频传。滋兰树蕙，英才遍及五大洲；桃李芬芳，学子三万漫海天。将军、部长、博士后，作家、教授、研究员。承校风，秉校训，继往开来，赞中风范，胸怀家国，星汉灿烂。

播翰墨以为功，兴庠序而向善。沐前辈先贤之惠风，创复兴育人之典范。自强不息，笃志勤学，开拓进取，敬业奉献。赞皇中学，丰碑凛然！赞皇中学，高歌向前！

2022 年 7 月 23 日修改于石家庄

野湖泉赋

　　天高云漫，泜水河畔。陡崖赤壁，玄武砂岩。嶂石谷，赞皇县，老村千户，古脉连绵。苍苍乎，天老地荒；茫茫然，历史渊源。地灵人杰，灿灿大观；一段历史佳话，祖祖辈辈相传。

　　水涟涟，土漫漫，一对年轻夫妻，在此垦荒种田。见一伤狐，不敢怠慢；桑树皮，包伤口，轻手绕，细心缠，义无反顾救狐仙。

　　天边雷声动，头顶彩虹现，忽见狐仙得救处，奔突涌出，一股清泉！

　　美哉，野湖泉！善哉，野湖泉！清凉绵柔，神怡甘甜；骄骄观音送子树，幽幽刘秀滴泪岩！

　　壮哉，野湖泉！伟哉，野湖泉！沁人心脾，享誉广远；两只老虎化巨石，青松古树参云天。湖泉野，野湖泉，游客如云，享誉声远，天高地厚善之源，源远流长千万年！

2023 年 5 月 13 日于石家庄

后　记

　　编完自己的诗文集，实在是有点儿汗颜。自 1964 年首次在省报上发表诗作，迄今已六十个年头了，仅仅这么一卷，跟身边文友比起来，实在差劲儿，用老家话说，就是"不作活儿"。在此，我要深深地感谢花山文艺出版社，感谢郝建国社长，在我年届八秩之际给我惊喜，圆我一个梦！我也特别感念《河北日报》发表我处女作的老编辑韦野、《诗刊》发表我代表作的老编辑雷霆，虽然二位已仙逝，此刻我也双手合十，深深地向天外鞠躬！谢谢，谢谢！

2023 年 8 月 5 日于石家庄